应对"南海仲裁案"新闻作品选

中文版

中共中央宣传部新闻局 编

学习出版社

图书在版编目（CIP）数据

应对"南海仲裁案"新闻作品选：中文版 / 中共中央宣传部新闻局编. -- 北京：学习出版社，2017.4
ISBN 978-7-5147-0763-2

Ⅰ. ①应… Ⅱ. ①中… Ⅲ. ①新闻－作品集－中国－当代 Ⅳ. ①I253

中国版本图书馆CIP数据核字（2017）第025396号

应对"南海仲裁案"新闻作品选（中文版）
YINGDUI "NANHAI ZHONGCAI'AN" XINWEN ZUOPINXUAN (ZHONGWENBAN)

中共中央宣传部新闻局　编

责任编辑：宋　飞
技术编辑：周媛卿

出版发行：学习出版社
　　　　　北京市崇外大街11号新成文化大厦B座11层（100062）
　　　　　010-66063020　010-66061634　010-66061646
网　　址：http://www.xuexiph.cn
经　　销：新华书店
印　　刷：北京盛通印刷股份有限公司
开　　本：787毫米×1092毫米　1/16
印　　张：20.75
字　　数：296千字
版次印次：2017年4月第1版　2017年4月第1次印刷
书　　号：ISBN 978-7-5147-0763-2
定　　价：80.50元（含光盘）

如有印装错误请与本社联系调换

目 录

综合报道

给仲裁案算笔账
——"起底临时仲裁庭"之四
◎ 新华社 / 3

真相与谎言
——南海仲裁案闹剧出笼始末
◎ 新华社记者　凌　朔　杨定都 / 9

九问菲律宾南海仲裁案
◎ 新华社记者　白　洁　杨依军　王卓伦 / 14

南海仲裁结果存在三大连环性荒谬
◎ 新华社记者　刘　斐　王建华　吴　植 / 20

南海记忆
◎ 李国强 / 25

日本右翼一手组建仲裁庭
◎ 中央电视台 / 30

"南海白皮书"正本清源　还原真相
◎ 中央电视台 / 33

十问南海
◎ 中央电视台 / 35

南海仲裁：法律外衣下的闹剧
◎ 中央电视台 / 52

中国法学界纵论南海仲裁案　法学学者有责任
　　正本清源　以正视听
◎ 中国国际广播电台记者　侯　晨　崔沂蒙 / 70

菲美日是怎么鼓捣"南海仲裁案"的
◎ 中国青年报记者　蒋　天 / 73

美应遵守国际法放弃南海"炮舰政策"
◎ 法制日报记者　陈小方 / 76

南海仲裁后的亚洲何去何从
◎ 中国新闻社 / 79

南海局势及南沙群岛争议：历史回顾与现实思考
◎ 傅　莹　吴士存 / 81

菲律宾15条南海"诉状"要尽阴招
——目的是掩盖菲方在南海非法侵占所得，并否定中国
　　在南海合法海洋权益，挑战中国的领土主权
◎ 刘　锋 / 102

谈判是解决南海问题唯一途径
◎ 北京日报记者　王东亮 / 109

美国对于国际法的投机做法值得国际社会高度警惕
◎ 北京电视台记者　商　杨　陈静岩 / 119

外媒：美国的南海外交战略正走向破产
◎ 解放日报 / 122

反击南海仲裁
◎ 南方周末记者　赖竞超 / 126

南海仲裁案的前世今生
◎ 南方周末记者　于　冬／133

美国居国际法"不执行"榜首
◎ 南方周末记者　于　冬／142

联合国官博公开撇清：仲裁庭和联合国没关系
◎ 羊城晚报记者　罗　仕　于天翔／146

我们的《更路簿》
——三沙属于中国的历史证据
◎ 李柳青　杨昊霖　王文心／149

评论报道

究竟谁在破坏国际法
——菲律宾南海仲裁案事实与法理辨析
◎ 国纪平／161

"南海仲裁案不过是场政治闹剧"系列评论
◎ 钟　声／170

"透视解剖·临时仲裁庭底色"系列述评
◎ 人民日报记者　胡泽曦　张梦旭／186

南海仲裁案暴露三大法理致命伤
——论南海仲裁案及南海问题
◎ 新华社记者　凌　朔／197

休想用非法裁决夺走中国主权
◎ 解放军报评论员／200

坚定不移捍卫国家主权安全和海洋权益
◎ 解放军报评论员／203

全面提高履行使命任务的能力

◎ 解放军报评论员 / 205

中国军队历来信理不信邪

◎ 钧保言 / 207

搅乱南海不符合亚洲人民共同利益

◎ 经济日报评论员 / 210

南海仲裁案就是一场霸权主义操纵下的非法闹剧

◎ 慕 风 / 213

其名不正，其言焉顺？

◎ 福建日报记者 林 蔚 / 216

访谈报道

南海：谁希望和平 谁兴风作浪
——访中国南海研究院院长吴士存

◎ 光明日报记者 曹元龙 / 221

金一南：需高度警惕美国借南海仲裁案搅乱中国发展进程

◎ 中央人民广播电台记者 李 艳 / 228

菲律宾背信弃义"七宗罪"

◎ 中央人民广播电台记者 娄思佳 / 234

芮效俭：美中需以"超常规"方式应对棘手分歧

◎ 中新社记者 张蔚然 / 239

化危为机，南海仲裁案将使中国收获更多

◎ 傅崐成 周 雷 / 242

伊朗古地图能为中国在南海的主权主张提供重要佐证

——访厦门大学南海研究院院长傅崐成

◎ 福建日报记者　林世雄　通讯员　李　静 / 254

戚桐欣：中国拥有南海主权相当确定
——痛骂台湾卖岛教授　两岸网民纷纷为
戚老先生点赞

◎ 东南卫视记者　陈赫男 / 256

美国的自由航行权，其实有军事意图

◎ 南方周末记者　昱　江　南方周末特约撰稿　周　舟 / 258

新媒体报道

一点都不能少

◎ 人民日报记者　苗苗　徐丹　郑琪　李志伟　张世悬
时雪　刁滩　李翔　刘冰　林渊 / 263

作为中国人，我今天要到南海去看看

◎ 人民日报记者　余荣华　赵明琪 / 268

中菲南海争议白皮书

◎ 人民网 / 270

台湾青年视频解读南海主权

◎ 中国经济网 / 275

关于南海问题，习近平这样说

◎ 中央电视台 / 277

我是南海一粒沙

◎ 中央电视台 / 279

南海仲裁"宣判"日，奥巴马的朋友圈炸了

◎ 环球网 / 282

一张图看懂中国为何不承认南海仲裁
◎ 新京报 / 284

我们是南海真正的主人，他们只是匆匆过客
◎ 东方网 / 286

访谈全球知名法学家解析南海仲裁案系列报道
◎ 深圳卫视 / 300

聚焦菲律宾南海仲裁案特别报道
◎ 南海网 / 302

《全息南海》系列短片
◎ 南海网 / 304

应对"南海仲裁案"
新闻作品选

综合报道

给仲裁案算笔账
——"起底临时仲裁庭"之四

新华社

这世上，偏偏有人笃信"有钱能使鬼推磨"这句话是万能的。

菲律宾南海仲裁案，从提起申请、组建仲裁庭、外包书记服务，直到出台所谓最终裁决，都是要花钱的。这是客观事实。

不敢说花钱就一定不公正。但自古以来，以主持公正大义为己任的超国家司法机关，都尽量避免与当事人或当事国发生金钱关系以示居中，例如国际法院。

《联合国海洋法公约》第十五部分规定了包括国际法院在内的4种解决争议的机制。但在南海仲裁案中，仲裁提请方偏偏选择了一种高收费、低门槛的选项来表达自己的主张。

菲律宾媒体披露，3年半来，菲律宾用纳税人的钱，在南海仲裁案上豪掷3000万美元，换来一张烫手的所谓"裁决书"和许多国家的不支持。

虽然菲律宾和仲裁庭都没有公开这笔账的明细，但从现有价目表、过往仲裁费等数据可以推断：为了最后这张纸，有人真肯下本，有人真没少挣。

洋权利主张是否超出《联合国海洋法公约》(以下简称《公约》) 允许的范围；二、南海部分岛礁的性质和海洋权利问题与主权问题不可分割；三、中国在相关海域采取行动的合法性基于中国对有关岛礁享有的主权以及基于岛礁主权所享有的海洋权利。

表面上，菲律宾提请仲裁事项条条紧扣《公约》，是寻求仲裁庭依据《公约》作出相关认定和解释；实质上，仲裁内容的核心是南海部分岛礁的领土主权问题和海域划界问题，前者不属于《公约》调整范围，后者已被中国于2006年的排除性声明所排除。简言之，菲律宾提请仲裁的不是法律问题，而是政治问题，是菲律宾试图借助法律手段非法侵占中国岛礁主权及海洋权利的政治野心。

仲裁庭没有理会中方立场主张，于2015年10月底裁定对菲部分诉求拥有管辖权，使菲律宾阿基诺三世政府精心编织的政治谎言正式披上了法律的外衣，堂而皇之地以"国际法治"的形式在世界舆论中发酵。

舞台：一个纵容狼奔豕突的仲裁庭

南海仲裁案解决不了南海问题。相反，仲裁案本身存在的严重法理缺陷注定其只会加剧南海问题的复杂性和难解度，不但有损国际法的公平公正，破坏地区安全秩序和对话机制，还将严重威胁《公约》的完整性和权威性。

1945年以来，全球范围内共形成5万多份各类条约，这些条约共同构成了国际法的重要渊源。《南海各方行为宣言》(以下简称《宣言》) 是南海地区法律和规则秩序的基础，是当前处理南海相关问题的重要依据。仲裁庭一路推进仲裁直至出台"最终裁决"，完全没有顾及《宣言》等已经建立的国际法规则，没有顾及正在发挥作用的地区对话机制、平台与框架，强行把《公约》强制凌驾于受国际法保护的既有和平对话框架之上，构成了对国际法的伤害和对地区和平对话机制的损害。

2006年，中国依据《公约》第298条作出排除性声明，将涉及海域划界、历史性海湾或所有权等方面的争端排除在《公约》强制争端解决程序之外。排除性声明不是《公约》可有可无的附属物，而是《公约》解释和适用过程中不可分割的重要组成部分。仲裁庭无视中方排除性声明的内容，强推仲裁程序，实质性剥夺了《公约》赋予缔约国行使选择权排除特定类型争端的权利。

对自身的法理缺陷视而不见，对中方的多次声明听而不闻，对仲裁案的负面影响心不在焉，仲裁庭一路猛跑，以推进程序为借口，为了裁决而裁决，不仅枉法不公的"病灶"将使其在今后的国际法判例学中成为反面的经典，而且还让原本平静的南海成为各种域外野心狼奔豕突的舞台。

旁白：我们为什么要说"不"

任何法律都不能脱离现实。应有乱则治，而非治而生乱。

过去几年的现实是，仲裁案使南海局势更加复杂，外部势力频繁介入，海上安全紧张加剧，周边国家分歧趋多，地区民生受到波及。这是试图滥用某一部公约规则解决复杂历史和政治争议的后果。

"定纷止争"是国际法和平解决国际争端的宗旨和《公约》的本意。各种争端解决方式均应有助于实现依据可适用的国际法以和平方式解决争端的目标，从而缓解紧张局势，促进争议方之间的和平合作。1899年，海牙和平会议通过《关于和平解决国际争端公约》，寄托了各国对通过仲裁等方式和平解决国际争端的希望。第二次世界大战结束后，《联合国宪章》规定了包括谈判和仲裁在内的争端解决方式。

维护国际法律秩序的关键在于，各国应本着合作精神，在国家同意的基础上善意使用争端解决方式和机制，不得滥用这些争端解决方式和机制而损害其宗旨。要避免打着国际法的旗号，损害缔约国的权利和合法利益，更不能以某一部法律，破坏业已成态的地区法治承诺和法治秩序。

中国不接受、不参与菲律宾南海仲裁案的立场，是依照国际司法程序以及国际法赋予的权利，对仲裁庭管辖权提出合理质疑与纠偏；对裁决结果采取不承认、不执行的立场，恰恰体现对国际法的尊重和遵守，恰恰表明中国对避免国际法被政治化滥用的严谨态度，恰恰是对仲裁庭甘愿充当枉法裁判角色的必要警示，恰恰是对企图操纵国际法玩弄南海局势的不良居心的一种合法、合理的抗争。

四个"不"，是这幕闹剧中贯穿终始的正音。

导演：谁在把南海当成好莱坞

过去几年，伴随南海仲裁案，美国、日本等一些域外国家不断在南海抛出各种"规则"，例如"航行自由""捍卫国际法"等，加上一些西方媒体的应和鼓吹，南海被编造成一个没有航行自由、没有规则秩序、没有安全保障、没有和平稳定的"火药桶"。这种宣传造势与舆论诋毁在许多西方学者眼中早已是见怪不怪。美国著名律师布鲁斯·费恩一语道破：美国当前的南海政策体现了"危险的帝国思维"，跑到南海去渲染"中国威胁"除了加剧地区紧张、给亚洲国家发出错误信号外，美国只会一无所获。

用各种美丽的谎言，把自己的规则强加到其他地区，甚至凌驾于国际法之上，是美国推行霸权主义的制胜法宝，也是美国对国际法"利则用、不利则弃"的最佳演绎。南海之于美国，恐怕是搞合纵对抗中国、拉同盟抵制中国、造舆论诋毁中国的最佳演武场，也是美国"亚太再平衡"的绝好落脚点。

中国从来不排斥规则，中国是既有合理合法规则的坚定守护者与推动者。但解决南海问题的规则，绝不应该是任由几个远在万里之外的所谓专家，打着国际法的旗号，简单片面、颠倒是非地给一个具有复杂性和历史性的地区问题下定论，更不应该是任由毫不相干的域外势力往地区问题中掺沙子，夹带具有典型"选择性法治"和"片面性法治"特征的所谓"规则"。

南海不是好莱坞，不是美国排演战略剧情的外景地。真正的规则，需要在有关各方的对话中，权衡各方主张，考量各种因素，协商各种方案，寻找各种可能。这是中国的定力。

尾声：一纸荒唐言怎断南海千古事

有没有所谓的仲裁，南海，都在那里。

判不判定岛屿的属性，南海诸岛的主权及海洋权利都不会改变。仲裁改变不了任何历史、任何事实、任何现状。

归根结底，是历史和事实不容仲裁。

对南海而言，仲裁不仅没有理由、没有必要，更不会促成任何改变。对于南海问题的解决，仲裁不仅徒然无益，更只会挑起麻烦与事端。

仲裁庭把仲裁案从闹剧演成丑剧。但历史会给它一个真正公道的仲裁。

（新华社北京 2016 年 7 月 12 日电）

九问菲律宾南海仲裁案

新华社记者 白洁 杨依军 王卓伦

应菲律宾请求建立的南海仲裁案仲裁庭将于近期作出裁决。菲律宾单方面提起并推动南海仲裁案,在国际上闹得沸沸扬扬,中国官方密集表态回应驳斥,学界、民间广泛关注。仲裁案由何而来?菲律宾强推目的何在?中国如何应对?……

新华社记者梳理了各界关注的九个问题,并采访有关政府部门官员、法学专家、历史学者,就上述问题一一作答。

一问:南海仲裁案由何而来?

2013年1月22日,菲律宾外交部照会中国驻菲大使馆称,菲律宾就中菲有关南海"海洋管辖权"争端提起强制仲裁,并声称其依据是《联合国海洋法公约》有关规定。中国政府多次郑重声明,不接受、不参与菲律宾提起的仲裁。

2014年12月7日,中国政府发表关于菲律宾所提南海仲裁案管辖权问题的立场文件,全面系统阐述中国不接受、不参与仲裁以及仲裁庭对本案明显没有管辖权的立场和理据。

然而,在菲律宾执意推动下,仲裁庭仍然强行推进程序。目前,仲裁庭已完成对实体问题的审理，并将于近期作出最终裁决。

"自20世纪70年代以来，菲律宾长期非法侵占中国南沙岛礁并大搞建设。现在却贼喊捉贼，滥用《公约》争端解决机制单方面提起仲裁，是一种'恶意起诉'和讹诈行为。"中国社会科学院中国边疆研究所副所长、研究员李国强说。

二问：菲律宾为何要提南海仲裁案？

据外交部条法司司长徐宏介绍，2013年1月23日，在菲律宾启动仲裁程序的第二天，菲外交部就发布了一份文件，明确把提请仲裁的目的描述为"保护我们国家的领土和海洋区域"，声称不要"放弃我们的国家主权"，把真实意图很露骨地讲了出来。

"菲律宾执意单方面提起南海仲裁案，实质目的是通过仲裁这种手段将其非法侵占的中国南沙岛礁据为己有，从法律上否定中国的领土主权和海洋权益。"中国政法大学国际法学院教授马呈元说。

武汉大学国际法研究所执行理事长曾令良说，作为解决问题的一种法律途径，"仲裁"乍一听是能为国际社会普遍接受的做法。而菲律宾的单方面行为正是利用了人们的这种心理，具有较强的欺骗性和迷惑性。

三问：中国对仲裁案采取什么立场态度？

在领土主权和海洋权益问题上，绝不接受单方面诉诸第三方争议解决办法，是中国的一贯立场。中国政府对菲律宾南海仲裁案的立场和态度一直很清楚：不接受、不参与。未来裁决结果作出后，也将不承认、不执行。

曾令良说，领土主权争议不是《联合国海洋法公约》的规范事项；而关于海洋划界，中国政府早在2006年就根据《公约》规定作出了排除性声明。"虽然菲律宾对南海仲裁案进行了精心包装，但本质上都属于领土主权争议和海洋划界问题。"

此外，将南海争议提交仲裁也违背中国同东盟各国签署的《南海各方行为宣言》，以及中菲之间通过友好磋商和谈判解决争议的共识。

"菲律宾的做法一不合法，二不守信，三不讲理，对中国无约束力，不影响中国行使自己的权利。"李国强说。

四问：仲裁庭是否公平公正权威？

作为应菲律宾单方面请求建立的一个临时机构，南海仲裁案仲裁庭违反《公约》规定，强行审理和行使管辖，属随意扩权和滥权。

外交部边海司副司长肖建国表示，仲裁庭一味全盘接受菲律宾的非法无理主张，实际上已沦为菲方的代理人，完全偏离了第三方程序应有的公正立场与审慎品格。

"仲裁庭从一开始就缺失成立的根基，恰如凭空建立的空中楼阁。"肖建国说，"对于这幢违法建筑，应予拆除，有关仲裁庭应予撤销。"

"作为《公约》缔约国，中国所做的一切，针对的不是包括《公约》在内的国际法，也不是国际海洋法法庭，针对的是强行审理和行使管辖权、随意扩权滥权的南海案仲裁庭。"李国强说。

五问：南海仲裁案是不是单纯的法律案？

"菲律宾南海仲裁案绝不是一起单纯的法律纠纷，而是一场披着法律外衣的政治闹剧。"徐宏说，"大量证据表明，菲律宾提起南海仲裁案的真实目的就在于否定中国对南沙岛礁的领土主权，并将其非法窃取中国南沙岛礁的行为合法化。"

域外国家的介入更让南海仲裁案充满阴谋意味。外交部长王毅曾公开指出："菲律宾的一意孤行，显然有幕后指使和政治操作。"

事实上，从 2013 年菲律宾单方面提起仲裁起，美国就如影随形。仅从公开报道看，美国白宫、国会、国务院、军方都有政要表达过对菲律宾此举的支持。

中国国际法学会副会长、中国海洋学会副理事长张海文说，随着美国推进"重返亚太"战略，南海问题逐渐升温。美方公开声称，南海岛屿领土争议事关美国国家利益。在这个背景下，南海仲裁案绝不能简单地放在国际法框架下分析。

六问：不参与是否意味着不作为？

不接受、不参与菲律宾所提南海仲裁案，并不代表中方在此问题上无所作为。实际上，从菲律宾单方面提起仲裁案起，中国就通过多个途径、采取多种手段维护自身合法权益。

2014 年 12 月 7 日，中国政府发表关于菲律宾所提南海仲裁案管辖权问题的立场文件。清华大学法学院副教授张新军表示，这一立场文件是中国政府标志性的"有所作为"。

此外，2015 年 10 月，仲裁庭就管辖权和可受理性作出裁决之后，中国外交部发表声明，指出裁决无效，对中方没有约束力，并阐述了五点法理依据。

中方还通过其他多种渠道向国际社会宣介自身立场。外交部长、驻外大使、发言人等，在会见会谈、演讲、记者会等多个场合阐明中国立场，批驳菲方行径。

七问：不承认不执行裁决结果是否违反国际法？

中国外交部多次表示，无论仲裁案最终结果如何，中方都不会接受和承认裁决，更不会执行裁决。中国不会同意任何国家以此裁决为基础与中方商谈南海问题，也不会接受任何国家、机构和个人以仲裁裁决为基础提出的一切诉求和主张。

多位国际法专家认为,菲律宾单方面提起仲裁违背国际法,仲裁庭缺失合法性、公正性,所谓中国不承认、不执行裁决结果违反国际法,"完全是贴标签"。

"由于仲裁庭一开始就不具有管辖权,所以无论裁决结果对中国有利还是不利,都不具备法律效力,自然也就谈不上执行问题。"马呈元说。

外交部边海司司长欧阳玉靖表示,判决还没有作出来,有人就迫不及待地跳出来要中国遵守、执行裁决结果。"这些人究竟要中国执行什么样的结果?如果是要用这个裁决来限制中国在南海的主权主张或者主权行动,那岂不正好证明了仲裁庭是在越权裁判?这个裁决又怎么可能是个有效的裁决?"

八问:不利裁决是否意味着丧失南海权益?

国际法专家表示,这种情况只有裁决得到执行才会出现,但中国在仲裁案问题上的立场是不接受、不执行,且仲裁庭没有相关执行机构,因此仲裁结果不会影响中方维护南海权益。

徐宏说,无论是菲律宾提起仲裁,还是仲裁庭作出裁决,都不会改变中国对南海诸岛及其附近海域拥有主权的历史和事实,不会动摇中国维护国家主权和海洋权益的决心和意志,也不会影响中国通过直接谈判解决有关争议,以及与本地区国家共同维护南海和平稳定的政策和立场。"希望任何方面都不要被这个案件所绑架。"

"这是一场综合实力和意志的较量,涉及我领土主权和海洋权益的事没有妥协空间。"欧阳玉靖说。

九问:中国是否"孤军奋战"?

2016年5月12日,在多哈举行的中阿合作论坛第七届部长级会议通过

《多哈宣言》，强调阿拉伯国家支持中国同相关国家根据双边协议和地区有关共识，通过友好磋商和谈判，和平解决领土和海洋争议问题；强调应尊重主权国家及《联合国海洋法公约》缔约国享有的自主选择争端解决方式的权利。

据记者了解，已有约40个国家对中国在南海仲裁案上的立场明确表示支持，既包括东盟国家，也包括域外国家。

"这是国际社会对中国通过协商处理南海问题、维护南海和平稳定、全面有效落实《南海各方行为宣言》立场的理解和支持，代表着世界上维护公平正义的声音。"曾令良说。

他表示，仲裁庭作出裁决后，短期可能会有一些杂音噪音。对此，中国要保持在南海问题上立场、政策、态度不变，继续坚定维护自身权益、维护南海和平稳定。

（新华社北京2016年5月15日电）

南海仲裁结果存在三大连环性荒谬

新华社记者 刘斐 王建华 吴植

所谓的菲律宾南海仲裁案裁决结果于 2016 年 7 月 12 日公布,这完全是一起披着法律外衣的政治挑衅,旨在否定中国在南海的领土主权和海洋权益。国际仲裁庭扩权、越权、滥权审理,破坏了国际法治原则,损害了国际仲裁声誉,背离了和平解决国际争端的宗旨。

该裁决结果至少存在三大连环性荒谬,它根本上就是非法的、无效的、没有拘束力的,中国拥有确凿的法理依据、充分的事实依据、至高的道义依据不接受、不承认。

法律程序之荒谬

通过谈判方式解决南海争端是中菲通过双边、多边协议予以确认的途径,并且没有为谈判设定最后期限。

自 1995 年 8 月 10 日中菲发表了《关于南海问题和其他领域合作的磋商联合声明》以来,中菲政府间一系列联合声明与双边协定均明确规定,双方将通过双边谈判协商解决领土和海洋权益争议问题。

2002 年 11 月 4 日,中国政府与包括菲律宾在内的东盟各国政府共同签署了《南海各方行为宣言》。《宣言》第四条明确规定："有关各方承诺……由直接有关的主权国家通过友好磋商和谈判，以和平方式解决它们的领土和管辖权争议。"

就在 2011 年，菲方还与中方共同发表声明，承诺坚持通过谈判协商解决争议。然而，仅仅一年多，菲方就在事先未告知中方，更未征得中方同意的情况下，突然单方面提起仲裁，违背了《联合国海洋法公约》有关仲裁的法律程序规定。

《公约》第十五部分"争端的解决"中第 281 条规定，作为有关本公约的解释或适用的争端各方的缔约各国，如已协议用自行选择的和平方法来谋求解决争端，则只有在诉诸这种方法仍未得到解决以及争端各方间的协议并不排除任何其他程序的情况下，才适用本部分所规定的程序。

迄今为止，中菲从未就南海仲裁相关事项进行过谈判。而且，近年来，中国多次向菲律宾提出建立"中菲海上问题定期磋商机制"的建议，但一直未获菲方答复。

"国家同意原则"是整个国际法体系的基石，是国际法具有拘束力的根源所在。如果失去了仲裁前双方合意这一本质特征，那么"仲裁"就不再是仲裁了。

2006 年，中国根据《公约》第 298 条作出排除性声明，将涉及海域划界、历史性海湾或所有权、军事和执法行动等方面的争端排除在《公约》争端解决程序之外。

对这些事项，中国并未给予国家同意，即不同意相关强制仲裁条款。仲裁庭不能违反国家同意原则做出实质性裁决。

武汉大学中国边界与海洋研究院副教授黄伟表示，目前有关历史性权利的国家实践和国际司法实践往往与海洋划界密切相关，在这些实践中，历史性权利通常作为《公约》第 74 条和第 83 条的"有关情况"被讨论。

他说，不论菲律宾如何解释第 298 条，有关非主权性历史性权利问题都将涉及第 74 条和第 83 条的解释和适用，从而被 2006 年中国根据《联合国海洋法公约》第298条作出的声明所明确排除在仲裁庭管辖权之外。

综上可见，中菲有关南海争端的解决并未触发《公约》所规定仲裁的条件。仲裁庭不具有管辖权，其作出的裁决是擅自扩权、越权、滥权的行为结果。

事实认定之荒谬

仲裁庭宣称，无证据显示历史上中国对南海水域或其资源拥有排他性的控制权。

追溯历史，中国最早发现、命名、开发经营并持续、有效对南海诸岛及附近海域实施主权管辖，从而形成历史性权利。第二次世界大战结束后，中国收复日本在侵华战争期间曾非法侵占的中国南海诸岛，并恢复行使主权。中华人民共和国自成立以来，中国政府一直坚持并采取实际行动积极维护南海诸岛主权。

南宋赵汝适的《诸蕃志》详细记载了唐代以后中国对南海诸岛的主权管辖变化情况，而南宋《琼管志》则记载了南海诸岛属于"琼管"。明清两代，中国政府即明确把南海诸岛列入广东省琼州府万州管辖。

主权管辖无共享。中国历代政府对南海诸岛的持续管辖充分证明了这是具有排他性的控制权。

中国政府12日发表的声明，再次阐明了中国在南海所拥有的领土主权和海洋权益。其包括：中国对南海诸岛拥有主权；中国基于南海诸岛主权拥有内水、领海、毗连区、专属经济区和大陆架；中国在南海拥有历史性权利。

仲裁庭认为，中国在2012年5月之后限制菲律宾渔民接近黄岩岛的行为违反了尊重他们传统渔业权利的义务。

这恰恰是罔顾了"黄岩岛是中国固有领土"的事实，是在错误依据基础上作出的错误裁决。

根据确定菲律宾领土范围的1898年《美西巴黎条约》、1900年《美西华盛顿条约》和1930年《英美条约》等一系列国际条约，菲领土范围从不包括中国黄岩岛和南沙群岛。而菲通过1935年宪法和1961年《关于确定菲律宾领海基线的法案》进一步确认了上述条约对菲领土范围的规定。

中国有权采取一切必要措施维护对黄岩岛及附近海域的主权，包括渔业作业权利。

法律适用之荒谬

仲裁庭对中国对南海海域的历史性权利、南海岛礁地位、中国在南海活动的系列裁决，均明显或暗含地影响到中国在南海的主权和海域划界，超出了《公约》的调整范围，不涉及《公约》的解释或适用。

国家领土主权是其海洋权利的基础，这是国际法一般原则。如果不确定中国对南海岛礁的领土主权，仲裁庭就无法确定中国依据《公约》在南海可以主张的海洋权利范围，更无从判断中国在南海的海洋权利主张是否超出《公约》允许的范围。

然而，领土主权问题并非《公约》调整的范畴。将《公约》相关条文适用于南海争端，即是犯了法律适用与否方面的错误。

仅就菲律宾诉求的"美济礁和仁爱礁为菲律宾专属经济区和大陆架的一部分"而言，黄伟表示，仲裁庭的有关推理已经造成了对中国对作为南沙群岛一部分的美济礁、仁爱礁等岛礁主权主张的减损，与菲律宾关于诉求不涉及海洋地物主权归属问题的承诺相违背。

南沙群岛包含众多岛礁，中国在历史上将南沙群岛作为一个整体主张主权和海洋权利。菲律宾在仲裁诉求中却对南沙群岛作出"切割"，否定中国对整个南沙群岛的主权，篡改了中菲南沙群岛主权争端的性质和范围。

此外，仲裁庭裁决，中国在南海的活动侵犯了菲律宾对其专属经济区和大陆架的主权权利。

这一裁决的前提是，菲律宾的海域管辖范围是明确而无争议的，中国的活动进入了菲律宾管辖海域。但中菲并未进行海域划界。相关裁定作出前首先要确定相关岛礁的领土主权,并完成相关海域划界。

这就又一次陷入了领土主权和海域划界问题不属《公约》调整范围的怪圈。

仲裁庭裁决行为及结果严重背离国际仲裁一般实践,完全背离《公约》促进和平解决争端的目的及宗旨,严重损害《公约》的完整性和权威性,严重侵犯中国作为主权国家和《公约》缔约国的合法权利,是不合法的、不公正的。

(新华社北京 2016 年 7 月 12 日电)

南海记忆

李国强

中国南海诸岛及其附近海域主权和管辖权的确立,植根于 2000 多年的历史发展,奠基于中国人民世世代代在南海的辛勤耕耘及和平利用。大量史籍和舆图,向世人提供了中国拥有南海诸岛主权的排他性历史证据,无可辩驳地证明,只有中国历代政府对南海诸岛及其附近海域行使了完整的主权职能。

根据宋代赵汝适所著《诸蕃志》记载,唐贞元五年(公元 789 年),当

航拍甘泉岛　宋国强摄

屹立在西沙永兴岛老龙头礁上的中国西沙石岛碑 苏晓杰摄

时被称为"千里长沙""万里石塘"的南海诸岛即隶属于海南四州军。大约成书于1203—1208年的地方志书《琼管志》记载南海诸岛隶属于广南西路琼管安抚都监吉阳军的管辖范围，这标志着中国政府最晚从唐宋时期起，已将南海诸岛纳入版图，并明确了行政辖治。

据宋代官修兵书《武经总要》记载，公元971年宋太祖建立巡海水师，对南海实施巡管，由此中国政府将南海海域纳入海防范围。

至明清两代，时称"长沙""石塘"的南海诸岛置于广东省琼州府万州辖下。1621年茅元仪所著《武备志》中有《自宝船厂开船从龙江关出水直抵外国诸蕃图》，即《郑和航海图》，该图把南海诸岛划入我国版图，同时标示出南海诸岛归属于广东的建置关系。在清代官方文籍中，如1676年两广总督金光祖纂修的《广东通志》山川·万州条，1725年经筵讲官、户部尚书蒋廷锡等校修、1726年雍正皇帝御序的《钦定古今图书集成》职方典·琼州府山川考二·万州条，1731年广东总督郝玉麟等修纂的《广东通志》山川·万州条，1822年两广总督阮元总裁、广东巡抚

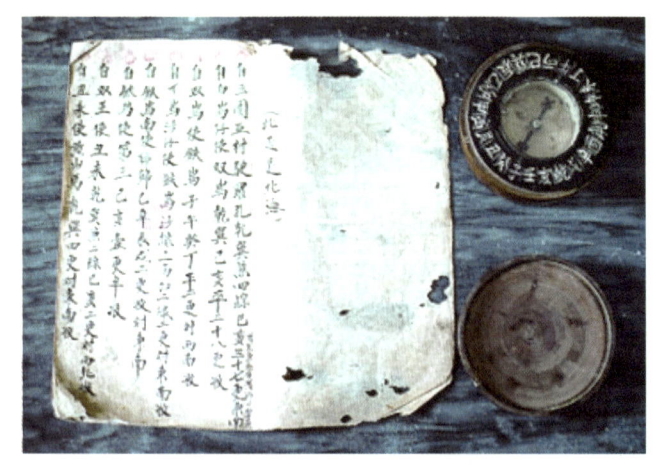

2016年5月27日，琼海市潭门镇草堂村，已82岁高龄的老船长卢业发珍藏的陪伴他行船南海的《更路簿》和罗盘 宋国强摄

李鸿宾等监修的《广东通志》山川略十三·琼州府万州条，1679年万州知州李炎等原著、1819年万州知州汪长龄主修、1828年万州知事胡端书续修的《万州志》川条，1841年明谊修、张岳崧编纂的《琼州府志》万州海防条等官方文籍，均把"千里长沙""万里石塘"列入广东省琼州府万州辖治范围内。

清代官方地图，如1724年刻制的《清直省分图》之《天下总舆图》、1755年前印行的《皇清各直省分图》之《天下总舆图》、1767年印行的黄证孙《大清万年一统天下全图》、1767年后印行的朱锡龄《大清万年一统全图》、1810年印行的《大清万年一统地理全图》、1817年印行的陶晋《大清一统天下全图》、1895年印行的《古今地舆全图》等，无一例外地把长沙海、石塘海标示于版图之内。

与此同时，中国政府持续加强对南海的军事戍守。明朝设立巡海备倭官和海南卫、清朝设立崖州协水师营，先后负责南海海疆巡视。明代黄佐所著《广东通志》记载"七洲洋"即今西沙群岛，属于巡海备倭官巡海设防的范

琼海潭门渔民在西沙群岛晋卿岛进行深海网箱养殖　李英挺摄

1946年12月，中国政府接收南沙南威岛，并立石碑以为标志　资料图片

围。《琼山县志》卷14金石条记载明代海南卫"统兵万余"，巡逻"海道几万里"，远涉南海各海区。清代《泉州府志》和《同安县志》记载了广东水师副将吴升对南海海域巡视的史实。《琼州府志》和《崖州志》则记载："崖州协水师营分管洋面，东自万州东澳港起，西至昌化县四更沙止，共巡洋面一千里，南面直接暹罗、占城夷洋。"这清晰地表明，清代水师巡视范围涵盖了包括西沙、南沙在内的整个南海海域。1909年4月广东总督张人骏命广东水师提督李准前往西沙巡视。李准率军地官员及测绘人员、化验师、工程师、医生、工人等共计170余人，分乘伏波、琛航、广金三艘兵船至西沙各岛及海域遍为巡查，先后命名了西沙14座岛屿。

　　1934年12月和1935年3月，由国民政府内政部组建的水陆地图审查委员会召开第25次和第29次会议，专门审定并公布了"中国南海各岛礁华英岛名"。1935年4月水陆地图审查委员会出版了《中国南海各岛屿图》，这是民国政府公开出版的具有官方性质的南海专项地图，图中将南海最南端标绘在北纬4°曾母滩。

　　第二次世界大战后，根据《开罗宣言》和《波茨坦公告》的精神，中国政府决定接收西沙、南沙群岛并恢复主权。1946年9月2日，国民政府发布关于收复西南沙群岛的训令。以林遵上校为总指挥官的中国海军，分乘"太平号"护航驱逐舰、"中业号"坦克登陆舰、"永兴号"驱潜舰及"中建号"

坦克登陆舰前往，分别于 1946 年 11 月 29 日和 1946 年 12 月 15 日完成对西沙群岛和南沙群岛的接收，并竖立"太平岛""南威岛""西月岛"等石碑，明确宣示中国对南海诸岛的主权。1947 年 2 月 28 日国民政府发布完成西沙、中沙、南沙群岛接收的公报。

1947 年 4 月 14 日、5 月 14 日、6 月 10 日国民政府内政部和行政院先后主持召开"商讨西南沙群岛范围及主权之确定与公布报告会议""西南沙群岛范围及主权之确定与公布案会议""公布南沙群岛收复范围图案审查会"，议定中国南海领土公布范围、在南沙岛屿竖立领土标志等若干事项。1947 年 12 月 1 日，经国民政府审定的"南海诸岛新旧地名对照表"予以公布。1948 年 2 月内政部正式公布《南海诸岛位置图》，标示了南海诸岛 167 个岛礁沙滩洲地名和南海 11 条断续线，进一步明确了中国在南海的主权管辖范围。

1946 年 12 月，中业舰负责接收中业岛，并在岛上立石碑以示主权恢复标志　资料图片

大量事实表明，历经两千年的发展，中国人民成为南海最早的开发者、经营者和利用者；中国政府连续不断的行政和军事管辖，确立了中国是南海诸岛唯一的主权拥有者的合法地位。中国不仅拥有南海诸岛主权，而且拥有对南海资源开发、利用、管理的权利，这一立场为历代中国政府所长期坚持，其历史事实确凿无疑，其发展脉络清晰可见，其历史证据不容否认。

（作者系中国社会科学院中国边疆研究所副所长、研究员）

（《光明日报》2016 年 7 月 10 日）

日本右翼一手组建仲裁庭

中央电视台

外交部部长王毅今天就所谓南海仲裁案仲裁庭裁决结果,进一步阐明中方态度时表示,南海仲裁案从头到尾就是一场披着法律外衣的政治闹剧,其裁决不可能产生任何法律效力。那么,为什么说这是一场"政治闹剧"呢?让我们首先来看一看这个所谓仲裁案的关键人物——南海仲裁庭的5个仲裁员以及这个仲裁庭的背后推手——国际海洋法法庭前庭长柳井俊二。事实上,5个仲裁员里的4个都是由这位日本右翼鹰派人物柳井俊二指派的,由于柳井俊二一贯的反华立场,因此这次仲裁的公正性存在巨大缺陷。

此次南海仲裁庭2013年6月21日最终组建完成,共有5名仲裁员,他们分别是吕迪格·沃尔夫鲁姆,德国籍;托马斯·门萨,加纳籍;让－皮埃尔·科特,法国籍;阿尔弗雷德·松斯,荷兰籍;斯坦尼斯洛·帕夫拉克,波兰籍。

这5名仲裁员中,德国人吕迪格·沃尔夫鲁姆为菲律宾方面指派,中方由于不参与仲裁,因此没有指派仲裁员。其余4人均由国际海洋法法庭前庭长柳井俊二代为指派。

那么,组建这次南海仲裁庭的关键人物柳井俊二,究竟是什么人呢?

组建仲裁庭关键人物竟然是日本右翼

柳井俊二，日本前外交官，曾担任日本驻美大使。2005—2014年担任国际海洋法法庭法官，其中2011—2014年担任过庭长职务。

然而，柳井俊二的名片上还有另外一个引人关注的身份，自2007年至今，他还同时担任安倍政府"有关安保法的基础再构建恳谈会"会长职务。这个恳谈会主要为安倍政府修宪、解禁集体自卫权、日美安保条约与日美同盟、日本与其他国家的联合安保等议题寻找法律依据并提供理论及策略支持。实质上，柳井就是安倍政府智囊团的首席人物，他同时也是公认的日本右翼鹰派代表人物，其个人政治立场非常明确。

2013年8月4日，在中菲南海仲裁庭组建一个多月时，柳井俊二就在日本NHK电视台节目上声称，日本岛屿受到"威胁"，强调日本存在"敌人"，需要大力强化武力等多方面措施来保障日本安全，这也彰显出柳井一贯的强烈反华立场。

专家：日本右翼柳井俊二应该回避

专家认为，此次南海仲裁庭的公正性存在瑕疵，最主要就是因为，南海仲裁庭实际最主要组建人柳井俊二的反华身份，使得本案难保公正性，而柳井俊二理应回避组建工作。

仲裁庭组建过程中出现过回避先例

事实上，在南海仲裁庭的组建过程中，就出现过回避的先例，仲裁庭最初组建时，柳井俊二指认的首席仲裁员为斯里兰卡籍的克里斯·品托，然而很快品托就主动回避了，因为品托的妻子是菲律宾人。

专家：南海仲裁庭带有很强的政治性和临时性

专家认为，相比于国际海洋法法庭来自世界各大洲的21个法官，这次临时组建的仲裁庭只有5人，4人来自欧洲，1人来自非洲。而最重要的是其中4人为柳井俊二指派，因此，这次南海仲裁庭带有很强的政治性和临时性，容易被人操纵。

【同期】外交学院副教授　龚迎春

从案子一开始，从仲裁员指定，如果有人想操纵，是比较容易操纵的。规则也是因为这个案子弄的规则，跟海洋法法庭和法院（规则）都是固定的。有很大随意性，处理的问题像这次这么重大，却交到5个人手里去解决。

（《国际时讯》2016年7月12日）

"南海白皮书"正本清源还原真相

中央电视台

国务院新闻办昨天发布《中国坚持通过谈判解决中国与菲律宾在南海的有关争议》白皮书,重申中国政府在中菲南海争议和南海问题上的一贯立场和政策。专家表示,白皮书是一种权威的"官方解说",阐述事实、正本清源,有助于国际社会看清所谓仲裁的"闹剧"本质。

专家指出,两万余字的白皮书,列举古代史料以及中外近现代档案资料,以事实为依据,还原历史真相,力证南海诸岛自古以来就是中国的领土,菲律宾单方面提出的所谓仲裁,就是一场披着法律外衣的政治闹剧。

【同期】武汉大学中国边界与海洋研究院院长 胡德坤

通过这种充分的事实根据,来还原历史真相,让人看到中菲关系的实质是什么,实质就是领土争端、领土带来的海洋权益的争端。这个是海洋法庭仲裁庭没有权利进行管辖和进行仲裁的。因此它是个非法的、无效的判决。

【同期】香港特别行政区基本法委员会副主任 梁爱诗

仲裁庭的裁决是不公平一边倒的。南海诸岛自古以来是中国领土,此次裁决没有尊重中国主权。

专家表示,白皮书中重申了中国政府在南海问题上的一贯立场和政策,再次向周边国家和国际社会传递出中国解决南海争端的一贯方针,就是希望通过谈判来解决中菲之间的争端。

【同期】中国南海研究院院长、研究员　吴士存

中国不承认对南海诸岛的非法侵占，愿意通过协商和平解决。共同开发，实现互利共赢，中国还是致力于维护南海地区的和平与稳定。

【同期】中国社会科学院中国边疆研究所副所长、研究员　李国强

白皮书清楚表明有关南海争议只能通过外交途径，由相关争端方以协商对话的方式加以解决，这是唯一正确的选择，那在争议解决之前，有关争议双方可以建立临时性、过渡性的办法，不采取任何使问题扩大化、复杂化和影响南海和平稳定的行为。

【同期】武汉大学中国边界与海洋研究院院长　胡德坤

以白皮书的方式是一种非常善意的外交形式。谁是谁非，谁是在破坏国际法治，谁是在维护国际法治，我想通过这个白皮书使世界上更多的有识之士看到中国才真正是国际法海洋法的维护者。

（《新闻联播》2016 年 7 月 14 日）

十问南海

中央电视台

（一）美国为什么要搅局南海？

中央电视台记者　金佳博　代卫　刘超　邢亮

随着南海仲裁案裁决日的临近，南海成为各国媒体关注的焦点。《中国新闻》从今天起推出十集系列报道《十问南海》，从历史、法理多角度带您全面了解南海问题。今天播出第一集《美国为什么要搅局南海？》。

【同期】记者　金佳博

近日，美国中央情报局局长约翰·布伦南在美国外交学会发表讲话。他表示："美国要在南海盯紧中国，美国不会离开南海。"与此同时，美国海军第七舰队发布消息称，"里根"号领衔的美军第五航母打击群已经进入南海，执行所谓"例行的巡航任务"。此外，据美军高官透露，美国甚至计划在两年内把F-35隐形战机部署到南海。一步步的行动，美国为什么要搅局南海？

【同期】斯坦福大学胡佛研究所高级研究员、前美国国务院法律顾问　索费尔我特别感到遗憾的是，美国自己还不是（《联合国海洋法公约》）成员国，但我们的表现貌似比中国还懂得如何更好地行事。

"特别遗憾"这是年过七旬的索费尔在谈到美国的南海政策时反复强调的词。作为美国国务院前法律顾问，索费尔所关注的还只是美国近年来在国际法领域奉行双重标准的种种作为。但实际上，从2010年开始，美国就已经不再暗中搅局，而是赤膊上阵，从军事、政治、外交等各方面直接制造南海事端。

【同期】中国国际问题研究院副院长　阮宗泽

（美国）从幕后走向台前，原因有两点，第一个美国奉行所谓的"亚太再平衡战略"，到2020年，美国要把60%的飞机、60%的军舰部署到西太平洋地区。这个借口是什么？就是对中国的防范和对冲，所以南海问题成了美国介入这一地区很好的由头。

专家介绍，美国介入南海的第二个原因是美国担心其在亚太地区的主导地位受到削弱。

【同期】中国现代国际关系研究院美国所所长　达巍

如果你从来没有离开过（南海），你又反复说我没离开（南海），我不会离开（南海），实际这是美国战略心态的变化。美国担心的是地区国家，尤其是盟国认为美国实力下降了、美国要离开（南海）。实际上反映了美国面对中国崛起的战略的焦虑。

美国近年来，尤其是2016年以来，在南海大搞军事演习，不断构建新的军事基地。对此，中国外交部长王毅在不久前接受半岛电视台采访时表示，美国在南海地区的军事行动使南海问题变得更加复杂，局势变得更加紧张。

【同期】中国外交部长　王毅

是谁在这个地区大搞军事演习？谁把大量的先进武器派到南海？而且在不断地构建新的军事基地，我想这个国家不言自明，当然就是美国。

我想这种举动起码是给南海局势增加了不稳定因素，甚至是在刺激局势进一步紧张,这不是一种建设性的做法。

(二)菲律宾阿基诺三世政府信用何在?

中央电视台记者　张好　苏龙臻　代卫　刘天凯

南海仲裁案裁决结果发布在即,这场所谓的仲裁到底有没有法律依据?为什么说菲律宾单方面发起的仲裁是一种背信弃义的行为?今天播出第二集《菲律宾阿基诺三世政府信用何在?》。

【同期】记者　张好

2002年,中国与包括菲律宾在内的东盟十国签订了《南海各方行为宣言》,承诺有关各方通过友好磋商谈判来解决争端,同时不采取单方面的措施,让形势复杂化。而且,从1995—2011年,中菲两国至少发表了6份共同声明,再三承诺坚持通过谈判来协商解决争议。但在最后一份声明发表仅仅一年后,菲律宾阿基诺三世当局就突然单方面提起仲裁,全然违背了之前的承诺。我们不禁要问,阿基诺三世政府,信用何在?

【同期】中国国际问题研究院副院长　阮宗泽

我觉得主要就是因为误判形势:第一个误判就是他认为菲律宾无论做什么,中国只能忍气吞声。中国是要和平发展的,但我们绝不能牺牲中国的主权安全发展利益,一旦我们的核心利益受到了损害,那中国必然要采取反击的措施。第二个,菲律宾自己就认为它是美国的一个盟友,所以无论它做什么,美国都会无条件地支持。所以我觉得这两大误判导致了菲律宾方面出尔反尔、背信弃义。

承诺在先,法律在上,菲律宾阿基诺三世当局却误判形势,公然提起单方面仲裁,导致了南海局势紧张,造成了恶劣的影响。

【同期】中国国际问题研究院副院长　阮宗泽

由于菲律宾单方面提起这样一个仲裁,所以实际上它关闭了中菲就南海岛礁争端问题进行谈判的这样一个大门。它开启了一个很恶劣的先例，这种先例就是说超越谈判，来试图用强制仲裁的方式来解决争端，实际上，这个仲裁是不可能解决中菲之间这个争议的，它只能让争议更加复杂化。

国际法庭前法官也提出，仲裁的目的其实是在于解决争端，但解决争端最好的方式，应该是谈判。

【同期】国际法庭前法官　阿卜杜尔·科罗马

我觉得很显然这种争端最好的解决方式是谈判，这是我的看法，你需要一个可接受的稳定的解决方案，因为最终睦邻间需要友好相处，无论怎样解决，必须让他们感到舒服。

（三）中国南海主权为何不容置疑？

中央电视台记者　金佳博　郭睿　楚琳

日前，中国前国务委员戴秉国在美国表示，南海仲裁案结果不过是一张废纸，不会影响中国领土主权和海洋权益。中国南海主权为何不容置疑？来看今天的《十问南海》系列报道。

【同期】中国前国务委员　戴秉国

仲裁结果很快就会出来了，出来就出来吧，没什么了不起，不过是一张废纸。

【同期】记者　金佳博

不过是一张废纸。这是中国前国务委员戴秉国6日在美国，就南海仲裁案的定位。菲律宾单方提出的南海仲裁案不会丝毫影响中国领土主权和海洋权益。那么，中国南海主权为何不容置疑？

今年81岁的苏承芬是海南潭门的一名渔民。他从13岁开始，每次平安出海所依靠的就是这本世代流传的《更路簿》。

【同期】潭门渔民　苏承芬

这一本《更路簿》就是我的祖父传给我的父亲，父亲老了不出海了，我就接这本下来。

古时，渔民用燃香计时的方式换算海上航行距离。一炷香是一更，一更是十海里。《更路簿》因此得名。在苏承芬的《更路簿》上，南海的每个岛礁及往返航线都被当地方言一一标明。

《更路簿》存在了600多年，但这并不是中国对南海岛礁的最早记载。在中国东汉时期，临海太守杨孚在其所著的《异物志》里就有对南海岛礁的描述。中国发现和命名南海诸岛的历史比菲律宾早了1900多年。

【字幕】涨海崎头，水浅而多磁石，涨海崎头，水浅而多磁石，徼外大舟，锢以铁叶，值之多拔。——东汉临海太守杨孚《异物志》。

公元1世纪，涨海是中国最早对南海的称谓。

【同期】中国社会科学院中国边疆研究所副所长、研究员 李国强

从唐宋以来，中国政府对南海实施行政管辖采取了几种方式。一是设置行政机构，第二是设置水师，第三是把它纳入版图。

【同期】中国国际问题研究院院长 苏格

国际上对岛屿的归属有国际法认定的程序和一些基本实施。谁最先发现、谁最先命名、谁最先行使不间断的主权管理。对南沙群岛，谁又能否定中国、中华民族是最先发现这些岛屿的。

菲律宾的领土范围由一系列国际条约确定。这些条约明确规定菲律宾领土范围西部界线为东经118°，将南海诸岛排除在外。但自从20世纪70年代南海发现油气资源之后，菲律宾开始觊觎南海。

【同期】巴勒斯坦民族解放运动中央委员 阿巴斯·扎齐

按照历史记载，中国人早在公元前2世纪就发现了南沙群岛，然而自20世纪70年代南海发现油气资源以后，形势发生了变化，但无论如何这都改变不了中国对南海诸岛拥有主权的事实。

（四）仲裁案后 中菲关系何去何从？

中央电视台记者 张好 苏龙臻 郭睿 李思文

南海仲裁案，无论结果如何，都已经对中菲关系造成了损害。而菲律宾新当局上台，能否让南海争端"软着陆"呢？中国新闻系列报道《十问南海》今天播出第四集：《仲裁案后 中菲关系何去何从？》。

【同期】记者 张好

中菲两国1975年正式建交，至今已有41年。这些年来，中菲两国在经贸关系、人文往来，包括国际地区问题上积累了难得的互信。然而，阿基诺三世当局的背信弃义却令两国关系降至冰点。2016年6月30日，菲律宾新总统杜特尔特上台，提出希望能让中菲南海争端"软着陆"。但是，仲裁案不论结果如何，对两国关系损害已然造成，未来中菲关系到底何去何从？

【同期】中国国际问题研究院副院长 阮宗泽

这个仲裁我觉得极大伤害了中菲经贸之间的信任，一旦这个信任被伤害，要通过很多的努力，经年累月才能弥补和修复。

另一方面，菲律宾提起单方面仲裁，不仅伤害了中菲关系，甚至造成了东盟共同体内部的裂痕。

【同期】中国国际问题研究院副院长 阮宗泽

直接的一个后果也是导致了东盟的分裂，因为东盟国家10个国家当中，大多数国家跟中国没有涉海问题的争端，由于菲律宾试图要让它们来为菲律宾的错误来埋单的做法，所以让东盟国家很难形成共识，造成东盟的分裂。

随着菲律宾新总统杜特尔特的上台，外界也对中菲关系的改善有了期待。马尼拉德拉萨大学政治学系助理教授理查德·海达里恩提出，杜特尔特或许可以让争端降温。

【同期】马尼拉德拉萨大学助理教授 理查德·海达里恩

现在他想做的是：为了管理争端我们可以做什么来确保不冲突不炒作，以及避免各界并不期待的争端出现？——让我们来关注各方有共同利益的区域。

【同期】中国国际问题研究院副院长　阮宗泽

能不能最后通过谈判的方式来解决让这个仲裁案，让它"软着陆"，完全取决于菲律宾方面。因为这个球在菲律宾方面，菲律宾单方面强行提起仲裁，解铃还需系铃人，所以由菲律宾方面，我想它应该是放下这样一个包袱。轻装前进，带动中菲关系走向正轨。

（五）国际仲裁庭对南海争端有管辖权吗？

中央电视台记者　金佳博　黄铮铮　郭睿　刘天凯

2016年7月12日，海牙国际仲裁庭将对菲律宾单方提出的南海仲裁案作出裁决。对此，菲律宾外交部海事中心前秘书长埃恩科米恩达表示，菲律宾人工包装了南海仲裁案的诉讼请求。那么菲律宾为什么要这么做？国际仲裁庭对南海争端有管辖权吗？来看今天的《十问南海》系列报道。

【同期】菲律宾外交部海事中心前秘书长　阿尔韦托·埃恩科米恩达

仲裁庭对主权归属的争端没有管辖权，我认为菲律宾把仲裁案人工地包装成了"权利主张"，来代替"主权归属"。

【同期】记者　金佳博

"人工包装"是菲律宾前外交官埃恩科米恩达给南海仲裁案下的定义。作为一名资深的海洋法专家，他清楚地知道领土主权问题不属于《联合国海洋法公约》的调整范围。在2006年，中国就根据《公约》的298条规定，做了海洋划界争议的排除性声明。这就意味着，其他国家不能就此把与中国的争议提出仲裁，同时，国际仲裁庭也无权进行管辖。

《联合国海洋法公约》第298条规定：有关争端涉及海洋划界、历史性海湾或所有权、军事和执法活动等，缔约国有权声明不接受强制仲裁。上述被一国排除的争端,其他国家不得提起,仲裁庭也无权管辖。

【同期】中国社会科学院中国边疆研究所副所长、研究员　李国强

世界不只中国,有大约 34 个国家都发表了排除声明。联合国五个常任理事国,除了美国,因为美国没有批准加入《联合国海洋法公约》,其他四个国家都发表了排除声明。这个排除声明是《联合国海洋法公约》赋予缔约国的一种权利。

为了得到国际仲裁庭的受理,菲律宾对诉讼进行了精心包装。这些主张看起来绕开了主权问题,但实际上却招招指向本质的"海事权利"。

【同期】意大利乌尔比诺大学荣誉退休教授　洛苏尔多

海牙(仲裁)法庭没有解决领土主权争端的职能,海牙法庭的行为在法律上可被称为"滥用职权",同时,菲律宾在向海牙法庭提出仲裁时,隐藏了有关岛屿主权争端(的实质),而改用了其他的理由和借口。

根据《联合国海洋法公约》规定,以及国际法的基本原则,提出仲裁的前提是两国要穷尽外交手段。菲律宾称自阿基诺三世政府 2010 年 6 月上台后至 2013 年 1 月,与中国谈判了 50 次,没有结果,所以提起仲裁。但这根本就是谎言。

【同期】菲律宾外交部海事中心前秘书长　阿尔韦托·埃恩科米恩达

2 年时间 50 次谈判?我认为这是不可能的。

【同期】中国外交部长　王毅

菲律宾说谈判已经穷尽了,这不是事实,或者更加直截了当地讲,这是一个谎言。菲律宾提交的各项诉求,没有一项跟中国进行认真的双边谈判过。

(六)南海争端怎样和平解决?

中央电视台记者　张妤　郭睿　后天逸　苏龙臻　刘天凯

南海争端要怎样和平解决?对于解决南海争端,中国的主张到底是什

么?来继续关注今天的《十问南海》。

【同期】记者　张妤

纵观世界上领土争端和解的国际经验,很难想象,如果不尊重当事国的国家意志,要如何获得稳定长久的解决。因此,中国主张用"双轨思路"来解决南海争端:也就是用双边谈判化解分歧、用多边对话促进合作。在有关国家的共同努力下,"双轨思路"已经取得了积极成果,(特效字幕:中菲越2005年签订《在南海协议区三方联合海洋地震工作协议》)只有维护好这些成果,才能够真正地管控危机、缩小分歧。那么,南海争端能够通过这样的方式解决吗?

【同期】中国国际问题研究院院长　苏格

我们现在看到一些国家,不愿意和别人进行双边谈判,它说双边谈判谈可以,但是我"大哥"要站在我背后,其实有一些"大哥"呢,可能也特别热衷于站在别人背后,所以这个仲裁案背后我们始终可以看到,有一些大国的影子。

所谓"大哥"毫无疑问就是美国。菲律宾背后有美国撑腰,其南海主张愈发强硬,却完全无助于问题的解决。同样是南海主权争端的声索方,文莱则率先提出了"双轨思路"。

【同期】中国国际问题研究院副院长　阮宗泽

本来它(文莱)是南海的一个声索方,所以由它提出来,我觉得它的意义就非同一般。"双轨思路"就是讲,争端必须由争端方来解决,第二就是通过中国和东盟共同维护南海地区的和平稳定。

"双轨思路"为解决南海争端提供了一个最行之有效的方式,既保证了和平发展的前提,又排除了域外势力的干扰,因此一经提出,即获得中方以及国际社会的大力支持。

【同期】中国社科院东南亚研究中心副主任　许利平

我个人认为"双轨思路"是中国和东盟解决南海问题的一个现实选择,也是一个理性的选择。

【同期】美国宾夕法尼亚大学当代中国研究中心主任　金骏远

谁拥有主权？这个问题只能通过各方谈判解决。

【同期】英国工党影阁外交大臣、国会议员　凯瑟琳·韦斯特

我们要由当事国之间去解决问题，并以成熟的方式进行对话。

【同期】巴基斯坦驻华大使　马苏德·哈立德

南海存在的问题和争端需要由直接当事国，通过谈判以及和平手段解决。

2016年4月，中国外长王毅访问文莱，两国达成共识，继续克服困难，坚定推进"双轨思路"，为和平解决南海问题提供了良好示范。

【同期】记者　张好

国际社会的呼吁并没有让菲律宾回到谈判桌前。正如中国外交部发言人所说，菲律宾南海仲裁案完全是一场披着法律外衣的政治闹剧和挑衅。如果菲律宾放着谈判协商的康庄大道不走，那么最终也只能走入一条死胡同。

（七）中国南海主张为何获各方支持？

中央电视台记者　张好　郭睿　天逸　楚琳

为什么说谈判协商是解决南海争端的最佳方式，中国这一主张为何会获得国际社会的支持呢？今天继续关注系列报道《十问南海》。

【同期】记者　张好

其实中国已经在谈判解决领土边界问题上，积累了许多成功经验：中国共有14个陆上邻国，陆地边界线总长2.2万多公里。目前，中国与14个陆地邻国中的12个签订了边界条约，划定和勘定的边界线长度达2万多公里。同时与越南经过20多年的谈判，终于完成了北部湾的海上划界工作。那么，这些国家为什么愿意坐下来谈判，中国的南海主张又为何获得了各方的支持呢？

【同期】中国国际问题研究院研究员　杨希雨

并不是说这些国家支持说岛屿具体哪个岛子归中国，不是这个问题，它关键是支持中国在和平解决南海争端当中的正确的主张和立场；第二，这事

儿你是动了大家的奶酪，放着已有的很好的国际法文件于不顾，另辟一个单方面的所谓仲裁，还要强制执行，这么弄下来是对国际关系、国际秩序非常粗暴地破坏。

中国对和平与共同发展的诉求有目共睹，在弄清事情的是非曲直后，不少国家愿仗义执言。柬埔寨政府与政党组织就在不到一个月时间内多次明确表达在南海问题上对中国的支持。

【同期】柬埔寨奉新比克党主席　诺罗敦·拉那烈

我们和中国站在一起，我们赞成中国通过和平方式，解决问题的立场。

除了东盟国家外，中国的主张也得到了域外国家的大力支持，2016年5月12日通过的《多哈宣言》，表明了阿拉伯国家对中国南海主张的支持。目前已经有60多个国家、130个外国政党和政治组织积极表态，支持中国在南海仲裁案上的立场。

【同期】巴基斯坦驻华大使　马苏德·哈立德

我认为即使是《联合国宪章》也提倡通过谈判以及和平手段解决争端。

【同期】秘鲁驻华大使　胡安·卡洛斯·卡普纳伊

（关于南海问题）中国正在努力通过各种方式进行对话，这对亚洲的稳定非常重要。

【同期】阿富汗驻华大使　贾楠·莫萨扎伊

阿富汗的外交原则是我们支持解决争端，解决任何国家之间的争端，都要通过和平，通过谈判，通过磋商和对话的方式解决。因此联合声明（2016年中国和阿富汗联合声明）就南海问题的表述，从这一点上来讲已经很清楚了。

【同期】新加坡国立大学东亚研究所所长　郑永年

公道自在人心，大家是有判断力的。在南海问题上，有很多国家支持中国，要不公开声明，要不大家口头上支持赞成。

【同期】中国国际问题研究院长　苏格

有一些国家在公开场合、国际场合，它不便讲一些话，因为面对的是强权的压力，但是我们可以看到，世界上有不少国家公开和背地，都向中国表示了支持。

【同期】记者　张妤

得道多助，失道寡助。中国获得世界上60多个国家的支持，也说明公道自在人心。关于南海仲裁案的相关情况，明天请继续关注《十问南海》。

（八）菲律宾为什么提出南海仲裁案？

中央电视台记者　金佳博　代卫　李思文

日前，柬埔寨首相洪森就南海仲裁案公开表示称这是一场政治阴谋。那么，菲律宾提出南海仲裁案背后有何目的？来看今天的《十问南海》系列报道。

【同期】柬埔寨首相　洪森

这不是法律，这是政治阴谋，我不支持。

【同期】记者　金佳博

"这不是法律，这是政治阴谋。"这是柬埔寨首相洪森日前就南海仲裁案发表的讲话。早在仲裁结果公布前几个月，日本驻柬大使就曾威胁取消经济援助，要求柬埔寨支持国际仲裁庭的结果。菲律宾为什么提出南海仲裁案？

【同期】中国国际问题研究院副院长　阮宗泽

这场官司的实质是要否定中国对南沙岛礁的主权。是一个主权问题 菲律宾试图洗白它对中国南沙岛礁的非法占领，让它的非法行为合法化。

菲律宾觊觎南海的野心得到了美国的支持。2013年菲律宾提出仲裁请求后，美国不断制造国际舆论，支持菲律宾，抹黑中国。

【同期】中国社科院海疆问题专家　王晓鹏

几千页的这个内容，以菲律宾一国之力是无法进行相应的这种准备的。而这幕后正是菲律宾高薪聘请了美国大律师，去亲自设计的这样一场仲裁案。

2011年，奥巴马政府宣布战略重心转移到亚太，计划在2020年前将60%

的海空力量部署在亚太地区。由此，美国开始将南海争端当作其亚太战略的切入点。

【同期】中央电视台评论员　叶海林

从美国的利益诉求来说，南海仲裁案是它介入南海的一个抓手。

【同期】中国国际问题研究院国际战略研究所副所长　苏晓晖

美国的目标非常清楚，希望在南海问题上对中国加以遏制，使中国不能在南海行使自己的合法权益，而美国想做的是在南海横行。

【同期】希腊科孚市市长　科斯塔斯

美国试图要在南海保护它们的战略利益，借以扩张自己控制全球的计划。

除了美国，利用仲裁案搅局南海的域外国家还有日本。过去几个月，日本以维护航行自由为名，多次派自卫队舰机现身南海周边区域。

【同期】日本日中协会理事长、国际问题学者　白西绅一郎

在目前什么都未发生的情况下，却声张自由航行的问题，只能理解为别有企图。

【同期】中国国际问题研究院研究员　杨希雨

日本插手南海是安倍政府已经确定的既定政策。他认为（南海）是自己的自卫队走向海外的重要跳板，因此日本一定会努力搅局，让南海局势不断升温，这样才有（日本）自己的全球战略。

【同期】记者　金佳博

航行自由，是域外国家搅局南海的最常用借口。那么，到底是谁在维护南海地区的航行自由？请看明天的《十问南海》系列报道。

（九）谁在维护南海航行自由？

中央电视台记者　张好　郭睿　邢亮

美国等国家一直在指责中国妨碍南海航行自由。那么真实的情况到底是

怎样的？来关注今天的《十问南海》。

【同期】记者　张好

要想解答这个问题，就不得不提到南海的现实情况：它是连接太平洋和印度洋的重要海上通道，也是重要的渔场，船舶通行密度很大，但是南海气象、海况多变，给航行与救援都增加了很大难度。2016年的4月5日，南海又有一座灯塔亮了起来，为往来的船只指引方向，提供安全的保障。这座位于渚碧礁的灯塔正是中国承担大国责任、履行国际义务的最佳体现。

没有安全保障，何来航行自由？中国在南海岛礁上的建设大大提升了附近海域的航行安全。截至目前，华阳、赤瓜、渚碧、永暑等4座灯塔已先后建成发光，美济灯塔主体建设也已基本完成。这5座灯塔除了能够发挥传统的视觉导航功能之外，还可以为船舶与岸基相关机构之间提供通信保障。

【同期】交通运输部海事局局长　许如清

灯塔的建成使用，能够帮助船舶在航行过程中进行有效定位和航路指引，这对于预防事故险情的发生，降低船舶溢油污染的概率，进而有效保护南海海洋生态环境，都将起到重要的支持保障作用。

但是，航行自由保护的是世界各国商船与渔船的自由通行与作业，并不是军事行动。然而，美国却打着所谓"航行自由"的旗号，将军舰开到中国的领海中来，既不事先打招呼，也未得到中国政府的批准，这不仅违反了中国相关法律，更是对中国严重的政治和军事挑衅。

【同期】中国外交部部长　王毅

我在这里想提醒的是，航行自由并不等于横行自由，如果有人想把南海搅浑，把亚洲搞乱，中国不会答应，本地区绝大多数国家也不会允许。

【同期】中国国防部国际军事合作办公室安全中心主任　周波

中国从未妨碍航行自由，但是我们不能认同所有海域都可以自由航行的主张，因此，我们无法承认一些国家以"航行自由"为由对中国进行的抵近侦察。

美国政府从 1979 年起推行所谓"航行自由"计划，虽然表面上是要所谓"保护美国商船"，但本质上是维护美国的海上霸权，以一己私利挑战他国主权和国际公共利益。

【同期】马来西亚吉隆坡大学高级研究员　克雷多·G.M.莱塔

这就是为什么美国海军会在中国南海巡逻，美国自认为是世界警察。

【同期】中国社科院东南亚研究中心副主任　许利平

一直标榜着自己是维护南海的和平与稳定，标榜着自己维护自由航行和飞越自由，实际上我觉得是一个假命题。因为我们知道即使南海发生了这么多紧张的局势，但是南海的航行自由与飞越自由从来没有受到任何的影响。

【同期】记者　张好

军舰横行霸道与商业自由航行从来就不是一回事。在南海，中国一直扮演着保障航行安全的角色。在维护航行自由这件事上，孰是孰非，一目了然。央视记者，北京报道

（十）谁在推动南海地区"军事化"？

中央电视台记者　金佳博　郭睿　刘天凯

"南海岛礁建设军事化"一直是美国无端指责中国的借口。但事实果真如此吗？在 2016 年 2 月 17 日的美国国务院记者会上，记者曾当场戳破美国政府谎言。我们看一下当时的录像。

【同期】美联社记者　马特·李

（南海）军事化行为包括哪些？在岛屿上部署导弹？派遣军舰军机前往？

【同期】美国国务院发言人　马克·托纳

是的，这些是中国军事化的做法。

【同期】美联社记者　马特·李

你们不是在做着同样的事吗？

【同期】美国国务院发言人　马克·托纳

不，我们不一样。

【同期】美联社记者　马特·李

但是你们派遣大型军舰，军机前往，难道这都不算军事化？

【同期】美国国务院发言人　马克·托纳

不是，我们只是航行自由。

【同期】记者　金佳博

您刚才所看到的，是半年前美国国务院新闻发布会的实况录像。一边指责中国推动南海地区军事化，一边却称自己的所作所为是"航行自由"。面对美国口是心非、执行双重标准的霸道行径，中国外交部长王毅直言"美国才是南海地区军事化的罪魁祸首"。

【同期】中国外交部长　王毅

是谁在这个地区大搞军事演习？谁把大量的先进武器派到南海？而且在不断地构建新的军事基地，我想这个国家不言自明，当然就是美国。

近年来，美国在南海地区军事化行动不断升级。仅从2016年3月起，美军航母就从未离开过南海地区。美国还一直教唆菲律宾阿基诺三世政府进行国内的防卫重点转移。由南部应对反政府武装，转入应对西部所谓来自中国的威胁。

【同期】菲律宾前教育部副部长　安东尼奥·瓦尔德斯

（菲律宾）已经完全是一个军事基地了，菲律宾不仅有《菲美加强防务合作协定》，也不仅是菲律宾军营里面都有美军基地，不仅是这样，我们所有的领土和领海已经布满了驱逐舰和舰船，我们全境都是军事基地了。

专家表示，南海地区过去曾长期稳定，现在矛盾加剧。主要原因是美国的介入。

【同期】中国国际问题研究院副院长　阮宗泽

从2010年美国宣称它在南海拥有自己的国家利益，随之而来美国军舰飞机以所谓的航行自由的由头，对中国南沙岛礁进行挑衅性飞行，这就导致了今天南海地区出现的危险水平。美国是直接推动南海军事化的一个推手。

【同期】中国社科院海疆问题专家　王晓鹏

美国就是要借助这样一系列的战略，最终维护它的海上霸权的这个目标。

【同期】记者　金佳博

南海本无事，有人自扰之。美国从来都不是南海问题的当事方。中国和菲律宾之间的争议也完全可以通过协商谈判的方式自行解决。美国等域外国家如果真有诚意为地区的和平稳定作贡献，最好的做法就是停止搅局。毕竟，美国军舰离开南海之日，就是南海地区和平稳定之时。

（《中国新闻》2016年7月7—16日）

南海仲裁：法律外衣下的闹剧

中央电视台

【采访人物】

中国外交部发言人　刘为民

时任菲律宾外交部长　罗萨里奥

菲律宾专栏作家　罗德·卡普南

中国台湾海洋大学海洋法律研究所教授　高圣惕

外交部条约法律司司长　徐宏

中国前国务委员　戴秉国

中国外交部长　王毅

美国国务院前法律顾问　索费尔

中国社会科学院中国边疆研究所副所长、研究员　李国强

武汉大学中国边界与海洋研究院院长　胡德坤

美国中美研究中心南亚问题高级研究员　索拉·盖普塔

中国外交部副部长　刘振民

中国南海研究院院长、研究员　吴士存

美国东西方研究所专家　格雷格·奥斯汀

时任美国副助理国务卿　托马斯·凯利

菲律宾亚典耀大学教授　　林智聪

南京大学中国南海研究协同创新中心执行主任　　朱锋

英国牛津大学法律系教授　　安托尼奥斯·萨纳科普洛

美国弗吉尼亚大学法律和政策研究中心副主任　　麦伦·诺德奎斯特斯

德国特里尔大学国际公法和欧洲法教授　　亚历山大·普罗尔斯

泰国正大管理学院国际学院院长　　汤之敏

日本外交评论家　　天木直人

中国外交部发言人　　陆慷

《全球策略信息》杂志华盛顿办公室主任　　比尔·琼斯

复旦大学国际问题研究院副院长　　沈立丁

中国国际法学会会长　　李适时

香港特别行政区前行政长官　　董建华

广阔浩瀚的南海碧波万顷。2000多年来，作为中国渔民传统渔场的南海诸岛及周边海域，一直由历代中国政府平静地管辖着。

从20世纪六七十年代以来，在多方力量的鼓噪与搅动下，南海日益绷紧了地缘政治的敏感神经。无论周边国家对南海岛礁的觊觎，还是千里之外大国的暗中染指，表面平静、却暗流汹涌的南海就像一口架在柴堆上的大锅，不断地升温……

【字幕】2012年4月　中国黄岩岛

菲律宾时任政府一手挑起黄岩岛对峙事件，成为近年来南海争端中最接近危机的摩擦事件……

【字幕】2012年4月11日　中国外交部新闻发布会

【同期】中国外交部发言人　刘为民

菲方试图在黄岩岛海域进行所谓执法的行为，是对中国主权的侵犯。也违背了两国关于维护南海的和平稳定、不使事态复杂化和扩大化的共识。

菲律宾时任政府在南海问题上再度"一马当先"，又给南海这口"大锅"

新添了一把柴。

【字幕】2012年4月11日

【同期】时任菲律宾外交部长　罗萨里奥

（阿基诺三世）总统很清楚，他希望通过外交途径解决。

不过，阿基诺政府说的是一套，做的却是另一套。随着南海争议升级，菲律宾不是通过外交谈判解决，而是不顾中方反对，单方面推进争端"司法化"。

【字幕】2013年1月22日，菲律宾援引《联合国海洋法公约》附件七的规定，就中菲有关南海"海洋管辖权"争端提起强制仲裁……

强推国际仲裁欺世惑众，炒热南海争议推波助澜。阿基诺政权一意孤行让南海掀起了滔天巨浪。

【同期】菲律宾专栏作家　罗德·卡普南

这场所谓的"战争"实质上是由阿基诺政府煽动起来的，而不是由中国制造的，这就是我的意见。

【同期】中国台湾海洋大学海洋法律研究所教授　高圣惕

这个（强制仲裁）机制是不对的。领土争端、海域划界争端不能够用（联合国海洋法）公约的附件七的仲裁庭来解决。所以这是最简单的理由，机制是不对的。

2014年12月7日，外交部授权发表《中华人民共和国政府关于菲律宾共和国所提南海仲裁案管辖权问题的立场文件》，表明了中国不接受、不参与菲律宾所提仲裁的严正立场，强调仲裁庭对于菲律宾所提仲裁没有管辖权。

但是，在菲律宾和其他某些国家的一再推动下，仲裁庭仍于2015年10月29日裁定其对菲律宾部分诉求拥有管辖权，并将其余诉求的管辖权问题保留至案件实体阶段一并审理。中国政府对此表示坚决反对。

【字幕】2016年5月12日　中国外交部吹风会

【同期】外交部条约法律司司长　徐宏

在菲律宾所提的南海仲裁案之中，仲裁庭在认定对案件有管辖权的时候，无论是在认定事实还是在适用法律上，都存在很多明显的错误。违反了公约的规定和宗旨，属于明显的扩权、越权。表面上看它的每一步程序都走了，好像貌似非常公正。即使它表面上走完所有程序，由于认定事实和适用法律方面存在这样一些严重的错误，恐怕最终也只能算是一场精心设计的走秀，这个结果当然不会有任何法律效力。

对于仲裁庭就管辖权问题作出的错误裁决，中国国际法学界也纷纷予以批评。

2016年6月10日，中国国际法学会发表《菲律宾所提南海仲裁案仲裁庭的裁决没有法律效力》一文认为该裁决至少存在六大谬误。

第一，错误地认定菲律宾所提诉求构成中菲两国有关《公约》解释或适用的争端；第二，错误地对不属于《公约》调整而本质上属于陆地领土主权问题的事项确定管辖权；第三，错误地对已被中国排除适用强制程序的有关海域划界的事项确定管辖权；第四，错误地否定中菲两国存在通过谈判解决相关争端的协议；第五，错误地认定菲律宾就所提仲裁事项的争端解决方式履行了"交换意见"的义务；第六，背离了《公约》争端解决机制的目的和宗旨，损害了《公约》的完整性和权威性。

中国国际法学者纷纷撰文对仲裁庭管辖权裁决提出质疑。

2016年7月12日，应菲方单方面请求建立的"南海仲裁案仲裁庭"公布。所谓"最终裁决"但无论菲律宾时任政府怎么精心包装，域外势力如何费力站台，都无法掩盖所谓"南海仲裁"的非法性。

【字幕】2016年7月5日 中美智库南海问题对话会

【同期】中国前国务委员 戴秉国

听说仲裁结果很快就会要出来了。出来就出来吧，也没什么了不起，不过是一张废纸。

仲裁庭从成立开始就打着"国际法"的旗号，破坏着国际秩序，上演了一出"政治闹剧"。

【字幕】2016年3月8日　两会记者会

【同期】中国外交部长　王毅

中国政府不接受南海的仲裁案，完全是在依法行事。而菲律宾的做法，恰恰是一不合法、二不守信、三不讲理。菲律宾的一意孤行，显然有幕后指使和政治操作。对于这样一场走了调、变了味的所谓仲裁，中国恕不奉陪。

【同期】美国国务院前法律顾问　索费尔

我强烈感到本案无益于国际法，这不是强制执行能解决好的。它肯定会造成亚洲，以及中国和一些国家间的分裂。所以南海仲裁案真是人为制造的危机。

对于各国在南海的领土主权纠纷，中国一直强调愿意通过外交和平方式予以解决。而历史已经证明并终将证明，所谓"仲裁庭"的"毒树之果"更无助于南海的和平与安宁。

【字幕】纪录片《南海》片段

【旁白】在中国海南省东部沿海，有一个名叫潭门的小镇。走在港口边，你会看到渔船随着海浪上下摇荡，渔民忙碌地装载海鱼。这个貌似不起眼的小渔港实际已历经千年的风雨。而它只是南海历史其中一个缩影，千百年来，中国渔民在南海书写着他们的故事……

南海，正是包括潭门在内无数中国渔民的"祖宗海"。中国人与南海的故事，可以追溯到2000年前。

【同期】中国社会科学院中国边疆研究所副所长、研究员　李国强

通过大量的历史文献和考古资料，我们可以看到早在秦汉时期，中国人民就开始在南海的航行活动。根据史料记载，最晚到东汉时期，在杨孚的《异物志》里边对南海有了明确的命名，这个命名就叫涨海崎头。

"涨海"是当时对南海的称呼，而"崎头"则是古人对南海岛礁与浅滩的称呼。不过，到了宋朝，对于南海岛礁的称呼又不同了。

【同期】武汉大学中国边界与海洋研究院院长　胡德坤

这个时期，已经把这个西沙叫作长沙，或者叫千里长沙；把南沙称为石

塘，或者叫作万里石塘。这个名称一直在宋、元、明、清基本上都在使用。到了清代的时候，中国的渔民对于整个南海、西沙和南沙每个群岛里面具体的大一点的岛屿的名称，他们都有非常详细的记载。

公元 1279 年，元世祖忽必烈派天文学家郭守敬进行"四海测量"以确定历法。而郭守敬在南海的测量点正是今天中沙群岛中的黄岩岛。中国拥有对南海不可争辩的历史性权利，这一点就连西方的学者也不得不承认。

【同期】美国中美研究中心南亚问题高级研究员　索拉·盖普塔

从历史角度来看，中国对南海的陆地以及那些陆地周围的领海享有主权。比如南沙群岛、西沙群岛，比如黄岩岛等。

只是到了近代，随着殖民者势力侵入东南亚，南海的风浪变得不平静起来。

【同期】武汉大学中国边界与海洋研究院院长　胡德坤

在（20 世纪）20 年代初期，最早是日本在我们太平岛非法进行磷矿的开采。那时候法国占领了印度支那，对西沙群岛和南沙群岛认为战略地位非常重要，所以它们就想占领西沙和南沙。

1930 年，法国派"麦里休士"号炮舰强行占领中国南沙的南威岛；1933 年 4 月，多艘法舰又先后开赴南沙占领了太平岛、北子岛、南子岛、中业岛等 8 个小岛。这就是震惊一时的法国侵占"九小岛事件"。

【同期】中国社会科学院中国边疆研究所副所长、研究员　李国强

1933 年发生"九小岛事件"以后，立刻引起中国政府和中国社会各界的一致的关注和抗议。中国政府多次与法国方面进行交涉，那么"九小岛事件"清楚地表明中国政府在一直对于维护南沙群岛的主权，一直在行使自己合法的权利。

然而，弱国无外交。在那个风雨如晦的年代里，南海一次次地遭到外来势力的侵犯。1939 年 3 月，日军先后从法国手里夺占了西沙群岛和南沙群岛。而此时，中国本土许多地方尚呻吟在日军的铁蹄下，自然无力收复被侵占的南海边疆领土。

【同期】中国社会科学院中国边疆研究所副所长、研究员　李国强

日本人侵占了西沙和南沙群岛之后，擅自把南海诸岛改名为西南群岛。同时把这个南海诸岛归并到日本所控制的台湾高雄，这个（当时叫）高雄州这个管辖之下。

【同期】武汉大学中国边界与海洋研究院院长　胡德坤

虽然菲律宾说从地理位置来讲，现在的这个南沙群岛离它很近，但是当年日本并没有把南沙编入菲律宾去管辖。由此看来，日本它本身认为这两个群岛是中国的。而它侵略中国，因此它要把这两个群岛占领之后也划归台湾总督府来管辖。

1945年抗战胜利，南海终于迎来了回归祖国怀抱的绝佳机遇。

【同期】武汉大学中国边界与海洋研究院院长　胡德坤

在第二次世界大战结束之后，根据同盟国所签署的《开罗宣言》和《波茨坦公告》，日本所攫取的一切领土将归还于中国。包括台湾以及台湾所属的各个岛屿都要交还于中国。为此，在1946年，中国政府经过反复的研究和部署之后，采取了收复西南沙群岛、恢复中国在南海诸岛主权的一系列的行为，是中国在维护南海诸岛主权上彪炳史册的一个重要事件。

恢复对南海诸岛行使主权后，当时的国民政府内政部印制了《南海诸岛位置图》，标明南海诸岛的位置与名称。并在公开发行的官方地图上标绘南海断续线，圈定了中国南海海域范围。这成为今天中国坚持的南海"断续线"的来源。

【同期】中国南海研究院院长、研究员　吴士存

我想这条线它不是简单的一条线。我通过这条线告诉国际社会，南海诸岛的主人是中国。同时告诉国际社会，这些岛它叫什么岛。所以这条线的意义就是巩固确认中国对南海诸岛及其附近海域的主权和主权权利。

新中国成立后，继承了在南海的所有权利。1958年公布了《中华人民共和国领海声明》，明确规定，中华人民共和国的领土包括东沙群岛、西沙群岛、中沙群岛和南沙群岛；1959年，广东省下辖的西南中沙群岛办事处成立，

对南海诸岛实施管辖。而这种状况，包括菲律宾、越南在内的东南亚国家并没有什么异议。1958年，越南总理范文同照会中国政府，对南海诸岛是中国领土表示赞同；菲律宾直到1969年出版的地图，仍将南海诸岛均划在表示其国境线的红色虚线之外。

【同期】美国东西方研究所专家　格雷格·奥斯汀

非常清楚的是，1949年以前的中华民国政府和1949年后的中华人民共和国政府均对南海诸岛实施了行政管辖举措和主权主张。这不是新的现象，现今中国政府是在维护对这些岛屿至少66年长期坚持的主权主张。

那么，从什么时候开始，本没有问题、没有悬念的南海，突然成了"问题海"，而"悬念"重重呢？

2012年7月31日，菲律宾不顾中国一再反对，对南海三块油气田进行公开招标。

事实上，这场瓜分南海油气资源的"盛宴"，早在40多年前就拉开了序幕；也许谁也不会想到，南海断续线内的平静与安宁，会因为一纸报告而被打破。

【同期】中国社会科学院中国边疆研究所副所长、研究员　李国强

20世纪60年代的时候，联合国下属的一个机构在南沙海域进行了海底的地球物理勘探。通过它们的科学考察，发布了一个报告。这个报告首次揭示了南沙海底蕴藏有大量的石油、天然气。于是在1970年，菲律宾率先以武力强占中国南沙群岛的费信和马欢两岛。由此拉开了这个周边国家强占、武力侵占中国南沙岛礁的过程。那么南海问题，也就是南沙问题由此而产生。

匹夫无罪，怀璧其罪。美丽富饶的南海，遭遇了"无妄之灾"，成为"冒险家的乐园"。

1971年4月18日，菲律宾趁台湾当局的驻军离岛躲避台风之机，派兵占据了中业岛。随后，以南沙群岛多个岛礁为辖区的所谓"卡拉延市"市府也设在了这里。而这只是20世纪70年代菲律宾掀起侵占南沙狂潮中的一幕：

1970年，占领马欢岛、费信岛；

1971年，占领中业岛、南钥岛、北子岛、西月岛；

1978年，占领双黄沙洲，并在中业岛上修机场、驻军；

1980年，占领司令礁。

显而易见，中菲两国在南海的争议本质上是20世纪70年代以后菲律宾非法侵占中国南沙群岛部分岛礁所产生的领土争议。菲律宾单方面提起的仲裁不过是披着法律外衣的政治挑衅，菲方是想借此闹剧攫取中国的领土。

在南海问题上，中国一贯坚持"主权属我、搁置争议、共同开发"。而为了管控各方争议，维护南海的和平与稳定，中国积极与南海周边国家沟通，共同致力于探索适合本地区争议的解决办法。

2016年6月9日，落实《南海各方行为宣言》第12次高官会议在越南广宁举行。

【字幕】2016年6月9日

【同期】中国外交部副部长 刘振民

这次会应该说在推进全面有效落实《南海各方行为宣言》和推进《南海行为准则》的磋商方面都取得了一定的进展。有一条共同的，就是说大家都一致同意希望维护好南海的和平稳定，希望维护好南海的航行自由，希望进一步全面有效落实好这个《宣言》。可能个别国家在这个问题上有不同看法，但是我想各方的这个主流意见还是一致的。

2002年11月，中国同东盟十国共同签署宣言各国在宣言中郑重承诺，根据公认的国际法原则，包括1982年的《联合国海洋法公约》，由直接有关的主权国家通过友好磋商和谈判，以和平方式解决它们的领土和管辖权争议，不诉诸武力，或以武力相威胁。

《南海各方行为宣言》正是为解决有关争议进行的多边外交努力成果。在一段时间里，它为切实保持南海和平稳定作出了贡献。

【同期】中国南海研究院院长、研究员 吴士存

这里面很重要的一条就是对东盟，尤其是对南海其他声索国。第四条明确规定：有关领土争议和管辖权争议由当事方通过自己谈判的方式解决。这

是菲律宾签署的协议就做出了这样的承诺。

有了中国和东盟十国共同确立的"南海规矩",南海风波渐平,宣言也获得"定海神针"的美誉。

2004年9月,在中国和菲律宾领导人的共同见证下,中国海洋石油总公司和菲律宾国家石油公司签署《南中国海部分海域联合海洋地震工作协议》。

2005年3月,中国菲律宾越南三国石油公司签署《南中国海协议区联合海洋地震工作协议》,商定三国的石油公司在3年协议期内,研究评估协议区的石油资源状况。

然而,树欲静而风不止。之后菲律宾却一再采取导致争议复杂化的行动。一个人的出现,更让南海风浪重起,局势急剧升温。

2010年,阿基诺三世上台,轻率地改变前任的南海政策,采取更加激进、冒险的行动。

【同期】中国南海研究院院长、研究员 吴士存

2005年,当时的阿罗约总统,那么和中方达成共识。阿基诺三世上台,他推翻了阿罗约和中国签署的协定,所以短暂的、也可能成为南海地区第一个成功的共同开发的先例的一个事件,被阿基诺一下子搞夭折了。所以这应该说是很可惜的。

【同期】菲律宾专栏作家 罗德·卡普南

阿基诺总统把我们国家的主权和尊严当作赌注。他煽动所谓的民族情绪,这也可以被称为是盲目的沙文主义。这是不对的,很多菲律宾人可能会因此被牺牲。

当然,阿基诺三世敢于在南海采取激进攻势,也是有凭仗的。

【字幕】"谁控制了海洋,谁就控制了一切!"——狄米斯·托克利

2500年前,希腊海洋学者狄米斯·托克利对海洋重要性的描述,可以让我们理解南海所隐含的价值。

2010年,就在阿基诺三世上台的同一年,美国提出了"重返亚洲"战略,目的是"再平衡"迅速崛起的中国的影响力,而南海,也因此成为美国执行

该战略的重要"抓手"。

【同期】2012年12月时任美国副助理国务卿　托马斯·凯利

美国重申要把我们的战略平衡转移到亚太地区，而与菲律宾的合作，则是实现这个战略的重点。

【同期】菲律宾亚典耀大学教授　林智聪

当它（美国）宣布了它们将"重返亚洲"的策略后，它们表示将保护亚洲国家，并希望把它们结盟。尤其是那些与中国有领土争议的国家，如果它们有武力冲突，美国会来帮助它们，对此菲律宾和越南表示非常支持。

菲律宾希望引入大国势力制约中国，而美国也想通过菲律宾实现"重返亚太"。双方一拍即合，形成了利益交换。

菲美之间越走越近。2011年6月，美菲在距中菲争议海域不到100海里的地方举行联合军演，科目是抢占、收复岛礁。而有了美国暗中支持，阿基诺受菲律宾利益驱动，变得更加疯狂。

2011年6月，菲宣称计划将南海更名为"西菲律宾海"；

7月25日，阿基诺三世高调宣布将以武力来"捍卫南海诸岛的主权"；

10月18日，菲海军炮艇在礼乐滩附近撞击中国渔船，此后又在巴拉望岛海域扣留中国渔民；

2012年4月2日，菲宣布将把侵占的南沙第二大岛中业岛开发为旅游中心……

阿基诺三世在挑衅中国路上越走越远。2012年4月10日，终于挑起轰动一时的黄岩岛对峙事件。

【同期】中国南海研究院院长、研究员　吴士存

因为黄岩岛附近一直都是中国渔民世世代代、数百年来，在那里捕鱼。菲律宾因为要试图控制黄岩岛，（用军舰）驱赶抓扣中国渔民。当然后来我们相应的海上执法部门采取了措施保护渔民，迫使菲律宾军舰最后离开了黄岩岛海域，中方对黄岩岛实施了控制。

菲律宾使出一贯的"以小欺大"的伎俩，没有想到这次偷鸡不成反蚀米，

一脚踢到了铁板上。

【同期】南京大学中国南海研究协同创新中心执行主任　朱锋

中国在黄岩岛问题上的反应是合理合情的，因为黄岩岛不仅是中国的，而且最重要的是菲律宾利用军舰来对付中国的渔民，这是我们所不能接受的。但是我们说菲律宾的阿基诺政府恰恰利用黄岩岛事件在菲律宾国内炒作民族主义情感，对外来获得美国和日本的支持，进一步加强菲美军事同盟。

在美国暗中支持下，2013年1月，阿基诺政府单方面将中菲在南海的争端提起强制仲裁程序；看似通过"国际法"解决问题，使披上"法律外衣"的南海仲裁案，具有很大的欺骗性。

强制仲裁是《联合国海洋法公约》创立的一个和平解决争端程序。和平解决国际争端的方式很多，强制仲裁只是其中之一。而与谈判协商等方式相比，它是次要、补充性的方式，适用也是有条件的。

【同期】英国牛津大学法律系教授　安托尼奥斯·萨纳科普洛

我认为（仲裁庭行使管辖权）存在三个门槛。第一，争端是否适用于《联合国海洋法公约》；第二，当事方有没有同意通过其他方式解决争端；第三，这个争端是否被《联合国海洋法公约》强制争端解决机制所排除。国际仲裁法庭对以上三点给出的答案，都无法使我信服。

就第一点而言，中菲间的领土主权争端就不能适用于《联合国海洋法公约》。

【同期】中国社会科学院中国边疆研究所副所长、研究员　李国强

海洋法庭它解决的都是不涉及主权问题和海域划界，一般性海洋冲突问题。那么，解决领土问题主要是在国际法院。

而菲律宾为了掩盖其非法目的，篡改包装了中菲领土与海域划界争端的性质。

【同期】英国牛津大学法律系教授　安托尼奥斯·萨纳科普洛

菲律宾向仲裁庭提交案件的方式很聪明。它们说我们不想让仲裁庭对地形地貌的（主权）归属做出决定，我们只想知道这些地貌具体是什么。可是，

当然这是对核心问题的人工切割。

事实上，利用《联合国海洋法公约》钻空子，故意避开主权问题，只能是缘木求鱼。

1982年12月，第三次联合国海洋法会议经过长达9年的谈判后，在牙买加的蒙特哥湾结束。这也是迄今为止人类历史上，最漫长的国际多边谈判。《公约》于1994年生效，目前已有160多个缔约国。

《联合国海洋法公约》确立了包括"12海里领海""专属经济区""大陆架"等今天人们熟悉的"新"词汇。但是，国家主权和历史性权利等问题均不在《公约》规范的范畴之内。

【同期】美国弗吉尼亚大学法律和政策研究中心副主任 麦伦·诺德奎斯特斯

最关键的问题是，究竟谁对那片领土行使主权，意义是截然不同的。我不知道他们怎么能厚着脸皮说太平岛不是一个岛屿的，也许他们认为军队都不算作人，这不算作人类居住。得了吧，这种说法太荒唐了，甚至是愚蠢的、很不友好的主张。究竟中菲哪一方的历史性所有权更站得住脚？我没有能力进行判定是菲律宾还是中国。我认为法庭也没有能力判定，至少它们在只听取菲方说法而没有听取中方说法时，怎么能判断出谁说得更有道理呢？

实际上，中国在解决南海问题上的"搁置争议、共同开发"的倡议，首先是对菲律宾提出的。1986年6月，中国领导人邓小平在会见菲律宾副总统劳雷尔时，针对中菲南海争议指出：南沙群岛属于中国，从两国友好关系出发，这个问题可以先搁置一下、先放一放。我们不会让这个问题妨碍与菲律宾和其他国家的友好关系。1988年4月，邓小平在会见菲律宾总统阿基诺时重申，南沙群岛历史上就是中国领土，从两国友好关系出发，这个问题可以先搁置一下，采取共同开发的办法。

1995年8月，中菲两国共同发表《关于南海问题和其他领域合作的磋商联合声明》，同意"争议应由直接有关国家解决"，"双方承诺循序渐进地进行合作最终谈判解决双方争议"。2002年11月4日，时任中国外交部副部长王毅作为中国政府代表与包括菲律宾在内的东盟各国政府代表共同签署了《南海各方行为宣言》,《宣言》第 4 条明确规定,"有关各方承诺根据公认的国际法原则,包括 1982 年《联合国海洋法公约》,由直接有关的主权国家通过友好磋商和谈判以和平方式解决它们的领土和管辖权争议"。

【字幕】有关各方承诺根据公认的国际法原则,包括 1982 年《联合国海洋法公约》,由直接有关的主权国家通过友好磋商和谈判,以和平方式解决它们的领土和管辖权争议。

在菲律宾单方面提起仲裁后,中国政府多次重申通过谈判和协商解决有关争端的立场。

【字幕】2016 年 5 月 12 日中国外交部吹风会

【同期】外交部条约法律司司长　徐宏

中国并不是不想和平解决与菲律宾之间的争端,但问题在于这种争端能不能通过强制仲裁的方式来解决,这是有很大的问号的。对于关乎到国家领土主权、海洋权利等重大敏感问题,很多国家都不接受通过第三方解决争端,因为这些问题涉及的是国家的核心利益。换作其他任何一个国家,也都不会接受一个不是由它自愿选择的第三方机制的管辖,也不会接受这种机制所强加的解决方案。

中国的这一立场有着充分的国际法依据。

【同期】德国特里尔大学国际公法和欧洲法教授　亚历山大·普罗尔斯

首先通过和平方式解决争议是必需的,而且也是法律义务。如果不能使所有相关国家坐下来谈判,就不可能在南海争议找到最终解决方案。

一些政客滥用国际法提出的强制仲裁,本质上是与国际法精神相背离的一场政治闹剧,其背后往往有着不可告人的险恶用心。

【同期】中国社会科学院中国边疆研究所副所长、研究员　李国强

就是要尽所有的努力来通过外交方式来加以解决,这是一个重要的前提。再回过头来看不仅有中菲之间过去有共识,而且有机制、有渠道,所以这个外交途径在中菲之间来讲,没有穷尽。

2016年6月26日,来自亚洲、非洲及欧美国家的30多名国际法学者在荷兰海牙,就南海仲裁案及其对国际法治的影响举行学术研讨会。与会专家对仲裁庭裁决的合法性提出普遍质疑,对强行推进南海仲裁给国际法治造成的伤害发出警告,呼吁国际法学界正确、全面、完整地理解《联合国海洋法公约》,推动南海争端通过直接协商谈判。这一更合理、更有效,对当事方和国际社会更有利的方式来解决。

中国曾于2006年根据《公约》第298条,将涉及海域划界、历史性海湾或所有权、军事和执法行动等方面的争端排除适用强制争端解决程序。这也是包括俄罗斯、法国、英国在内的35个国家的通行做法。但是,菲律宾时任政府和仲裁庭对这一条款进行曲解,刻意限制其适用范围,企图用生拉硬拽的方式把中国拖入强制程序。这种做法受到了来自世界各地的国际法专家的广泛批评。

中国不接受、不参与菲律宾提起的仲裁,得到国际法学界的广泛支持。外国学者纷纷撰文,支持中国立场。

【同期】泰国正大管理学院国际学院院长　汤之敏

中国提出以和平谈判方式解决争端,中国也愿意建立相关机制管控分歧,我认为中国已经释放了很多积极信号。那么,菲律宾应该认真研究这些信号并予以积极回应,这样也符合东盟人民的利益。

2016年7月5日上午,美国华盛顿,中美智库南海对话会在这里召开。中国前国务委员戴秉国谈到美方对南海问题的强势介入可能会产生的恶果。

【同期】中国前国务委员　戴秉国

美国朋友们,如果你们处在中国老百姓的位置,会做何感想呢?是不是觉得太有损你们国家在世界上的形象了呢?中美互动不应该是这样的。当然,中国人并没有被吓倒,哪怕美国全部10个航母战斗群都开进南海,我想也吓不倒中国人。

从菲律宾挑起南海仲裁闹剧以来,美国就一直在背后"站台"。

【同期】美国东西方研究所专家　格雷格·奥斯汀

一些人称中国对通过南海的商业海运构成了威胁，并对此感到十分紧张，但这是严重的夸大其词。中国没有对南海航运构成威胁，事实上南海超过一半的航运量，发往或来自于中国。

而美国军舰却屡屡打着"航行自由"的幌子，无理闯入中国南海岛礁附近海域。

【同期】菲律宾专栏作家　罗德·卡普南

如果美国想要合理化它的军事存在，他们的方法就是借口让我们相信我们和中国有冲突。美国第七舰队的存在才是一种威胁，才是对地区和平与安全的更大的威胁。

而作为美国盟国的日本，也与美国一唱一和。2016年4月10日，在主办国日本的主导下，七国集团外长会议将南海问题列入了议题。

【同期】日本外交评论家　天木直人

对周边的东南亚国家，安倍一直采取不断地奔走游说并给予援助的做法。安倍想利用（G7）东道国的机会，编织中国包围网，炒作南海问题。

而具有讽刺意味的是，言必称海洋法公约的美国，其实并不是一个遵守国际法的"优等生"。

【同期】美国国务院前法律顾问　索费尔

我特别感到遗憾的是，美国自己还不是《联合国海洋法公约》的成员国，但我们的表现貌似比中国还懂得如何更好地行事。

然而，在这些外部势力的合力推动下，仲裁庭的裁决按照预先设定的剧本如约而至，内容毫无悬念。对此，中国政府表示：

【字幕】2016年7月12日

【同期】中国外交部发言人　陆慷

这个所谓的仲裁庭，它从一开始就是建立在菲律宾违法行为和非法诉求的基础之上。那么它的存在呢，就不具备合法性；它所作出的一切裁决，都是徒劳的，是没有任何效力的。

仲裁裁决自然也引起普遍质疑。

【同期】《全球策略信息》杂志华盛顿办公室主任　比尔·琼斯

很多人认为仲裁是一次令人出其不意的伏击，仲裁想要裁决的事情，在大多数人眼中，应该是由南海声索国之间协商来决定的。

【同期】复旦大学国际问题研究院副院长　沈丁立

中国不怕上法庭，但认为法庭是滥权，菲律宾又违反了它同中国之间的承诺。这种情况之下，中国不遵守没有什么不道德，但解决问题我们再谈判。

2016年7月15—16日，中国国际法学会和香港国际仲裁中心共同举办"海洋争端解决国际法研讨会"，系仲裁裁决出台后，首个专注争端解决的高规格研讨会。

国际法院法官、国际海洋法法庭法官、国际法委员会委员、国际法研究院院士等国内外知名国际法学者和有关国家官员出席研讨会。出席研讨会的很多专家均认为，仲裁裁决充满谬误与漏洞，在法律上完全站不住脚。

【同期】中国国际法学会会长　李适时

任何解决南海争端的手段，根本目的都是要和平搁置争议，不创造新的分歧。这是大家都知道的，这一次仲裁结果违背了（这个共识）。

【同期】香港特别行政区前行政长官　董建华

冲击并不是解决领土问题的办法，携手合作，建立信任与友谊发展互利的经济往来，才是前进的方向。

【同期】外交部条约法律司司长　徐宏

在我看来，7月12日，这个所谓的仲裁庭，它作出的这个裁决，就是个三无产品。它一没有管辖权、二无事实根据、三无法律依据。对于这样的一个裁决，在法律上讲没有任何意义。

基于对国际实践的深刻认识和中国自身丰富的国家实践，中国坚信，要解决任何国家间争议，无论选择哪种机制和方式，都不能违背主权国家的意志，应以国家同意为基础。

【字幕】2016年3月25日，博鳌论坛2016年年会海南分会场外交部副部长刘振民在会上发表题为《中国坚持通过谈判协商和平解决南海有关议》的主旨演讲。他表示，坚持通过谈判协商和平解决南海有关争议是解决南海问题的根本之道。

目前，中国已与14个陆地邻国中的12个国家本着平等协商、相互谅解的精神，通过双边谈判，签订了边界条约，划定和勘定的边界约占中国陆地边界长度的90%。中国与越南，已通过谈判，划定了两国在北部湾的领海专属经济区和大陆架界线。中国对通过谈判解决争议的诚意和不懈努力，是有目共睹的。

(《新闻调查》2016年7月16日)

中国法学界纵论南海仲裁案 法学学者有责任正本清源以正视听

中国国际广播电台记者 侯 晨 崔沂蒙

2016年7月21日,由中国法学会、中国国际法学会、中国海洋法学会共同举办的南海仲裁案法律专家座谈会在北京召开。我国多位最权威的国际法、海洋法方面的专家学者在会上表示,有责任也有义务对裁决进行客观冷静的理性分析,进行有理有据有节的法理批驳,揭露仲裁庭的真实面目以及该仲裁行为违背国际法、违背国际公平正义的恶劣本质,正本清源,以正视听。以下请听详细报道。

【同期】记者

来自外交部、国家海洋局、中国社科院以及多所高校院所的知名海洋法、国际法专家学者60余人齐聚座谈会,对南海仲裁案临时仲裁庭于7月12日作出严重损害中国领土主权和海洋权益的所谓裁决作进一步法律评析。

中国法学会党组书记、常务副会长陈冀平指出,这次南海仲裁案打着法治的幌子,对中国法学界来讲也是一个考验。

【同期】中国法学会党组书记、常务副会长 陈冀平

此次仲裁,无论在管辖权审理上还是在实体审理上都是谬误百出,法律适用牵强附会;该所谓裁决无视历史事实,罔顾客观公正,肆意曲解国际规则,是对国际公平正义和国际法治精神的践踏。所以我觉得我们有责

任有义务对裁决进行客观冷静的理性分析，辨明是非曲直，维护客观公正，揭露仲裁庭的真实面目以及该仲裁行为违背国际法治、违背国际公平正义的恶劣本质，起到一个正本清源，以正视听、还法治一个本来面目这样一个作用。

座谈会上，专家们一致认为，菲律宾所提起的事项实质上是岛礁主权和海洋划界问题，不属于《联合国海洋法公约》解释与适用的争端，因此，仲裁庭对"南海仲裁案"进行裁决缺乏管辖权和法理依据。武汉大学中国边界与海洋研究院副院长孔令杰认为，应菲律宾要求组建的临时仲裁庭在此案中的身份已经彻底异化，并不是一个公平的仲裁者。

【同期】武汉大学中国边界与海洋研究院副院长　孔令杰

仲裁庭你有的权限是什么，是解释和适用公约，而且你必须是审慎谨慎地解释，仲裁庭也好，国际法院也好，它给自己的定位就是我是戴着镣铐的舞者，所以国际法院在所有的判决当中先要看我有没有管辖权，这是第一步，第二步就是我有没有自己的管辖权限。但在这个案件中，仲裁庭成了一个无所不能的超人，是一个超级的造法者。我想它成为了公约的卫道士，最终通过解释规则成为公约非法的解释者和适用者，更有甚者它把自己装扮成公约的完善者，成为了公约的一个非法的创造者和发展者，它创造了这个东西以后在法律推理上也前后不一，事实认定颠倒黑白，沦为一个指鹿为马的枉法仲裁者。

自菲律宾提起南海仲裁以来，中国政府的立场就是不接受、不参与、不承认、不执行。但有些舆论认为菲律宾提起仲裁本身合乎规定，甚至有些外国媒体认为，中国不参与仲裁就是不遵守国际法规则、反对国际法。厦门大学南海研究院院长傅崐成对这一说法进行了批驳。

【同期】厦门大学南海研究院院长　傅崐成

中国从来不反对司法、反对国际仲裁，中国也不怕国际司法、国际仲裁，事实上中国在很多场合里特别是这两年WTO的场合里面有很多的国际司法或准司法的程序，中国反对的是强制国家仲裁，因为强制国家仲裁是有悖于国际法上基本的主权平等概念，所以我们反对的是这个东西。

在南海仲裁案中，仲裁庭无视中国在南海的主权和主权权利，肆意曲解《联合国海洋法公约》，对菲律宾和中国的立场采取双重标准，明显损害了中国的领土主权和海洋权利。中国著名海洋法学家、中国海洋法学会会长高之国曾经担任过联合国海洋法法庭的法官。根据他多年的国际法裁决经验，高之国认为，南海仲裁案的判决并不是一个好的裁决。

【同期】中国著名海洋法学家、中国海洋法学会会长　高之国

我们过去有一句话，实践是检验真理的唯一标准。一个好的国际法规则和条约，一个判决裁决，是不是一个好的裁决也要时间来检验。你这个裁决出来了没有解决双方原来的争议，你还把这个矛盾激化了，你还把这个形势搞得更糟糕了，你带来了更多的对抗，更多的误解跟法律的误解，那这个裁决就不是一个好的裁决。

在后仲裁时代，中国如何有效运用法律工具、维护国家利益呢？中国法学会副会长张文显在这方面提出了对策建议。

【同期】中国法学会副会长　张文显

在仲裁案仲裁结果出台之后的当前和今后相当长时期，有效维护领土主权和海洋权益是我们的重大使命。中央明确提出，要统筹运用各种手段维护和拓展国家海洋权益，而维护海洋权益的重要举措之一就是深化涉海问题历史和法理研究。对南海仲裁案，一方面要敢于亮剑，另一方面要善于发声。从当前的情况看，我们应当特别注意对南海仲裁案仲裁结果进行深入的法理分析，使我们做到以理服人，如果菲律宾无理取闹必须辅之以力服人。在南海仲裁这个问题上，真理和法理都在中国人民和中国政府一边。

（环球资讯广播2016年7月22日）

菲美日是怎么鼓捣"南海仲裁案"的

中国青年报记者 蒋 天

菲律宾提起的所谓"南海仲裁案"审理结果,最早将于下个月出炉。在此节点上,美国自然不会忘记拉上自己的"小兄弟"们一起鼓噪、炒作。

"南海仲裁案"由国际海洋法庭根据1982年《联合国海洋法公约》进行所谓的"审理"。中国是《联合国海洋法公约》缔约国,理应遵守国际海洋法庭根据该公约作出的仲裁结果。但是,中国政府已于2006年根据《公约》第298条的规定提交了声明,将涉及海洋划界等争端排除在包括仲裁在内的强制争端解决程序之外。而菲律宾提交的所谓"仲裁案"正属于"海洋划界争端"事项。因此,中国政府在菲律宾提交仲裁案之初就已经明确表达了不接受、不参与"仲裁案"的立场。

既然如此,为什么国际海洋法庭还要强行受理此案,执意"仲裁"呢?原因正在于美国、日本的幕后"操作"。根据《联合国海洋法公约》的规定,即使当事一方明确表示不参与仲裁案,另一方仍可向国际海洋法庭庭长申请强制裁定国际海洋法庭具有管辖权,强行开启"仲裁"程序。在此过程中,国际海洋法庭庭长的"自由裁量"起决定性作用。2013年菲律宾酝酿发起"仲裁案"时,国际海洋法庭庭长是日本籍法官柳井俊二,此人2015年离职,随后被安倍晋三任命为日本新《安保法》的首席顾问,是日本最新一轮军事、政治扩张政策的主要幕后推手。作为美国的忠实"盟友",有此大好时机,日本怎能不通过柳井俊二手中的权力向美国效力?

菲律宾作为此次"仲裁案"的直接推手,其表现既不聪明,也不道德。菲律宾在此仲裁案中完全是受美国控制的"傀儡",以保证自身国家利益为借口,充当美国的"马前卒"。在此过程中,由于中国在国家利益的原则性问题上丝毫没有退让,菲律宾的国家利益不但没有加强,还失去了与中国加强经济合作的重要机遇,是为"不聪明"。菲律宾总统大选将于2016年5月9日展开,各总统候选人围绕总统职位正在进行激烈的选战,各候选人共同的一点,就是利用南海局势为自己拉票。胜选呼声较高的杜特尔特就曾表示:"如果当选总统,我将在南海问题上不惜与中国挑起战争,并寻求盟国协助。"而在此前,作为菲律宾达沃市市长,杜特尔特过去10年一直拒绝在达沃市举行美菲军事演习,抵制在该市建造美国无人机发射场。政客为了胜选发表如此言论,是为"不道德"。

作为此次"仲裁案"的主要推手,美国是否曾被"仲裁",对"仲裁"结果又是如何回应的?中国南海研究院助理研究员叶强曾撰文指出,美国芝加哥大学法学教授埃里克·波斯纳曾作过统计,从1946—1965年间,国际法院强制管辖案件得到执行的比例为80%;而在1966—1985年的20年间,国际法院争议案件得到执行的比例下降到20%。在此期间,所有强制管辖案件均未得到执行。1986—2004年,争议案件得到执行的比例仅为29%。从1946—2004年间,美国曾参与的国际司法案件包括:"美国驻德黑兰外交和领事人员案"(美国诉伊朗)案,"在尼加拉瓜境内及针对尼加拉瓜的军事与准军事活动案"(尼加拉瓜诉美国)案,"拉格朗"(德国诉美国)案,及"阿韦纳和其他墨西哥国民"(墨西哥诉美国)案。其中前两个案件,当事国完全没有遵守国际法院的判决;后两个案件,当事国没有完全遵守国际法院的判决。

2016年是美国建国240周年,历史不算长,但"拒绝执行国际裁判史"却如此"辉煌"。但是,美国还在不断指使日本、菲律宾利用国际仲裁抹黑中国，实在难以令人信服。更令人难以理解的事实是，中国的行为一直符合《联合国海洋法公约》的规定，而美国却至今未加入《联合国海洋法公约》，美国有什么资格、凭什么要求中国遵守《公约》规定？

除利用司法途径搅乱南海局势，美国还在不断直接派遣战机和军舰前往南海，增加南海"军事化"程度。美国太平洋司令部4月22日发表声明称，4架美国空军A-10C攻击机和两架HH-60G"铺路鹰"直升机，19日在中国黄岩岛附近的"国际空域"执行了飞行任务。美国国防部为保证上述战机部署安排不被国内政治程序束缚，防长卡特在参议院4月28日对其进行的质询中，对上述战机部署安排以"信息涉密"为由拒绝确认。2016年3月，美国与菲律宾达成《加强防卫合作协定》，允许美国使用菲律宾的5个军事基地。《华盛顿邮报》报道称："该项协议将使充满争议的南海地区出现更多的美国军事力量。""美国此举旨在落实我们与菲律宾之间的多项安全承诺。"

(《中国青年报》2016年4月30日)

美应遵守国际法放弃南海"炮舰政策"

法制日报记者 陈小方

"中国造岛是对东亚地区稳定的根本威胁吗?是对海洋航行的根本威胁吗?是对整体秩序的根本威胁吗?答案是否定的。"针对2016年5月10日,美国海军"威廉·劳伦斯"号驱逐舰未经中国政府允许,非法进入中国南沙群岛有关岛礁邻近海域一事,美国达特茅斯学院政府问题副教授史蒂芬·布鲁克斯在接受本报记者采访时表达了这样的观点。

事实上,在不到一年的时间里,美国在南海已经进行了3次所谓的"航行自由"行动,这引起了部分美国学者的担忧。

炒作南海的企图

近一个时期以来,美国在南海问题上动作频频,大肆炒作。2016年4月23日,美军在菲律宾的6架战机在南海争议地区进行了首次"空海态势感知飞行"。此前一天,美国负责东亚和太平洋事务的助理国务卿拉塞尔也表示,"美国决心不让中国破坏其他声索国的利益"。5月9日,美国太平洋司令部司令哈里斯甚至叫嚣,他的部队必须做好"今夜就开战"的准备。

有分析认为,美国最近加紧挑拨南海问题主要有两大目的。首先,加快步伐，以期改变现状，达到打压中国的目的。美国在南海的军事行为在美国国内已出现很多反对的声音，很多人开始意识到，美军的南海行动并没有收到它想要的效果。《福布斯》杂志网站在其文章中称，美海军舰艇飞机多次逼近中国控制的岛礁附近，这尽管激怒了中国，但也仅此而已，没有什么实际作用。

其次，试图影响菲律宾大选后的南海政策。美国有线新闻网认为，菲律宾现总统阿基诺三世一直致力于改善与美国的防务关系，以增强自己在与中国领土争端中的地位。而新当选的总统杜特尔特则似乎在暗示将改变外交政策，并将就南海问题直接与中国对话。美希望通过进一步加强军事行动向菲律宾未来领导人表明，南海问题是菲律宾最重要的外交问题，需要与美国合作。

炮舰政策引担忧

中美在南海问题上的持续紧张，引起了此间一些专家学者们的担忧。他们认为，美国在南海问题上反应过度，对中国的一些指责是错误的；美国不应将中国视为敌人。

美国东西方研究所研究员格雷格·奥斯汀曾撰文指出，五角大楼撒下了一个弥天大谎，即中国在南海的行为对商业航运构成威胁。这一谎言因为某些群体迷恋于南沙群岛新增的每一立方米混凝土而进一步放大。美国的这一套分析可能是自1981年及之后数年中情局错把蜜蜂排泄物当作前苏联提供的生物武器以来，关于东南亚的最大的一批情报分析"垃圾"。

文章称，美国有关南海的过分强硬且千篇一律的官方评论维系了这种误导性的分析。

美国前副国务卿伯恩斯则警告称，"如何平衡与中国的伙伴关系以及与它的竞争"是下半个世纪最为困难的外交挑战，但把中国看作是美国的敌人将是一个严重的错误。他说，美中关系是两国共生的关系，不仅是在经济上，在外交和政治上也是如此，但"我们很多人由于聚焦在竞争上和双边关系中的军事部分而犯的错误，就是把中国看作敌人，或是对抗者，或是要加以遏制的国家"，"这将是个严重的错误"。

美亟须改弦更张

中国在南海问题上的立场正得到越来越多国家的支持。美国不是南海利益攸关方，连自己30多年前曾力推的《联合国海洋法公约》都没有加入，却打着"航行自由"的幌子，上蹿下跳。

在1979年《联合国海洋法公约》谈判时，美国认为《公约》难以保证美国的海洋利益，不但拒绝签署该公约，而且还采取进一步的反制行动。同年，卡特政府宣布"航行自由计划"，公然以其国内法代替国际法，用实际行动挑战沿海国家的"过度海洋主张"，以维护美国在全球的海洋霸权和保证美国军事力量的全球机动畅通。

美国《全球策略信息》杂志刊发了其华盛顿分社社长琼斯的署名文章。文章称，美国竭力介入南海问题的挑衅政策是当代的"炮舰政策"，亟须改弦更张。文章指出，美国为保护私利拒绝成为《联合国海洋法公约》缔约国，而且还大力推行和鼓吹单边"航行自由"，让美国军舰为所欲为地在他国门口耀武扬威。这事实上就是在推行"炮舰政策"。这种政策将可能导致核大国的直接冲突，甚至引发战争。

而华盛顿威尔逊国际学者中心基辛格中美研究所名誉所长、前驻华大使芮效俭认为，美国不应以敌对的方式来谈论这个问题。

(《法制日报》2016年5月13日)

南海仲裁后的亚洲何去何从

中国新闻社

2016年7月12日，菲律宾南海仲裁案的靴子将要落地，在此之前，围绕这个时点，各较力方都在做最后努力，特别是中美。

12日之前，中国发起了国际范围的舆论抵制，详细明白地将菲律宾南海仲裁案从一开始就是违法、开庭过程暗箱操作、仲裁结果无效的法理和事实摆在台前，义务做了一次国际普法工作。同时进行了大量外交甚至智库的沟通活动。目的是希望12日能够成为一个闹剧收场的终点。

然而，美国的努力方向却相反，希望把12日推成一个高潮和局势升级的起点。美国主动透露自家军舰在暴风骤雨掩护下悄悄抵近南海的中国岛礁。目的很明确，为12日菲律宾南海仲裁案公布最终结果撑腰，武力威胁中国，进一步激化南海局势。

最近的国际舆论都在围绕12日这一节点做出各种预判，有甚者将之称为"亚洲的转折点"，且不论其具体所指，笔者倒是同意这应该是亚洲认知的一个转折点。南海争端被挑起几年时间来，不少国家对南海、对自身、对亚洲的认知都有了很大转变。这种转变主要有四点：

第一，如何看美国。美国并不是一个超脱的亚洲平衡者，这一事实打破了最初一些亚洲"智者"的幻想。美国在南海耀武扬威的军事行动，横行霸道的作为，无事生非的能力都令这些亚洲国家逐渐清醒。一家独霸20多年的美国从来不是善男信女，想利用美国搞平衡只可能是引狼入室。搞乱南海符合美国在亚太的战略利益，但同时美国也无法控制未来的乱局，它遗留的烂摊子已经遍布各大洲。

第二，如何看中国。中国在南海的表现显示她是一个懂得克制的强者。从南海上游弋的三大舰队就可以看出中国是真正具有实力的，不惹事但是绝不怕事。中国的强大已是事实，同时她也是西方国家争相借势的经济火车头。中国的性子是吃软不吃硬，对中国巧取豪夺已是不可能，谋求发展才是中国最大的"软肋"，只要是与中国谈合作，总有收获。

第三，如何看自己。南海争端这几年，亚洲国家明显感受到夹在两个大国中间的日子不好过，利用大国博弈捞取好处的冲动已经被残酷现实打消。包括菲律宾，新当选的总统杜特尔特希望与中国回归正常友好关系，但是受到了西方国家和内部势力的极大压力，感觉被押上战车，很难回头。

第四，如何看亚洲。亚洲的崛起势头在金融危机、西方打压、南海纷争中不断挫锐，各国竞争抢夺崛起先机的环境不再宽松。但同时在全球经济下行、区域经济瓦解的大环境下，亚洲仍然具有向上的、一体化的明显趋势。如何抓住亚洲世纪的百年机遇，最需要的是亚洲国家团结一致守住和平、发展的大局。

基于这些认知的转变，在接下来南海上可能出现的武力较量、舆论较量面前，亚洲国家应该知道如何选择——不为海上旋涡裹挟，积极为南海降温，用和平、正义的力量维护住来之不易的亚洲世纪。

（中国新闻社2016年7月12日）

南海局势及南沙群岛争议：历史回顾与现实思考

傅莹 吴士存

近年南海问题渐成为关于中美关系的最重要话题，双方在外交和舆论场不断相互喊话，军事上也出现紧张气氛甚至摩擦。中美之间的竞争与对抗似乎正在通过南海问题展现出来，彼此都开始从战略层面评估对方意图。

最新的话题是"南海军事化""航行自由宣示行动"，双方国内都出现"武力相向"的声音。而围绕南海问题的龃龉，进一步凸显了双方战略互信的缺失，对抗情绪也在两国社会上扩散。美国学者戴维·兰普顿用"中美关系日益接近一个'临界点'"来表达担忧。由此可见，南海问题即便不是造成中美关系困境的主要原因，也是一个重要"催化剂"。

对于导致当前局势的原因，中美看法全然不同。在中国，人们普遍认为，正是由于美国推进"亚太再平衡"战略，在南海问题上拉偏架，甚至直接走向前台插手干预，使问题复杂化，让南海议题愈来愈热。而美国方面的声音则认为，中国"不遵守国际法"，在南海搞武力胁迫，意图排挤美国力量，用"切香肠"的渐进模式控制整个南海，让南海变成中国的内湖。

回顾历史不难发现，南海问题是中国与越南、菲律宾等部分东南亚国家间历史遗留的局部争议问题，其本源焦点是围绕南沙群岛及其附近海域的主权和权益之争。世界近代史乃至第二次世界大战后发生的冷战，在许多亚非拉国家中埋下争端的隐患，但像南沙岛礁这种争议在世界上并不鲜见。

20世纪60年代末在南沙附近海域所蕴藏的大量石油被发现，加之联合国的《大陆架公约》《联合国海洋法公约》等涉及大陆架和专属经济区制度的陆续出台，岛礁争议被赋予了新的内涵，对于南海的关注焦点从岛礁之争进一步扩展到海域划界之争。但南海问题在很长时间内一直是局部和可控的。一个很好的例证就是，从20世纪90年代开始，中国与东南亚国家的关系度过了"黄金二十年"，合作得到长足发展，经贸关系尤其令人瞩目。自1991—2010年年底，中国与东盟国家贸易总额从不到80亿美元增长了约37倍，增至近3000亿美元。这期间中国的经济总量快速增长，而东南亚国家除了内部存在困难的个别国家，大部分国家的经济总量也都增长了5倍以上。

南海形势是从2009年特别是从2012年后开始加剧紧张起来的。在和平与发展的时代大背景下，在东亚区域合作经历蓬勃发展之后，南海问题如何发展到了今天这一步？这个过程中都发生了什么？显然不是一件事或者一个原因导致事态的扩散和变化。那么，是什么事、什么行为导致了什么样的反应和结果？这些是非常值得回顾和审视的。本文旨在梳理南海局势演进过程中发生的许许多多或大或小的事件，展示出它们之间可能的关联，希望借此反映出问题延展的脉络，为关心南海问题的人们更好地了解和认识其实质提供参考，同时也希望能为避免误解的加深和局势的螺旋升级提供一个警醒。

日本等国对南沙群岛的侵略和南海诸岛的战后安排

南海是西太平洋地区最大的陆缘海，北靠中国大陆和台湾岛，东接菲律宾群岛，南邻加里曼丹岛和苏门答腊岛，西接中南半岛和马来半岛，总面积约350万平方公里。南海是连接两洋三洲的要冲，东北部经巴士海峡、巴林塘海峡等众多海峡和水道与太平洋相沟通，东南经民都洛海峡、巴拉巴克海峡与苏禄海相接，南面经卡里马塔海峡及加斯帕海峡与爪哇海相邻，西南经马六甲海峡与印度洋相通。南海还蕴藏着丰富的渔业、油气等资源，对各沿海国经济的可持续发展有着举足轻重的作用。

中国在南海拥有西沙、南沙、中沙和东沙四大群岛，其中，南沙群岛在诸岛中居南，岛礁沙洲最多，散布最广，位于北纬3°40'至11°55'，东经109°33'至117°50'之间。东南向西北延伸达1000公里，分布着大小230多个岛屿、沙洲与礁、滩。当前引发关注的南沙群岛是中国最早发现和命名的，中国最早并持续对南沙群岛行使主权管辖。（注1）20世纪30年代以前，国际上对中国南沙群岛的主权状况没有争议，世界有不少地图和百科全书标明南沙群岛属于中国。

20世纪初，随着西方殖民者和帝国主义者加大对中国及东南亚地区的侵略，英国、德国、法国、日本等开始觊觎南沙群岛，但它们的企图无一例外都遭到中国晚清政府、民国政府以及民众的强烈反对，大部分侵略举动都以失败告终。第二次世界大战爆发后，1939年日本为实施控制东南亚和澳大利亚的"南下战略"，侵占了中国南沙群岛部分岛礁。（注2）

1943年11月，中国、美国、英国三国首脑在《开罗宣言》中写明："……三国之宗旨在剥夺日本自1914年第一次世界大战开始以后在太平洋所得或占领之一切岛屿，在使日本所窃取于中国之领土，例如满洲、台湾、澎湖列岛等，归还中华民国。"1945年7月26日发表的《波茨坦公告》第八条规定："《开罗宣言》之条件必将实施，而且日本之主权必将限于本州、北海道、九州、四国及吾人所决定其他小岛之内。"

日本战败后，民国政府于1946年12月派舰巡视和收复了太平、中业等南沙群岛主要岛礁，接收了南沙全部岛礁并进驻南沙主岛太平岛。1947年，民国政府重新命名包括南沙群岛在内的南海诸岛全部岛礁沙滩名称共159个，并公布施行。同时，民国政府对外公布中国南海疆域图，用11段线标注了中国在南海的领土主权和历史性水域范围。此后相当长时期内，美国官方对此未持异议，考虑到第二次世界大战后美国在亚洲的重要影响和民国政府及后来的台湾当局与美国长期保持盟友关系，美国对这一切显然是知晓和认可的。

海峡两岸的分裂、冷战的爆发、全球两大阵营的对立，使得美国政府在南海岛礁归属问题上有了更多权宜的考虑。这首先体现在战后的对日和约安排上，旨在解决战后日本作为战败国的领土及国际地位问题的《旧金山对日和平条约》（以下简称"旧金山和约"）于1951年9月8日签署、1952年4月28日正式生效。该和约声明"日本承认朝鲜半岛之独立、放弃台湾、澎湖、千岛群岛、库页岛、南沙群岛、西沙群岛等岛屿的主权"，其中第二章"领土"部分第2条第6款规定"日本放弃对南沙群岛与西沙群岛之所有权利、名誉与请求权"，但未言明南沙群岛等领土的归属。

中国是日本军国主义战争罪行的最大受害国和第二次世界大战的四大战胜国之一，中华人民共和国却未被邀请出席旧金山会议。对此，中国政府1951年8月15日发表《中华人民共和国中央人民政府外交部部长周恩来关于美英对日和约草案及旧金山会议的声明》，宣布包括南沙群岛在内的南海诸岛"向为中国领土"，反对"旧金山和约"虽然规定日本放弃对南海有关岛屿的一切权利却不提归还主权问题，重申有关岛屿在日本投降后"已为当时中国政府全部接收"，中华人民共和国在有关岛屿的主权"不受任何影响"。（注3）

美国为了推动日本与台湾当局缓和以更好地服务于其亚太战略，1952年主导日本和中国台湾签署了《日台条约》，其第二条沿用"旧金山和约"模式规定，"兹承认依照公历一千九百五十一年在美利坚合众国金山市签订之对日和平条约……第二条，日本业已放弃对于台湾及澎湖群岛以及南沙群岛及西沙群岛之一切权利、权利名誉与要求"。其含义无疑是，当时仍然被美日两国承认的台湾当局代表中国接收了日本放弃的南海诸岛。

冷战背景下的各方博弈

20世纪50年代中期，菲律宾和当时的南越开始在南沙搞一些动作。1956年菲律宾航海家克洛马宣布在南沙群岛海域航行过程中"发现""许多岛屿"，并将它们定性为"自由地"，菲律宾政府遂据此认为这些岛屿属菲，企图抢占部分南沙岛礁。而菲政府对台湾当局的南沙主权立场是知晓的，曾欲派官员赴台湾协商南沙岛礁归属问题。(注4) 1962年起，南越陆续占领了南子岛、敦谦沙洲、鸿庥岛、景宏岛、南威岛、安波沙洲，遭到了海峡两岸的强烈反对和抗议。

更大规模的侵占浪潮发生在20世纪七八十年代。这与南沙附近海域油气资源的发现，以及《联合国海洋法公约》的谈判与签署有很大关系。20世纪60年代末，美国及联合国多个调查机构宣称，在南海大陆架上发现丰富油气资源；而200海里专属经济区则是《联合国海洋法公约》的最大制度创建之一。

在巨大资源前景的诱惑刺激下，越南、菲律宾、马来西亚纷纷伺机在南沙夺岛占礁。

当时的越南北方政权原本明确承认了中国对南海诸岛的主权，但南北统一大势确立后，北越随即改变了立场与政策，(注5) 1975年先是以"解放"为名，占据了曾经被南越当局侵占的南沙群岛6个岛礁，后又陆续抢占了染青沙洲、万安滩等18个岛礁。1988年3月14日，越南还在赤瓜礁附近与中方爆发了海上冲突。

菲律宾陆续占据了费信岛、中业岛等8个南沙岛礁，马来西亚则侵占了弹丸礁、南海礁和光星仔礁。

这些国家都大幅调整了在南沙群岛等问题上的原有立场，以制定国内涉海法律、发表政治声明等方式，纷纷正式提出对南沙群岛的主权诉求，并且开始对南沙周边的海域提出权益要求。

此段时期，美国通过外交询问、申请测量、通报航行飞越计划等方式，显示了其承认中国对南沙群岛主权的立场，台湾当局还曾在南沙有关岛礁上接待过美国军事人员。对于菲律宾、越南等国在南沙夺岛占礁的疯狂举动，美国长期未有明确态度，但曾多次向台湾当局咨询过对这些岛礁主权归属问题的意见。(注6) 1957—1961年2月间，美军驻菲律宾的空军人员在黄岩岛及南沙群岛区域实施海图测量及气象调查时，曾多次向台湾当局提出申请，也表明美国实际上认为中国拥有这些岛礁的主权。而同期，美国出版的地图和书籍等，例如1961年版的《哥伦比亚利平科特世界地名辞典》、1963年版的《威尔德麦克各国百科全书》、1971年版的《世界各国区划百科全书》，也均确认中国对南海诸岛的主权。美国的政策困境是，虽然基于道义和国际法理应承认中国对这些岛礁的主权，但另一方面由于反共和推进亚太战略的考虑，美国又不情愿让中国大陆占有这些岛礁，更不愿因此损害与菲律宾等盟友的关系。

而中国长期以来只有太平岛在台湾当局占领之下，中国大陆在20世纪80年代末开始控制并驻守较小的6个岛礁，1994年在美济礁上建筑了渔船避风设施。

通向《南海各方行为宣言》的曲折之路

20世纪90年代初，在冷战终结、亚太国家关系缓和、经济发展成为主基调的大背景下，中国与东南亚国家和东盟的关系发展步入快车道。1990年中国与新加坡建交、同印度尼西亚复交，1992年中国成为东盟的磋商伙伴。

在开创和维护周边稳定政策的驱动下，中国对东盟确立了增信释疑和全面开展合作的政策。这期间围绕南沙群岛存在的争议是中国与东南亚国家讨论最多的问题之一。中国一向坚持对南沙群岛拥有无可争辩的主权，但是，考虑到维护与东南亚国家关系稳定的现实需要，中方沿用了对东海钓鱼岛争端采取的方针，一方面坚持主权立场，另一方面向东盟国家提出"搁置争议、共同开发"的主张，(注7) 避免争议干扰周边稳定与合作的大局。

1994年中国与越南双边关系实现正常化。1995年，随着越南、缅甸、老挝、柬埔寨正式加入东盟，东盟扩大为10国。1996年，中国成为东盟全面对话伙伴国。在随后的亚太金融危机中，中国负责任的态度赢得了东盟国家的广泛赞誉，双方关系迅速走近。1997年在马来西亚吉隆坡举行首次中国—东盟领导人非正式会议，双方确立建设"面向21世纪的睦邻互信伙伴关系"。

在此期间，中国与东盟关系的快速发展基本掩盖了南海局势的起伏波动，但有关争议仍不时凸显。

一是相关国家启动了新一波的占岛与油气开发行动。进入20世纪90年代，越南又进占5个南沙岛礁，使其实控南沙岛礁总数达到29个。到1994年3月，越南在南沙、西沙海域非法划出的石油招标区块已达120多个，覆盖了南沙、西沙大部海域。马来西亚1999年侵占了榆亚暗沙、簸箕礁，并疯狂开发南沙附近的油气和渔业资源。马在南沙海域钻井数量占东南亚争端国钻井总数的一半以上，而20世纪90年代马执法力量在南沙海域驱赶、抓扣中国渔民渔船的次数也最多。

二是菲律宾在中国的美济礁、黄岩岛和仁爱礁等岛礁进行了多次挑衅行动。

针对中国1994年在美济礁建设渔民避风设施，菲律宾反应激烈，1995年3月底出动海军，把中国在五方礁、仙娥礁、信义礁、半月礁和仁爱礁等南沙岛礁上设立的测量标志炸毁，甚至派出海军巡逻艇，在空军飞机的支援下，突然袭击了停靠在半月礁附近的4艘中国渔船，拘留了船上62名渔民。5月13日，菲律宾军方将争议升级，派船机试图强闯美济礁，与中国附近海域的"渔政34号"船进行了8个多小时的对峙。而中国坚持修建完相关设施。

1997年4月底，菲律宾海军登上黄岩岛，炸毁中国主权碑，插上菲国旗，中国海监船一度与菲律宾军舰形成对峙。此后数年间，菲多次驱逐、逮捕甚至枪击航经黄岩岛海域的中国渔民。

1999年5月9日，菲律宾海军将一艘舷号为57的坦克登陆舰"马德雷山脉"号开入仁爱礁，以船底漏水搁浅需要修理为由停留在礁上，此后一直以定期轮换方式驻守人员，再未离开。中方进行了反复严正的外交交涉。同年11月3日，菲海军又如法炮制，派出另一艘淘汰军舰，以机舱进水为由在黄岩岛潟湖东南入口处北侧实施坐滩。此次中方不可能再相信菲方谎言，施加了强大外交压力。菲时任总统艾斯特拉达下达命令，菲军方11月29日将坐滩军舰拖回到码头。

在此期间，中国政府着眼于管控、稳定局势，维护中国与东盟关系大局，对菲、越、马等国进行了坚持不懈的外交努力，特别是与菲律宾进行了多轮磋商，推动局势走向缓和。1999年3月，中菲关于在南海建立信任措施工作小组首次会议在马尼拉举行。此后，双方又举行多次磋商，同意保持克制，不采取可能导致事态扩大化的行动。

东盟高度关注南海局势，也与中国进行了多轮磋商。各方还进行过专题1.5轨闭门对话，就领土争议和海域划界进行深入探讨，中国大陆和台湾都参加，其中一个重要共识就是，南沙争议错综复杂，解决难度大，但应该坚持和平谈判解决，中方提出的"搁置争议"是最可行的选择；并且认识到，在岛礁领土主权争议解决之前，海域划界难以推进，保持模糊是明智的选择，同时应该鼓励推进"共同开发"。这些讨论为日后中国与东盟寻求共识提供了基础。1998年东盟峰会通过了旨在推进东盟一体化的"河内行动计划"，其中提出要"推动在争端当事方之间建立'南海地区行为准则'"。[注8]出于增信释疑和睦邻友好的考虑，中方原则上同意与东盟就"行为准则"进行磋商。[注9]

2000年3月15日，中国与东盟在泰国举行非正式磋商，交换了各自起草的"准则"文本。由于各方在约束效力方面有较大分歧，中越对涉及范围也争执不下，"准则"的制定并不顺利，后来的数次磋商均未取得明显进展。

2002年7月，在文莱斯里巴加湾市第35届东盟外长会上，马来西亚为了打破僵局，提议以一个妥协、非约束性的"宣言"取代"准则"，得到东盟外长会接纳，会后发表的联合声明表示，东盟将与中国保持密切合作，为达成"宣言"而努力。[注10]此后数月间，中国与东盟进行了密集的沟通和协商，达成了《南海各方行为宣言》（DOC）。是年11月4日，由时任中国副外长王毅与东盟十国外长在柬埔寨金边第八届东盟峰会期间共同签署。

《南海各方行为宣言》（以下简称《宣言》）共有十条内容，主要是确认促进南海地区和平、友好与和谐的环境，承诺根据公认的国际法原则，包括

1982年《联合国海洋法公约》，由直接有关的主权国家通过友好磋商和谈判，以和平方式解决领土和管辖权争议，而不诉诸武力或以武力相威胁；承诺在南海的航行及飞越自由；承诺保持自我克制，不采取使争议复杂化、扩大化和影响和平与稳定的行动，包括不在现无人居住的岛、礁、滩、沙或其他自然构造上采取居住的行动，并以建设性的方式处理分歧；同意在各方协商一致的基础上，朝最终达成制定南海行为准则的目标而努力。（注11）各方磋商《宣言》的焦点是南沙岛礁归属争议，主要是着眼于防止岛礁争议失控，防止新的占岛、控岛行为。

值得注意的是，各方在《宣言》临近签署时在争议地区称谓问题上出现困难。东盟多数国家习惯使用英文"SPRATLY ISLANDS"（斯普拉特利群岛）指代南沙群岛，但不反对中方自行使用中文"南沙群岛"和英文"NANSHA ISLANDS"。越南坚持使用"黄沙、长沙群岛"（即中国西沙、南沙群岛）称谓，而中国从未承认西沙群岛存在争议，《宣言》讨论也不涉及西沙群岛，中方不能接受越方无理要求。但在各方持久僵持不下的情况下，为了顾全大局，中方同意在《宣言》中使用了"南海各方""南海的航行及飞越自由""南海行为准则"等笼统表述，对于岛礁争端也只是泛泛表述为"不在现无人居住的岛、礁、滩、沙或其他自然构造上采取居住的行动"，没有具体到南沙群岛。《宣言》为南沙争议降温和地区稳定作出重要贡献。但"宣言"涵盖范围称谓上的模糊化处理为南沙争议泛化为南海争议埋下伏笔，在后来的年月里，"岛争"与"海争"的概念更加混淆，在其他因素的推动之下，局部的南沙岛礁和附近海域划界之争存在进一步向全面的南海争议扩展的风险。

冷战结束初期，美国在南海的政策是不对各方领土要求的合法性做出判断，只是强调用和平手段解决领土纠纷，同时关注南海的航行自由。在当时的全球安全格局中，由于中美关系的改善和台海两岸关系的缓和，亚洲不构成美国关注重点。南沙偶然发生的争端也没有改变美国在主权问题上不选边的立场，美方强调的是各方以和平手段解决领土争端。（注12）

总体平静但暗流涌动的 10 年

《宣言》签署后的 10 年，事实上只有中国基本遵守了其规定和原则，未采取使争议扩大化的行动，并且积极推动海上和平合作和共同开发。然而，越、马、菲等国从一开始就没有全面和认真地落实《宣言》，不断对所占据岛礁改建和扩建，加强行政管理，加紧油气资源开采，不时抓扣中国渔民等，这些国家的一个共同指向，就是固化非法侵占所得，否定存在争议，而不是"搁置争议"。而这些做法不断刺激中国国内民众和舆论的反感情绪，使得他们对南沙问题的关注热度不减。

其中，越南方面最为活跃。2003 年 4 月，越南举行"解放南沙"28 周年纪念大会，6 月与印度尼西亚秘密签订大陆架划界协定；2004 年 4 月，首次组织旅游者前往南沙观光旅游；2005 年年初，在行政版图调整中将中国的西沙、南沙群岛作为行政县分别编入越岘港市与庆和省；2006 年年初，与马来西亚设立海军热线以协调解决南海资源开发、岛礁主权争议问题，4 月进一步划定南沙油气招标区块，并宣布与外国企业合作在南沙修建天然气输送管道；2007 年 5 月，租用俄勘测船对南海海域进行拉网式地质调查，6 月宣布其在南沙占领的部分岛礁举行"国会代表"选举等。

马来西亚 2003 年 4 月先后派出 4 个海上作业编队共 11 艘勘测船在南通礁海域进行勘探测量活动，5 月在弹丸礁附近海域举行国际海上挑战赛，并首次批准旅游船只赴榆亚暗沙经营旅游休闲项目；2004 年 11 月发行将部分南沙岛礁标入马版图的邮票；2008 年 8 月其国防部长率近 80 名记者登弹丸礁宣示主权。

菲律宾 2003 年 4 月在中业岛举行"卡拉延设市 25 周年"纪念活动；2006 年 6 月启动中业岛机场跑道和其他设施修缮工程；2008 年 3 月在所占岛礁设立卫星通信系统等设施。

不过，应当承认的是，在 2009 年以前，虽然各种摩擦不断，但南海局势总体上是可控的，局势复杂化的转折大约发生在 2009 年，这与联合国大陆架界限委员会关于提交 200 海里外大陆架界限信息的期限（2009 年 5 月 13 日）有一定关系，而美国亚太战略的调整则是一个更大的刺激因素。

2009 年 1 月，奥巴马政府甫一履新，即释放了将对小布什政府对外政策进行纠偏、把战略重点优先放在亚太地区的信号，这显然助长了部分争端方在南海与中国角力的信心。

2009 年 1、2 月间，菲律宾国会参众两院通过《领海基线法案》，以国内法形式将中国的黄岩岛和南沙群岛部分岛礁划为菲领土。5 月 6 日，越南、马来西亚无视在南海海域划界存在事实争议的情况，向联合国大陆架界限委员会联合提交 200 海里外大陆架划界案。7 日，越方又单独提交南海外大陆架划界案，声称对中国西沙、南沙群岛拥有主权。这迫使中国也向联合国提交了中国关于 200 海里以外大陆架外部界线的初步信息，以防止自己的权益受到进一步损害。

中美在南海也开始出现摩擦，仅 2009 年，美国军舰与中国船只在侦察与反侦察过程中，至少发生了 5 起对峙摩擦事件。其中，最著名的当数"无瑕号"事件。

进入 2010 年，美国对南海的政策加快转变，表现出"选边站"的倾向。7 月 23 日，美国时任国务卿希拉里·克林顿出席在越南河内召开的东盟地区论坛外长会，就南海问题发表讲话，宣称"自由利用亚洲共享海域""在南中国海维护国际法"是美国的国家利益，强调各方要遵守国际法，反对使用武力或以武力相胁迫。根据她本人的回忆："这些都是精心选择的措辞，是对早先中方声称其在本地区扩张性的领土要求属于'核心利益'的回应。"[注13] 此后，希拉里又多次就奥巴马政府的亚太政策以及南海问题发表针对性言论，而美国军方则大幅强化了在南海及其周边的力量存在和军事演习等动作。

为稳定南海局势，缓和东盟国家的紧张情绪，中国政府进行了艰苦的外交努力，取得一定进展。2011 年 7 月，在印尼巴厘岛举行的"10＋1"外长会上，中国与东盟国家通过了落实《宣言》指导方针；中菲、中越在双边沟通中也曾达成了一定的谅解。但中国的努力未能对冲美国亚太战略调整带来的影响，更未能换来菲、越等方的克制。

菲、越等方对所占南沙岛礁继续进行改扩建，与美国在南海周边频繁军演，一些国家出现抱团针对中国的倾向，而且不断采取完全无视中方关切的做法。2011年3月，菲军方披露，计划投入2.3亿美元修整在南海岛屿上的军营和机场。6、7月间，菲、越等国会同域外力量在南海举行了多场敏感的军事演习。菲总统阿基诺三世还下令用所谓"西菲律宾海"一词替换"南中国海"这一国际通用地名，意图强化菲律宾对相关岛礁和海域的主权声索地位，并获得美国官方一定的认可。2012年3月，菲越就在南海进行联合军演和开展海上边界共同巡逻达成协议，4月，越南派出僧侣进驻其所占南沙岛礁的寺庙。

东盟部分国家和美国的这些动作在中国受到媒体的密切关注，而媒体的广泛报道也激起公众的强烈反响。中国的克制政策面临政策延续性和民意的双重压力。

南海局势加剧紧张的背后

2012年4月发生的黄岩岛事件可以说是"压倒骆驼的最后一根稻草"，突破了中国政策和忍耐的底限。黄岩岛属中国中沙群岛，以东隔马尼拉海沟与菲律宾群岛相望。1898年《美西巴黎条约》、1900年《美西华盛顿条约》和1930年《英美条约》等明确规定了菲领土界限西限以东经118°为界，黄岩岛在此范围之外。直到20世纪90年代，菲律宾出版的地图还将黄岩岛标绘在菲领土界限之外。

4月10日，12艘中国渔船在黄岩岛潟湖内例行作业，突然出现的菲律宾军舰对渔民进行堵截和干扰。中国渔民被菲律宾军人扒去上衣在甲板上暴晒的照片，瞬间成为中国各大媒体和网站的头条新闻，引发全国性声讨。菲律宾的粗暴挑衅和中国国内舆情的强烈反应，促使中国政府不得不采取反制行动，一方面进行紧急外交交涉，另一方面派出海监和渔政船只尽快抵达黄岩岛现场，双方进行了激烈交锋。直至6月3日，菲方船只才全部撤出黄岩岛湖。为防止菲律宾新的挑衅行为，中国船只留守黄岩岛附近海域，开始实施实际管控。

此时越南方面也有了新动作。6月21日，越南国会审议通过《越南海洋法》，意在用国内法为越方主张披上合法外衣。(注14)该法通过当日，时任中国外交部副部长张志军召见越南驻华大使阮文诗提出严正交涉。同日，中国宣布建立地级三沙市，政府驻西沙永兴岛，管辖西南中沙群岛的岛礁及其海域，并在随后数月间采取了落实三沙设市的一系列行政、司法、军事举措。

2013年1月22日，菲律宾正式向联合国海洋法法庭提请针对中国的仲裁。对此，中国外交部多次发表声明，指出"菲律宾和仲裁庭无视仲裁案的实质是领土主权和海洋划界及其相关问题，恶意规避中国于2006年根据《联合国海洋法公约》(以下简称《公约》)第298条有关规定作出的排除性声明"，强调中方"不承认、不参与"。

显然，中方对菲启动仲裁是持完全否定立场的。菲律宾声称其提出冲裁的理由是与中国之间的协商和谈判已陷入僵局，但事实上，菲方自黄岩岛事件以来一直拒绝与中方进行任何严肃的对话，遑论谈判，也未与其他DOC成员协商。再者，中国已在2006年根据《公约》第298条作出了排除性声明，由于仲裁庭的管辖涉及主权、历史性权利及所有权，因而已免于管辖。无论仲裁结果如何，《公约》中没有任何条款规定可以执行对中国不利的仲裁结果。

此后发生的仁爱礁打桩事件和中建南事件进一步恶化了局势。菲律宾1999年坐滩仁爱礁的军舰面临解体风险，菲方一直寻机在礁上打桩以实施占领。中方对此保持高度警惕，2014年3月成功阻止了携带建筑物资的菲军舰驶向仁爱礁，两国政府船只发生对峙。菲律宾在舆论上大肆渲染，吸引国际关注和美国介入。

2014年5月，中国在西沙海域启动"中建南"项目两口探井的钻探作业，

"中国海洋石油981"平台从5月2日至8月15日在西沙中建岛南部17海里海域附近进行钻探作业,遭到越南数百艘政府船只的骚扰,并引发了中国海警船队与越南执法船的多次追逐甚至冲撞,场面一度激烈。

针对南沙整体形势的变化,并且为了彻底改善中国南沙岛礁民生、基本军事防御和维护主权权益的需要,中方于2013年年底在自己控守的岛礁上开始了扩建工程,这些岛礁都远离国际航道,完全不存在影响航行自由的问题。但美国和菲律宾等国反应强烈,并且大肆炒作和指责中国。2015年4月9日,针对外界关切,中国外交部发言人华春莹在记者会上对有关工程作了详细说明,指出:中国政府对南沙部分驻守岛礁进行了相关建设和设施维护,主要是为了完善岛礁的相关功能,改善驻守人员的工作和生活条件,更好地维护国家领土主权和海洋权益,更好地履行中方在海上搜寻与救助、防灾减灾、海洋科研、气象观察、环境保护、航行安全、渔业生产服务等方面承担的国际责任和义务。有关建设是中方主权范围内的事情,不影响也不针对任何国家。(注15)最近,中方消息显示,一批为国际社会提供公益服务的灯塔、自动气象站、海洋观测中心、海洋科研设施等项目建设正顺利开展。5个用于航行安全的灯塔已建成,其中4个已正式启用。

中国的动作并没有得到周边国家的完全理解,引发了部分周边国家的担忧。而美国也加大对南海事务的介入力度,以中国岛礁扩建工程"规模过大、速度过快""岛礁军事化"等话语,全面向中国施压,甚至采取了派军舰接近中国南沙和西沙岛礁的行动,被中方视为严重的军事和安全挑衅。

在中国许多人看来,美国是当前南海局势紧张的最大推手。首先,美国在加快推进"亚太再平衡"战略时,愈来愈将中国视为在亚太的主要针对目标。2013年,美军确定了"两个60%"的军力部署目标,即在2020年前将60%的海军舰艇、海外60%的空军力量部署到亚太地区。此外,美军抓住一切机会炒作中国"反介入与区域拒止"威胁,积极完善为中国量身打造的"空海一体战"等作战概念。这些举动无疑都增加了包括南海在内的亚太局势的复杂化与紧张程度。中国许多学者开始关注,美国是否在为其亚太战略调整预设威胁甚至危机,然后导致"预言的自我实现"?

2014年起,美国针对中国周边问题做出了更加清晰化的表态,在南海问题上呈现出直接介入争议和偏袒盟友及其他争议方的姿态。

2014年2月5日,美国亚太事务助理国务卿丹尼尔·拉塞尔在众议院有关东亚海洋争端的听证会上作证时,指责中国"断续线"主张"缺乏国际法基础""影响了地区的和平与稳定",要求中国予以澄清。(注16)这是美国官方首次在南海争端问题上点名向中国发起挑战。而美方很清楚,在南沙领土主权争议未决的情况下,明确断续线或者任何海域主张都无异于强化争议和紧张。同月,美国海军作战部长乔纳森·格林纳特在菲律宾宣称,如果中菲在南海发生冲突,美国将支持菲律宾。(注17)这是美方在中菲南海争端中所作出的最强硬表态。8月,美国国务卿克里在缅甸内比都举行的东盟地区论坛外长会期间,还直接提出"三停止"要求,即停止填海造岛、停止修建建筑、停止采取可能会进一步加剧冲突的激进行动。

而在美国,"成本强加"战略开始成为政策选项,即动用政治、外交、舆论、军事等各类手段,增加中国南海行动的成本,迫使中国后退,以期在不发生武装冲突的情况下制止中国的所谓南海扩张。(注18)2015年美国发布了《21世纪海上力量合作战略》《国家安全战略》《国家军事战略》《亚太海上安全战略》四个战略文件,都用较大的篇幅谈到南海,并声称要让中国付出成本代价。

美国南海政策的大幅调整不仅削弱了美方公正说话的地位,也进一步加深了中方对自身利益受到更多损害的担忧,刺激中方增强捍卫自身利益能力的决心。

与美国政策调整相伴随的是,美军对中国的行动指向性越来越明显,各类威慑、挑衅动作愈加频繁。例如,美军明显加强了对中国南沙岛礁周边海域海空抵近侦察活动的力度,美国军机对中国在南海的抵近侦察从2009年约260余架次增加到2014年的超过1200架次。(注19)除强化抵近侦察外,美国还开始频繁向中国直接"大秀肌肉",进入中国南沙、甚至不存在争议的西沙岛礁 12 海里内进行"航行自由"宣示行动。2015 年 10 月 27 日，美军导弹驱逐舰"拉森号"驶入南沙群岛渚碧礁临近 12 海里水域。2016 年 1 月 30 日，美军"柯蒂斯·威尔伯号"导弹驱逐舰驶入西沙群岛中建岛领海。与既往不同的是，美国每次都采取了在媒体上高调渲染的做法，美军太总部司令哈里斯等官员还扬言今后的行动范围将更广泛，性质将更复杂，并保持每季度约两次的频率。[注20]

此外，美国还展开了针对中国的其他威慑动作。2015 年 7 月，美军新任太平洋舰队司令斯威夫特搭乘 P-8A "海神"反潜巡逻机对南海进行抵近侦察飞行；11 月 5 日，美国国防部长卡特登上"罗斯福"号航母就南海问题发表讲话，而当时该航母正位于南沙群岛以南 150—200 海里、马来西亚以北约 70 海里的南海敏感海域；11 月 8—9 日，美军 B-52 战略轰炸机连续两天飞越中国在南海扩建岛礁的附近海域；2016 年 4 月 15 日，美国国防部长卡特在访菲期间登上"斯坦尼斯"号航母巡航南海。美军舰机还时常在中国领海领空发生"误闯"事件。

美国有意识地强化在南海周边的盟友体系和军事网络。"亚太再平衡"战略实施以来，美国已在澳大利亚达尔文、新加坡樟宜基地、菲律宾、马来西亚等环南海地区增加了力量部署。美国也正在加强与南海周边的马来西亚、印度尼西亚、越南等国有关海域态势感知的情报及侦察合作，加大对其他南沙争端国的军事援助，重点是提高菲、越等国的侦察预警、巡逻管制以及反介入能力。2016 年 3 月，美菲在第六次年度双边安全对话上宣布，美国将被允许使用菲律宾的六个基地。2016 年 4 月，美菲"肩并肩"联合演习再度举行，演习科目十分具有针对性，包括失岛夺回、油井防护等，设定的背景即是当下的南海争议。

美军在南海及其周边的排兵布阵推动地区局势进一步紧张，也使得南海争议在全球战略棋局中的位置被刻意夸大，貌似中美间的竞争开始超越其他矛盾成为南海局势的主线。回顾冷战后世界上发生的紧张和冲突，几乎都有美国的卷入甚至是主导，有的至今还没有了结。这不免让中国人要问，美国在南海意欲何为？

中方将增强管控局势的能力并推进合作

综上所述，南海局势发展到今天这个地步，是各种行为和言论在多条线索上相互纠缠、影响、互动的结果，也是国际环境和地区安全形势变化使然。造成局势螺旋升级、各方不断相互刺激的因素中，不仅有基于主权、资源、战略安全诉求的现实利益纠葛，也有各方记忆中历史脉络的缺失和信息的不连贯，更有相互之间战略意图和政策目标的揣测与猜度。美国作为一个南海域外大国，其加大介入和立场的调整变化是2009年以来南海局势复杂化的主要肇因。大家关心的是未来的局势会如何发展？美方关注中国下一步将采取什么新的行动，而中方对美方意图也产生深深的怀疑。围绕南海局势和南沙群岛的争议，存在矛盾激化甚至战略误判的风险。

中国在南海的利益诉求多少年来一以贯之，那就是维护国家领土主权完整性和维护地区和平安宁的需要。观察中国不能忽略历史维度。中国虽然正在成长为一个强大的国家，但是历史的烙印仍然深刻，我们这个国家是在帝国主义铁蹄侵略和践踏之下跌跌撞撞进入20世纪的，中国人民无法忘怀曾有一个多世纪的屡遭外敌入侵、强权欺凌的屈辱经历，那是国家和民族不可磨灭的记忆。也正是基于此，中国人民和政府始终对涉及领土主权完整的问题抱有极强的敏感性，绝不会允许那样的事哪怕在局部重演，这是外界在看待和判断中国时必须了解和考虑的。诚然，现在已经没有能对中国的生存与发展构成根本性挑战的重大外部威胁，中国坚定不移地走和平发展道路，致力于促进世界的和平、发展与合作，这方面的信念与承诺没有也不会改变。

中国国家主席习近平2016年4月28日在亚信部长会议上强调指出：中国一贯致力于维护南海地区和平稳定，坚定维护自身在南海的主权和相关权利，坚持通过同直接当事国友好协商谈判和平解决争议。(注21)从王毅外长与东盟国家的接触中可以看到，中方提出的"双轨思路"，即由直接当事国通过谈判协商妥善解决争议、中国和东盟共同维护南海的和平稳定，得到许多国家的认可和支持。东盟也认识到控制局势，重回对话轨道的重要性。

对中国在南海的目标可以从以下几个方面认识。

首先，中国南海政策的根本出发点是维护国家的主权安全和海洋权益，向是以静制动、后发制人。中国民众绝不会允许任何国家进一步损害中国在南海的岛礁及其附近海域的主权和权益，因此强烈期待国家有能力维护自身利益。中国将坚定不移地维护国家领土主权和权益，并增强管控局势和避免进一步损失的能力。目前看，只要没有重大威胁，可以继续本着尊重历史的态度，坚持"搁置争议、共同开发"的政策。中方致力于通过协商谈判和平解决争议的政策不会改变。

其次，中国的南海政策需要专注到维护航行自由和航道安全。南海是国际战略通道，有世界上最繁忙的商业航线，每年全球货物海运总量的40%要经过南海，南海航行自由与安全攸关世界各主要经济体的重大利益。中国贸易和能源70%—80%也依靠南海航线，是南海通道最大的使用者，南海也是中国海军走向世界的重要通道。

再次，中国与周边国家在南海的最大公约数是维护地区和平稳定。中国没有旨在谋求所谓地区霸权的动机和设计。中国之所以一直努力管控与争端方的矛盾和分歧，就是考虑到周边总体环境的重要性。今后需要更多地向外界提供信息、分享资料，以期增进了解；更多地提供公共服务，以增加地区的安全与福祉；通过与东盟国家达成"南海行为准则"，共同构建地区有效规则。长远看，作为南海最大的沿岸国，中国应在南海保持军事防御和维护和平的能力，增强推进谈判解决争议的主动地位。

最后，中美在南海的共同战略利益是航行自由和安全以及南海周边地区的繁荣稳定。中美之间在南海并不存在争议，两国应该通过对话、澄清彼此意图来摆脱目前南海问题带来的安全困境和误解。中美需要也应该能够在南海逐步走向合作。中国正在建设海洋强国，世界范围内的辽阔海洋对中国的发展和全球合作越来越重要，中国的海洋视野注定要超越南海。外界用陆权思维和传统的海洋控制理念去揣度中国是没有道理的。

未来形势如何发展取决于各方的认识和选择，如果选择合作，可能是多赢；如果选择对抗，则可能是僵局甚至冲突，任何一方都难以从中完全获益。

（傅莹系中国全国人大外事委员会主任委员、中国社科院国家全球战略智库首席专家、中国国际经济交流中心特邀副理事长；吴士存系中国南海研究院院长、研究员）

注：

1. 中国对南沙群岛的认识最早可追溯至汉代；唐宋时期，中国对南沙的认识以及在南沙的经营开发都有了长足的发展；至明清两代，中国已明确了对南沙群岛的主权管辖，出版的权威地图都将南沙群岛列入中国版图。

2. 日本于1939年圈出北纬7°—12°、东经111°36′—117°30′之间七边形区域内的南沙部分海域，将其中的南沙部分岛礁，包括太平岛、南子岛、北子岛等，统称为"新南群岛"，划归"台湾总督府""高雄州高雄市"管辖。

3. 中华人民共和国外交部、中共中央文献研究室：《周恩来外交文选》，中央文献出版社，1990年，第38—46页。

4. 《中华人民共和国政府郑重声明　中国对南沙群岛的主权绝不容许侵犯》，《人民日报》1956年5月30日第1版。

5. 1974年之前，无论是越南政府的照会、声明，还是其报刊、官方地图，均承认西沙群岛和南沙群岛是中国领土。例如，1958年9月4日，中华人民共和国政府发表《关于领海的声明》，明确地对世界宣布，"西沙群岛和南沙群岛是中国领土，适用领海宽度12海里主权范围"。9月14日，越南民主共和国总理范文同向中华人民共和国总理周恩来签发外交照会，表示"承认和赞成"中国的上述声明，并承诺在国家关系中"彻底尊重"中国的领海主权。

6. A.V.H.Hartendorp, History of Industry and Trade of Phillipines: the Magsaysay Administration, Manila: Philippine Education Co., 1961, p217. 萧曦清：《中菲外交关系史》，正中书局，1995年，第831页。

7. 1992年7月中国时任外长钱其琛参加了在马尼拉举行的第25届东盟外长会后对话会，期间同东盟六国外长就南海问题交换了意见，确认中方"搁置争议、共同开发"的主张，指出中方愿在条件成熟时同有关国家谈判寻求解决的途径。

8. ASEAN, 1998 Ha Noi Plan of Action, Ha Noi, December 15, 1998.

9. 中华人民共和国外交部政策规划司主编：《中国外交》，世界知识出版社，2000年，第659页。

10. ASEAN, 2002 Joint Communique of 35th ASEAN Minister Meeting, Bandar Seri Begawan, July 29-30, 2002.

11. Nguyen Hong Thao, "The 2002 Decalration on the Conduct of Parties in the South China Sea : A Note", Ocean Development &International Law, 34 : 3-4, pp. 282-284.《南海各方行为宣言》，中国外交部网站，http : //www.fmprc.gov.cn/web/wjb_673085/zzjg_673183/yzs_673193/dqzz_673197/nanhai_673325/t848051.shtml，访问时间：2016年4月11日。

12. US Department of State Daily Briefing, May 10, 1995, http : //www.state.gov/r/pa/prs/dpb/，访问时间：2016年4月11日。

13. Speech of Hillary Rodham Clinton, Vietnam, July 23, 2010, http : //www.state. gov/ secretary/ rm/2010/07/145095. Htm，访问时间：2016年4月11日；Hillary Rodham Clinton, Hard Choices, Simon & Schuster, 2014, p79。

14. 《越南海洋法》核心内容包括：明确适用范围包括越南主张的各种管辖海域、各岛屿、"黄沙群岛"和"长沙群岛"及其他群岛，强调"发挥越南全民族的力量，采取各种必要措施"保卫越南在海域、岛屿和群岛的主权、主权权利和管辖权；根据《联合国海洋法公约》确定了越南的海域制度，规定采用直线基线法确定其领海基线，特别提及大陆国家很少使用的"群岛"概念；强调发展海洋经济，推动开展国际和区域合作；明确了海上巡逻和检查力量。

15. 《外交部：中国对南沙部分驻守岛礁的建设合情合理合法》，新华网，2015年4月9日，http : //news.xinhuanet.com/2015-04/09/c_1114920500.htm，访问时间：2016年4月11日。

16. Speech of Daniel R. Russel, Washington. DC, February 5, 2014, http : //www.state.gov/p/eap/rls/rm/2014/02/221293.htm，访问时间：2016年4月11日。

17. Jonathan W. Greenert, Chief of Naval Operations, 13 February 2014, http：//www.navy.mil/navydata/people/cno/Greenert/Speech/140213%20National%20Defense%20College%20of%20the%20Philippines%20remarks%20only.pdf，访问时间：2016年4月11日。

18. The challenge of responding to maritime coercion. Retrieved from http：//www.cnas.org/sites/default/files/publications-pdf/CNAS_Maritime1_Cronin.pdf，访问时间：2016年4月11日。

19.《专家：美国频繁抵近侦察监视中国南海三大建设》，人民网，2015年7月3日，http：//military.people.com.cn/n/2015/0703/c1011-27247801.html，访问时间：2016年4月11日。

20.《国防部新闻发言人：美军太平洋总部司令哈里斯关于南海言论"缺乏历史常识"》，新华网，2016年1月28日，http：//news.xinhuanet.com/mil/2016-01/28/c_1117929534.htm，访问时间：2016年4月11日。

21. 习近平：《凝聚共识 促进对话 共创亚洲和平与繁荣的美好未来》，http：//www.gov.cn/xinwen/2016-04/28/content_5068771.htm，访问时间：2016年5月1日。

(《中国新闻周刊》第755期)

菲律宾 15 条南海"诉状"耍尽阴招

——目的是掩盖菲方在南海非法侵占所得,并否定中国在南海合法海洋权益,挑战中国的领土主权

刘 锋

菲律宾挑起南海仲裁案,有着复杂而深刻的现实背景,某种程度上与中菲"黄岩岛事件"的外溢效应不无关系。2012 年 4 月 10 日,菲律宾"德尔皮拉尔"号军舰侵入中国黄岩岛海域,武力袭扰在该海域正常作业的中国渔民,蓄意挑起"黄岩岛冲突",意欲先下手为强,将黄岩岛"收入囊中"。中国在这种情况下进行维权反制,干净利落处理了冲突事件,成功掌控黄岩岛。菲方误判形势实施的一次"政治投机",最终是偷鸡不成反蚀把米,阿基诺三世当局面临如何做交代的问题。尽管菲当局无法咽下这口"恶气",但深知凭借自身实力与中国在海上一线"硬碰硬"几无胜算,因此,才不得不转移新战场,加快将处心积虑谋划很久的所谓"国际仲裁"方案出炉。在美国律师团队手把手帮助下,菲律宾当局经过精心准备和巧妙包装,向仲裁庭提出 15 项仲裁诉求,主要可分为三个方面,可谓放出三大阴招。

第一招：包藏祸心，全盘否认中国正当权利

菲律宾在"诉状"中提出："中国在南海的海洋权利不能超出《联合国海洋法公约》允许的范围（第1项）"；中国主张的对"九段线"范围内的南海海域的主权权利和管辖权以及"历史性权利"与《公约》相违背……（第2项），这两项实质是图谋动摇和损害中国在南海权利主张的法理根基。众所周知，南海"九段线"也被称为南海断续线、传统海疆线等，是中国政府1948年正式对外公布，在中国地图及其他一些国家的地图上由若干断续线所标示的围绕南海形似U形的海上疆界线（"九段线"原为十一段线，1953年中国政府批准去掉北部湾内的两条，故称"九段线"），它是构成中国南海权利主张的重要法理基础和宝贵历史遗产，甚至被一些国内学者称为中国在南海的"生命线"。菲律宾一上来就拿"九段线"开刀，手法毒辣。按照菲方的算计，是企图借此全盘否定中国基于历史依据而在南海产生并拥有的正当权利。

第二招：偷梁换柱，"单挑"中国南海部分岛礁的法律地位

菲律宾在"诉状"中提出：黄岩岛不能产生专属经济区或者大陆架（第3项）；美济礁、仁爱礁、渚碧礁、南薰礁等为低潮高地，不能产生专属经济区或者大陆架（第4项）；赤瓜礁、华阳礁和永暑礁不能产生专属经济区或者大陆架（第7项）等，上述所谓的诉求完全是用尽心机、避实就虚。本质上而言，在南海岛礁主权归属上，中国拥有比菲更充分、更翔实的历史法理依据。中菲南海争议的核心是菲律宾非法侵占了中国南沙部分岛礁并拒不归还，菲方对此心知肚明，一方面谋求通过民事手段固化在南海的非法侵占所得，另一方面挖空心思，企图通过法律外衣的"巧包装"来掉转矛头所向，

促使中菲南海法理斗争的核心发生转移——即避谈主权归属问题，只论某些岛礁法律属性等问题。打个形象的比方，这就好比张三窃取了李四的一包财物（里面装着人民币或金条），但张三却恶人告刁状，鼓捣上了法庭。当然张三内心自知理亏，在状纸上绝口不提财物原主人是谁，也不谈物归原主的问题，而只揪着包里的人民币或金条是真是假说事，在明眼人看来这显然是避重就轻、本末倒置。从这个意义上说，中方不参与、不接受这场变了味、走了调的所谓仲裁案，于情于法于理均无可厚非。

至于说菲律宾在"诉状"中提出的美济礁、仁爱礁、渚碧礁等几个岛礁是低潮高地，不能被据为领土，其显然是包藏祸心，菲律宾宣称的所谓"卡拉延群岛"，其中就包含了对中国南沙群岛40多个岛礁的主张，上述菲律宾所称的低潮高地均在其中。由此可见，菲律宾提出的低潮高地不可被据为领土，只不过是一种偷梁换柱的把戏，其无非是想否定中国对这些岛礁的主权，从而可以将其收入菲律宾囊中。更值得重视的是，菲律宾还图谋通过《公约》来否定或限定中国驻守岛礁的法律地位，从而限制中国的海域主张范围，这样中国即使有朝一日收回了这些岛礁，也无法依据《公约》来主张相应的海洋权益。

第三招：倒打一耙，反诬中国在南海正当行使主权和管辖权

菲律宾在"诉状"中提出：中国干扰了菲律宾享有和行使对其专属经济区和大陆架的生物和非生物资源的主权权利（第8项）；未曾阻止其国民和船只开发菲律宾专属经济区内的生物资源（第9项）；通过干扰其在黄岩岛的传统渔业活动，阻止了菲律宾渔民寻求生计（第10项）；进行危害海洋环境的开发建设和渔业活动（第12项）等。显而易见，此举完全是颠倒黑白、倒打一耙。殊不知中国所作所为恰恰是维护自身在南海的合法权益，中国在南海这片"祖宗海"所行使的正是作为主人才拥有的岛礁主权和海域管辖

权。特别是近年来中国南沙驻守岛礁的大规模扩建，中国在南沙维权方面长期面临的"形格势禁"的困境将得到根本性扭转。正是出于对中国在南海坚定维权的戒备，菲律宾才在"诉状"中对中国肆意抹黑，这也从一个侧面印证了菲律宾的"心虚"。

菲律宾提出的15项仲裁诉求，实质上是领土问题和海洋划界问题。中方已多次重申：领土问题不是《公约》调整的范围，而是习惯国际法调整的范围。也就是说，仲裁庭不应对领土问题作出裁定。关于海洋划界问题，中国在2006年根据《公约》第298条作出了排除性声明，不接受第三方强制争端解决程序。因此，菲律宾提起仲裁案本身就是违法的，仲裁庭也不应管辖此案。

给菲律宾支招者：美日两国边看热闹边挑事

在这阴险的三招背后，可以看出，菲律宾当局起诉中国的目的就是掩盖自身在南海非法侵占所得。同时，在菲律宾提出的15项诉求中，既要否认中国南海"九段线"，还要否定中国的领土主权和在南海的海洋权益。

针对南海仲裁案，美国和日本各怀心机，时不时煽风点火、上蹿下跳。从2013年菲律宾单方面提交仲裁起，美国就形影相随，可谓是南海仲裁案的最大幕后推手，来自美国的律师团队深度参与南海仲裁案就是一个侧证。美国政府部门、高官以及智库学者等多次表态支持菲律宾提起仲裁案。早在南海仲裁案提起之初，美国主管东亚事务的助理国务卿拉塞尔就表态支持菲律宾的法律行动。美国众议院外交委员会主席罗伊斯即敦促中国"最好参与国际仲裁"。2014年3月30日，美国国务院就南海仲裁案发表声明说："美国重申支持以和平方式解决海事争议，但也不怕包括恫吓或高压等任何形式报复的做法。"2015年7月，拉塞尔在受访时公开表示，美国支持菲律宾在国际法的框架下对南海问题提出仲裁，并且美国认为中国与菲律宾都有义务遵守国际法庭的仲裁决定。2016年5月18日，美国副助理国防部长希尔莱特声称，美国将力挺菲律宾提起的南海仲裁案,如果中国输掉裁决却不遵守将"付出代价"。美国智库新美国安全中心在一份研究报告中称,美国及其地区伙伴应该继续支持仲裁结果并确保中国遵守。

综上所述,美国已俨然成为菲律宾在仲裁案背后的"坚强后盾"。而日本追随美国在南海仲裁案上亦步亦趋,完全成为美国的跟班。2014年3月,日本外务省高官表示日本政府支持菲律宾立足于国际法而和平解决纠纷的努力;2014年5月30日,日本首相安倍晋三在香格里拉对话上抛出所谓"关于海洋问题的法律支配三原则",声称强烈支持菲律宾在南海问题上据此所做的努力。事实上,在南海仲裁案上,菲律宾挑头、美国操控、日本帮腔,组成了"铁三角",企图按照共同设计好了的局逼中国"上套"。

针对菲律宾单方面挑起南海仲裁案,中国政府的立场是明确的、一贯的,即不接受、不承认应菲律宾单方面请求建立的仲裁庭作出的任何裁决。所谓"裁决"不会影响中国在南海的领土主权和海洋权益。在近日召开的中美智库南海问题对话会上,中国前国务委员戴秉国表示"南海仲裁案结果不过废纸一张",实实在在喊出了中华儿女的心声。2016年7月1日,国家主席习近平在庆祝中国共产党成立95周年大会上表示,任何国家不要指望中国人民会吞下损害主权的苦果。某种意义上而言,这未免不可以看作中国领导人对南海仲裁案的强有力回应。

"南海仲裁"大事记

2012年4月

"黄岩岛事件"发生,菲律宾挑起事端。中方重申,黄岩岛是中国固有领土,中国对黄岩岛拥有无可争辩的主权,黄岩岛不存在提交国际仲裁问题,希望菲方不要一再搞小动作。

2013年1月22日

菲律宾外交部照会中国驻菲使馆称,就菲中南海"海洋管辖权"的争端提起强制仲裁。应菲单方面请求建立的南海仲裁案仲裁庭随之设立。

2013 年 2 月 19 日

中国政府退回菲方的照会及所附仲裁通知，并多次郑重声明，中国不接受、不参与菲律宾提起的仲裁。

2014 年 3 月 30 日

菲律宾提交仲裁案"诉状"，提出 15 项诉求。

2014 年 12 月 7 日

中国发布对菲所提南海仲裁案管辖权问题的立场文件，阐述中方在管辖权问题上的主张，重申不接受、不参与仲裁的立场。

2015 年 7 月

仲裁庭在中方未参与的情况下开庭审理管辖权和可受理性问题。

2015 年 10 月 29 日

仲裁庭不顾中国的反对立场，确认其对菲律宾"诉状"中提出的 7 项主张有管辖权，保留其他项请求至审议实体问题阶段再予以考虑。中国政府当即声明有关裁决是无效的，没有约束力。

2015 年 11 月 24—30 日

仲裁庭审理了实体问题和剩余的管辖权以及可受理性问题。中国政府再次阐明了不接受、不参与的立场。

2016 年 5 月 6 日

外交部边海司司长欧阳玉靖召开媒体吹风会，就南海问题接受中外媒体采访时表示：菲律宾南海仲裁是一场披着法律外衣的政治闹剧。仲裁裁决将"三不会"，即：不会改变中国对南海诸岛及其附近海域拥有主权的历史和现实，不会动摇中国维护主权和海洋权益的决心和意志，不会影响中国通过直接谈判解决有关争议以及与本地区国家共同维护南海的和平稳定的政策和立场。

2016 年 6 月 29 日

南海仲裁案仲裁庭对外宣布，将于 7 月 12 日公布实体问题裁决。

2016年7月5日

中国前国务委员戴秉国在中美智库南海问题对话会上表示：南海仲裁结果只是张废纸，美国来10艘航母也吓不倒中国人。

（作者系厦门大学南海研究院客座教授）

（《环球时报》2016年7月8日）

谈判是解决南海问题唯一途径

北京日报记者 王东亮

2016年7月13日,国务院新闻办发布《中国坚持通过谈判解决中国与菲律宾在南海的有关争议》白皮书,系统地介绍了南海属于中国的历史和相关证据、中菲南海争议的由来、菲方侵权行动及中国处理南海问题的政策。白皮书明确指出,谈判是解决南海争议的唯一途径。

南海诸岛是中国固有领土

中国2000年前开始管理南海

根据文献记载,中国人民在南海的活动已有2000多年历史。早在公元前2世纪的西汉时期,中国人民就在南海航行,并在长期实践中发现了南海诸岛。东汉的《异物志》、三国时期的《扶南传》、宋代的《梦粱录》、元代的《岛夷志略》、明代的《东西洋考》、清代的《指南正法》和《海国闻见录》等中国历史古籍,详细记录了南海诸岛的地理位置和地貌特征、南海的水文和气象特点,以生动形象的名称为南海诸岛命名,如"涨海崎头""珊瑚洲""石塘""千里石塘""万里石塘""长沙""万里长沙"等。

通过行政设治、水师巡视、资源开发、天文测量、地理调查等手段,中国一直对南海诸岛和相关海域进行持续、和平、有效的管辖。

中国人民对南海诸岛的命名，被西方航海家引用并标注在一些十九二十世纪的权威航海指南和海图中。如 Namyit（鸿庥岛）、Sin Cowe（景宏岛）、Subi（渚碧礁）来源于海南方言发音"南乙""秤钩""丑未"。

南海属于中国世界无异议

中国对南海诸岛的主权在 20 世纪前未遭遇任何挑战。第二次世界大战结束后，中国收复南海诸岛并恢复行使主权，世界上许多国家都承认南海诸岛是中国领土。中国政府于 1947 年组织绘制标有南海断续线的《南海诸岛位置图》。1948 年 2 月，中国政府公布《中华民国行政区域图》，其中就包括《南海诸岛位置图》。

1952 年，日本政府正式表示放弃对台湾、澎湖列岛以及南沙群岛、西沙群岛之一切权利、权利名义与要求，并把有关和约规定日本必须放弃的西沙、南沙群岛及东沙、中沙群岛全部标绘属于中国。

1958 年 9 月 4 日，中国政府发布《中华人民共和国政府关于领海的声明》，宣布中国的领海宽度为 12 海里，明确指出："这项规定适用于中华人民共和国的一切领土，包括……东沙群岛、西沙群岛、中沙群岛、南沙群岛以及其他属于中国的岛屿。"同月 14 日，越南政府表示"尊重这项决定"。

菲方非法侵占制造争议

菲律宾的领土到底在哪儿？

中菲南海有关争议的核心是菲律宾非法侵占中国南沙群岛部分岛礁而产生的领土问题。此外，随着国际海洋法制度的发展，中菲在南海部分海域还出现了海洋划界争议。

可是，在辽阔的西太平洋上，菲律宾的领土到底在哪儿？白皮书介绍说，菲律宾的领土范围是由包括 1898 年《美西和平条约》(《巴黎条约》)、1900 年《美西关于菲律宾外围岛屿割让的条约》(《华盛顿条约》)、1930 年《关于划定英属北婆罗洲与美属菲律宾之间的边界条约》在内的一系列国际条约确定的。

中国南海诸岛在菲律宾领土范围之外。

冲突因菲方非法侵占而起

菲律宾对中国南沙的侵犯，从20世纪50年代就开始了。但在中国坚决反对下，菲律宾收手了。

自20世纪70年代起，菲律宾先后以武力侵占中国南沙群岛部分岛礁，并提出非法领土要求。1970年8月和9月，菲律宾非法侵占马欢岛和费信岛；1971年4月，菲律宾非法侵占南钥岛和中业岛；1971年7月，菲律宾非法侵占西月岛和北子岛；1978年3月和1980年7月，菲律宾非法侵占双黄沙洲和司令礁。1978年6月，菲律宾总统马科斯签署第1596号总统令，将中国南沙群岛部分岛礁并连同周边大范围海域称为"卡拉延岛群"（"卡拉延"在他加禄语中意为"自由"），划设"卡拉延镇区"，非法列入菲律宾领土范围。

菲方主张无合法依据

南沙群岛从来不是菲律宾领土的组成部分。对此，菲律宾当时的统治者美国是非常清楚的。1933年10月和1935年5月，美国国务院两次否决菲律宾及美军方提出的将南沙部分岛屿纳入菲律宾的提议。这些文件证明，菲律宾领土从来不包括南海诸岛，这一事实为包括美国在内的国际社会所承认。

而"卡拉延岛群"是菲律宾发现的"无主地"这一说法根本不成立，菲律宾所谓的"卡拉延岛群"就是中国南沙群岛的一部分。南沙群岛早已成为中国领土不可分割的

资料图片

组成部分，绝非"无主地"。

菲律宾还诡称，第二次世界大战后南沙群岛是"托管地"，主权未定。但根据有关国际条约或联合国托管理事会相关文件，南沙群岛从来就不是"托管地"。菲方提出的"地理邻近"和"国家安全"更不是领土取得的国际法依据。世界上许多国家的部分领土远离其本土，有的甚至位于他国近岸。

菲方无理提出的"中国南沙群岛部分岛礁位于其专属经济区和大陆架范围内，因此有关岛礁属于菲律宾或构成菲律宾大陆架组成部分"的主张，企图以《公约》所赋予的海洋管辖权否定中国领土主权，与"陆地统治海洋"的国际法原则背道而驰。菲律宾所谓的"有效控制"是建立在非法侵占基础上的，亦是非法无效的。

谁想执行非法裁决，中国必阻止

中国外交部副部长刘振民昨天在国新办新闻发布会上表示，国际法不承认国际警察，解决南海问题的唯一渠道是中菲两个当事国直接谈判。刘振民还揭露了此次仲裁闹剧所谓"仲裁庭"的荒谬和非法。他表示，南海若受到威胁，当然可以划设防空识别区。

仲裁员多由安倍亲信选定

仲裁庭的组成有违公正原则，是政治操作的结果。仲裁庭的5名仲裁员，除菲方指定的来自德国的沃尔夫鲁姆教授外，其他4名仲裁员是由时任国际海洋法法庭庭长的日本籍法官柳井俊二指定的。柳井俊二不仅是国际海洋法法庭的法官，还是日本安倍政府安保法制恳谈会会长，在协助安倍解除集体自卫权、挑战第二次世界大战后国际秩序方面起了很大作用。各种消息证明，这个仲裁庭的组成完全是他操纵的。

刘振民质问："仲裁庭5位仲裁员，4位来自欧洲，另外一位来自加纳的仲裁员也长期居住欧洲。这样一个仲裁庭了解亚洲吗？了解亚洲文化吗？了解南海问题吗？了解亚洲复杂的地缘政治吗？了解南海的历史吗？凭什么相信他们能作出公正的判决?"

更令人大跌眼镜的是,有的仲裁员在仲裁中完全背弃了他们原来的学术观点。仲裁庭选择的证人也背弃了之前著作中关于南海地位的观点,而仲裁庭不做任何调查、不做任何辨别,就采信他的建议。

仲裁庭实系"有偿服务"

刘振民表示,这个仲裁庭组实际是个"草台班子"。

"这个仲裁庭不是'国际法庭',与位于海牙的联合国框架下的国际法院毫无关系;与位于汉堡的国际海洋法法庭有一定关系,但不是它的一部分;位于海牙的常设仲裁法院为仲裁庭提供了秘书服务,仅此而已;这个仲裁庭在庭审的时候使用了常设仲裁法院的大厅,仅此而已。这个仲裁庭绝不是'国际法庭'。"刘振民说。

刘振民还透露,裁决南海问题的仲裁庭,实际上是个"收钱办事儿"的"商业机构"。"仲裁员是挣钱的,谁支配他们?谁 pay(支付)他们?是菲律宾及其他国家。"刘振民说,国际法院法官、海洋法法庭法官们的酬金、薪水是由联合国支付的,目的是保证他们的独立性、公正性。而此仲裁庭 5 名仲裁员,挣的是菲律宾的钱,可能还有别人给他们的钱,他们是有偿服务的。

南海受到威胁将设防空识别区

在回答"中国是否会在南海增加军事设施"问题时,刘振民坚定表态:南海是中国领土,中国海军随时可以在南海活动。南海如果受到威胁,当然要划设防空识别区。

"中国海军在南海活动是很正常的,因为这是我们的海域。但是大家看到的是,有一个国家派了庞大的航母舰队在南海活动。"刘振民说,"要说清楚的是,中国有这个权利,防空识别区制度不是中国的发明,是其他一些大国的发明。中国在东海划了,在南海是不是需要划,要根据我们受到威胁的程度。如果我们的安全受到威胁,当然有权划,这取决于我们的综合判断。"

对有记者提出"如果相关国家执行这张'废纸',中方如何应对"的问题,刘振民表态斩钉截铁:"谁要想试试按照这个'裁决'去执行,只会构成新的不法行为,中国政府会采取必要的手段阻止他们。"

南海问题怎么解决?

南海争议原有共识被菲破坏

通过谈判解决南海有关争议是中菲共识和承诺。实际上,中国在解决南海问题上的"搁置争议,共同开发"倡议,首先是对菲律宾提出的。

20世纪80年代以来,中国就通过谈判管控和解决中菲南海有关争议提出一系列主张和倡议。2002年11月,中国同东盟十国共同签署《宣言》。各方在《宣言》中郑重承诺:"根据公认的国际法原则,由直接有关的主权国家通过友好磋商和谈判,以和平方式解决它们的领土和管辖权争议。"

中菲曾就管控分歧、开展海上务实合作取得积极进展。2004年至2007年,中菲越还曾联合进行了地震测线的采集和处理。令人遗憾的是,由于菲律宾方面缺乏合作意愿,中菲信任措施工作小组会议陷于停滞,中菲越三方联合海洋地震考察工作也未能继续。

菲第一个公然破坏《宣言》

2016年7月13日,国务院新闻办公室发表《中国坚持通过谈判解决中国与菲律宾在南海的有关争议》白皮书　陈晔华摄

自20世纪80年代起,菲律宾就在非法侵占的中国南沙群岛有关岛礁上建设军事设施。90年代,菲律宾以非法侵占的中国南沙群岛中业岛为重点,持续在相关岛礁建设和修整机场、兵营、码头等设施。菲还频繁派出军舰、飞机侵入中国南

沙群岛五方礁、仙娥礁、信义礁、半月礁和仁爱礁，肆意破坏中国设置的测量标志。

更有甚者，1999年5月9日，菲律宾派出57号坦克登陆舰入侵中国仁爱礁，并以"技术故障搁浅"为借口，在该礁非法"坐滩"，屡次失信拒不拖走。2014年3月14日，菲外交部发表声明，公然宣称菲律宾当年用57号坦克登陆舰在仁爱礁"坐滩"，就是为了"将该军舰作为菲律宾政府的永久设施部署在仁爱礁"，企图达到侵占仁爱礁的目的。

菲律宾用军舰"坐滩"仁爱礁，承诺拖走却始终食言，直至采取加固措施，以自己的实际行动证明菲律宾就是第一个公然违反《宣言》的国家。

菲律宾还对中国黄岩岛提出领土要求并企图非法侵占。2009年2月17日，菲律宾国会非法将中国黄岩岛和南沙群岛部分岛礁划为菲律宾领土。

非法仲裁不能解决争议

2013年1月22日，菲律宾共和国时任政府违背中菲之间达成并多次确认的通过谈判解决南海有关争议的共识，在明知领土争议不属于《公约》调整范围，海洋划界争议已被中国2006年有关声明排除的情况下，滥用《公约》争端解决机制，单方面提起南海仲裁案。

菲律宾单方面提起仲裁，违反中菲通过双边谈判解决争议的协议；菲律宾单方面提起仲裁，侵犯中国作为《公约》缔约国自主选择争端解决方式的权利；菲律宾单方面提起仲裁，滥用《公约》争端解决程序。菲律宾为推动仲裁不惜捏造事实，曲解法律，编造了一系列谎言。

白皮书再次申明，在领土和海洋划界问题上，中国不接受任何强加于中国的争端解决方案，不接受任何诉诸第三方的争端解决方式。应菲律宾单方面请求建立的仲裁庭自始无管辖权，所作出的裁决是无效的，没有拘束力。中国在南海的领土主权和海洋权益在任何情况下不受仲裁裁决的影响。中国不接受、不承认该裁决，反对且不接受任何以仲裁裁决为基础的主张和行动。

破僵局唯有双方直接谈判

划界争端解决有先例

中华人民共和国成立以来,已与14个陆地邻国中的12个国家,本着平等协商、相互谅解的精神,通过双边谈判,签订了边界条约,划定和勘定的边界约占中国陆地边界长度的90%。

中国主张,同直接有关的当事国依据包括《公约》在内的国际法,通过谈判公平解决南海海洋划界问题。

1996年,中国在批准《公约》时声明:"中华人民共和国将与海岸相向或相邻的国家,通过协商,在国际法基础上,按照公平原则划定各自海洋管辖权界限。"1998年,《中华人民共和国专属经济区和大陆架法》进一步明确,"中华人民共和国与海岸相邻或者相向国家关于专属经济区和大陆架的主张重叠的,在国际法的基础上按照公平原则以协议划定界限",同时申明"本法的规定不影响中华人民共和国享有的历史性权利"。

南海航行自由和安全无问题

南海拥有众多重要的航行通道,有关航道也是中国对外贸易和能源进口的主要通道之一。长期以来,中国致力于和东盟国家共同保障南海航道的畅通和安全,并作出重大贡献。各国在南海依据国际法享有的航行自由和飞越自由不存在任何问题。

中国主张,有关各方在南海行使航行自由和飞越自由时,应充分尊重沿岸国的主权和安全利益,并遵守沿岸国按照《公约》规定和其他国际法规则制定的法律和规章。

观察

菲新政府高压下勉为其难

华黎明

2013年，菲律宾阿基诺三世政府将中菲之间的领土纠纷诉诸仲裁庭是美国一手策划的。所以，在所谓"南海仲裁案"问题上美国才是中国真正的对手，菲律宾的阿基诺不过是个马前卒。美国在这个"马前卒"身上做足了功夫。但是，美国是"机关算尽太聪明"，只误了"临门一脚"，就在仲裁庭公布所谓"裁决"前夕，菲律宾换了总统，新当选的杜特尔特总统对接受阿基诺的外交遗产显得十分勉强。

2016年7月9日，菲律宾新任外长亚赛向中国抛出了橄榄枝说，"仲裁庭"结果公布后菲不会对中国发表挑衅的言论，菲愿同中国直接对话，与中国共同开发南海水域的资源。

阿基诺三世2010年执政，美国如获至宝，把"战略再平衡"的宝押在了他身上。阿基诺在任6年，对中国坏话说绝，坏事做绝，对中菲关系破坏极大，违背了大多数菲律宾人的利益。阿基诺走的是一条死胡同，无论谁接替他当总统都不可能再沿着他这条路走下去。杜特尔特总统当选后的首要任务是治理好菲律宾社会，发展菲经济，改善人民生活，而不是带领菲律宾跟着美国与咫尺之遥的邻居中国叫板。这是美国始料未及的。

当然，面对阿基诺留下的这份"南海仲裁案"的遗产，杜特尔特承受的压力也是可想而知的。菲律宾经过阿基诺6年的煽动积累了一定的民族主义情绪，这已是菲律宾社会的一大包袱，杜特尔特要动这份遗产，可能会触及他的一部分"民意基础"。更重要的是，美国是菲律宾曾经的宗主国、现在的大盟国，对菲律宾的内政外交还有重大的影响力。菲律宾若从"南海仲裁案"

撤诉，对美国无异于釜底抽薪，前功尽弃。按美国这个超级大国的"脾气"，它对杜特尔特政府的诱压一定是高强度的。菲律宾新任外长亚赛在表达愿与中国直接对话的同时也表示，"菲方将仔细研究（仲裁庭）裁决的内容并与盟友商讨后再启动与中国的对话"。因此，杜特尔特政府在处理"南海仲裁案"问题上的回旋余地并不大。

"南海仲裁案"的背后是中美两个大国军事和外交的较量和博弈，但是"不对抗、不冲突"，维护这一地区和世界的和平与稳定毕竟是中美的共同利益所在。中国无意挑战美国在第二次世界大战后建立的国际秩序，也无意挑战美国在太平洋的霸权。但是，美国不能要求中国画地为牢，中国也必须维护自己的生存和发展权。南海是中国的家门口，中国在属于自己的岛礁上搞建设无非是要在自家门口筑一道护城河，美国不应反应过度。中美双方必须让对方明确自己的意图，管控好分歧才是唯一的出路。

(《北京日报》2016年7月14日）

美国对于国际法的投机做法值得国际社会高度警惕

北京电视台记者 商 杨 陈静岩

在今天的例行记者会上,外交部发言人陆慷还在回答记者提问指出,不管美国怎么解释,亚太地区和平稳定的形势发生变化,是在美国推行"亚太再平衡"战略之后。专家分析,南海问题的未来走向可以概括为总体稳定,变量浮现。

【同期】外交部发言人 陆慷

美国口口声声以海洋法治的维护者自居,却在《公约》达成34年后仍然拒不批准;口口声声要求别国接受第三方争端解决方式,自己却避而远之。这种对于国际法合则用不合则弃的投机做法,它只能严重侵蚀国际法的权威性、严肃性和有效性,这才是真正危险的,这才是需要国际社会高度警惕的。

围绕南海问题,至今没有加入《联合国海洋法公约》的美国却给中国扣上南海军事化、破坏南海航行自由、改变南海现状、大国欺负小国的帽子,在专家看来,分析南海问题撇不清美国。

【同期】评论员 张彬

从这个层面来讲,美国就是想把南海的水搅浑。这种搅浑当然名义上要通过一个看似合理合法的手段,那么通过一个所谓的国际仲裁,拿到一个对它们有利的仲裁裁决。当然它从道理上讲,认为自己是合理的,所以在这里面我们看到虽然是菲律宾提起的仲裁，但是美国在背后，帮助菲律宾出谋划策的这种意图是非常明显的。

【同期】中国社科院海疆问题学者　王晓鹏

美国它去推动这样的一些议题，并不是为了维护所谓的国际公平，而是为了要使得美国实现在所谓南海问题上的一个角色升级，就是由过去所谓它口称的所谓制衡者，它要变成南海问题的所谓的仲裁者，把过去隐形的介入南海变成现在的公开介入，它们就是要推动南海问题走向复杂化、扩大化。

专家认为，南海问题的核心是中国崛起和亚太地区格局改变，引起了美国的战略焦虑。

【同期】印度尼赫鲁大学中国与东南亚研究中心主任　海孟德

这是利益之争，为了保护利益、维护利益，美国才强势介入中国南海问题，为什么会有利益之争？看看过去30年间，中国经济的飞速发展使得美国将中国视作了一个威胁。

【同期】中国现代国际关系研究院美国所所长　达巍

通过炒作南海问题、介入南海问题，激化南海问题的矛盾，实际上激起了部分国家对中国的忧虑以及恐惧，美国以这个为抓手实现它或者说助推它"重返亚太""亚太再平衡"的这样一种战略，我想这是美国的一个重要的目的。

专家表示，仲裁结果公布之时也是一场闹剧收尾之际，历史终将证明，南海的和平稳定在由谁维护，谁是南海的真正主人。

【同期】中国社科院海疆问题学者　王晓鹏

所谓的南海仲裁案，它不会从根本上影响南海局势，也不会真的影响中国与菲律宾包括东盟国家在内的双边关系，总体稳定是因为我们中国通过海洋的力量不断地增强，我们已经成为维护南海和平稳定的中流砥柱。但是变量浮现指的就是美国利用西方的一些媒体恶意炒作仲裁结果，总体目的就是要推动南海问题走向国际化。

【同期】中国现代国际关系研究院美国所所长　达巍

我们愿意看到南海问题朝着一个比较稳妥的比较和平的方式去发展，这个应该说是我们一个明确的立场。如果我们各方都抓住机会，南海的仲裁案之后，也许可以朝着那样的一个方向去努力，但是希望有关国家也不要误判形势，不要把中国的善意当成软弱可欺，如果这样的话，我想必然会看到中国一个比较强硬的反应。

（北京电视台 2016 年 7 月 12 日）

外媒：美国的南海外交战略正走向破产

解放日报

菲律宾单方面提请的南海仲裁案自 2016 年 7 月 12 日作出裁决后，两周以来，一系列迹象表明，美国精心设计的南海外交战略似乎正走向破产。美国反复强调的具有"约束力"的裁决结果也越来越变得无关紧要。

路透社报道称，菲律宾单方面提请的南海仲裁案自 2016 年 7 月 12 日作出裁决后，两周以来，一系列迹象表明，美国精心设计的南海外交战略似乎正走向破产。美国反复强调的具有"约束力"的裁决结果也越来越变得无关紧要。

"统一战线"不统一

而就在 2016 年早些时候，美国官员还反复强调，亚太地区国家以及欧盟有必要明确表示，临时仲裁庭对南海仲裁案的裁决具有约束力。

2016 年 2 月，美国国防部负责南亚与东南亚事务的副助理部长艾米·希尔莱特说，我们必须准备好团结一致、众口一词地大声表明，这是国际法裁决，这一裁决非常重要，对各方具有约束力。

接着在 4 月，美国常务副国务卿布林肯警告，如果中国无视裁决，将背负国家声誉严重受损的风险。

然而，反讽的是，尽管美国呼吁建立"统一战线"，但似乎反响甚微。目前只有包括菲律宾、日本、澳大利亚等6个国家响应"美国队长"的号召，坚持表示裁决具有约束力。

即便是与中国在南海有领土争端的国家也没有完全跟随美国脚步。

据《纽约时报》2016年7月27日报道，日前在老挝参加东亚系列外长会的外交官们发现一个有意思的现象，一些南海声索国对指责中国并未表现出热情。马来西亚外长甚至都没现身外长会，文莱则煞费苦心地赞赏中国的领导力。越南副外长也对美联社表示，越南愿意与中国进行双边对话协商。

即便是"最激烈"的菲律宾也没强求东盟外长会联合声明必须措辞强硬。菲律宾还反复表示，南海仲裁案是其单方面的诉讼行为，言下之意是与东盟无关。

由于柬埔寨的强烈抵制，东盟外长会发表的联合声明更是只字未提南海仲裁。《西雅图邮报》为此评论称，"中国赢得了毫不含糊的外交胜利"。路透社也认为，凭借这一加分，中国取得外交胜利。

哪怕是美国最铁的伙伴欧盟对南海仲裁也是三心二意。由于欧盟当前正为英国脱欧问题伤脑筋，无暇关注域外事情，虽然欧盟在2016年7月15日就裁决发表了一份声明，但是声明避免直接点名北京，也没有坚持主张裁决具有约束力。

仲裁正变得无关痛痒

不仅美国倾心打造的"统一战线"在无形中分崩瓦解，美国所期待的南海仲裁案的裁决影响力也在逐步弱化。

就东盟外长会声明只字未提南海仲裁的尴尬，美国国务卿克里努力找一个挽回颜面的台阶。

克里对于声明支持法治表示满意，他说，即使声明未提仲裁，但是这并不削弱其重要性。他还强调，仲裁具有法律约束力，裁决结果不可能会变得无关紧要。

但是，分析人士表示，南海仲裁重要性变小的风险是现实存在的，关键在于华盛顿未能成功联合盟友和伙伴向中国发难并施压。

美国战略与国际研究中心南海问题专家格雷格·柏林表示，南海仲裁案的影响力正在逐步减小，仲裁无非将变成一个注脚而已。因为只有国际社会有强烈的意愿，才能强化南海仲裁的影响力。但是，现在国际社会选择对此不置一词，这一默契背后的潜台词是："我们不在乎，我们不想把这些标准扣在中国头上。"

美国为何放软口风？

可能意识到形势的微妙转变，连美国自己都开始放软口风，为南海问题降温。

在这次东亚系列外长会上，克里的一系列表态颇有"打脸"效果。他表示美方对菲律宾单方面提出的南海仲裁案的结果不持立场，支持菲律宾跟中国恢复对话，通过双边对话协商来解决问题。克里还赞同中国外长王毅关于南海局势应翻篇的提法。

在访问菲律宾时，克里与菲律宾新总统杜特尔特会见后表示，如果执着于裁决结果的细节，很难带来有效的对话。与其坚持对抗，不如去寻求解决问题的办法。

其实，就在南海仲裁案宣布裁决的2天后，路透社曾报道称，美国试图以静默外交来说服菲律宾、印度尼西亚、越南和其他东盟国家不要对南海仲裁结果反应过激，以此缓和南海紧张气氛。

为什么半年多来美国的态度前后反差这么大？

美国传统基金会中国问题专家程迪恩表示，由于奥巴马的总统任期所剩不多，2016年11月又将迎来大选，对于中国这样重要的经济伙伴和战略对手,华盛顿似乎不愿向北京继续推进强硬路线,而是表现出较为克制的态度。

路透社则认为,美国政府之所以软化立场,另一个原因可能在于华盛顿希望避免在仲裁之后升级已有冲突,唯恐刺激中国进一步采取行动,包括在南海继续开垦岛礁,甚至设立防空识别区。在美国看来,北京迄今的回应还只是停留在尖锐的言辞上,美方一些分析人士和官员担心,如果气氛持续紧张,2016年9月在主办召开G20之后,北京可能采取更大胆的行动。

(《上海观察》2016年7月28日)

反击南海仲裁

南方周末记者　赖竞超

2016年7月12日，当世界各大新闻客户端正被南海仲裁案的相关信息连环"轰炸"时，厦门大学南海研究院院长傅崐成正在一个东南亚国家首都开会。巧的是，会议主题也萦绕在这片"险象丛生"的海域——"如何进一步促进南中国海的和平与繁荣"。

"研讨会的日子早在南海仲裁庭对外公布结果日期的前几个月就已敲定。"在开幕致辞中，主办方亚洲和平与调解委员会主席Surakiart Sathirathai教授反复强调，挑在仲裁结果出炉当天开会并非刻意，但他也不否认，巧合反而令会议显得更加重要。

傅崐成是会议的最后一位发言者。和过去几个月在世界各处奔波的目的一样，傅崐成的讲演主题依旧是——中国在南海的历史性权利和历史性水域。

"对我自己而言这个主题已经讲过很多遍，但是我的听者，尤其是一些在场的美国学者，他们是第一次听。"2016年7月7日，满头银发却看起来目光矍铄的傅崐成，操着一口绵绵的台式普通话对南方周末记者如是说。

仲裁结果在7月12日北京时间17时发布后，中国外交部随即发出了"该裁决是无效的，没有拘束力，中国不接受、不承认的"郑重声明。而远在老挝的傅崐成，形容这个裁决"令人吃惊的偏颇和扭曲"，他说，"对于历史性权利一项的否定，不仅扭曲了过去的法律先例，也错估了许多历史事实。"

"不属于我们的土地，我们一寸也不要。但属于我们的领土，我们寸土不让。……一切侵害中国领土主权和海洋权益的企图都只能是妄想。"代表中国军方声音的《解放军报》在头版发表评论，指责此仲裁"是披着法律外衣的政治挑衅"，批评南海仲裁案仲裁庭"罔顾基本法理，轻率开庭，武断裁决，冒天下之大不韪"。

群　怒

"《联合国海洋法公约》不排除历史证据，它并没有一个排除条款。而且《联合国海洋法公约》并不是唯一的海洋法律，怎么能得出结论，参加了《联合国海洋法公约》，就不能主张自己的历史权利？"傅崐成对南方周末记者分析中方在这一问题上的法理优势。

谁知仲裁结果罔顾了这一点。

现在的傅崐成除了一脸错愕，"（仲裁庭）这种彻底倒向菲律宾的偏颇和扭曲，会促成大陆和台湾两岸中国人民以及海内外华人的大团结。"

他说对了。

北京时间12日傍晚仲裁结果一出来，除了中国外交部、国防部、中国军方，人民日报、新华社等官方媒体先后发布谴责菲律宾单方面请求仲裁行为以及中方不接受、不承认的声明，中国民间集聚的愤怒和不满，也是前所未有的。

南方周末记者经过统计发现，"南海仲裁案"这一话题在新浪微博的阅读量达到7.1652亿人次。而"中国一点都不能少"话题的阅读量更是高达23.7275亿人次。至记者截稿前，"南海"一词依然高居新浪微博热搜榜第二位。此外，"寸土不让""虽远必诛""朋友来了有好酒，豺狼来了有猎枪""中国必须亮剑"等词句成了腾讯、新浪、搜狐各大门户网站和微信、微博等社交网络的热搜词。

根据报道,环球时报旗下环球舆情调查中心近日以南海仲裁案为主题进行调查,结果显示,超过八成的受访者对南海问题表示关注,其中"非常关注"占 30.8%,58.7% 表示"比较关注"。对"中国政府在南海仲裁案上不参与、不接受、不承认态度"表示支持的受访者达 88.1%,接近九成。

"大家来共同巩固在南海的岛礁主权,为世界人类和法制作出积极的贡献。"这是眼下唯一让傅崐成有所期许的。

不仅是大陆,菲律宾提请的仲裁结果还宣布一直由中国台湾管辖的太平岛是"礁"不是"岛",这句话触怒了海峡两岸同胞。

12 日夜,中国台湾地区前领导人马英九在个人脸书上也贴出《绝不接受荒谬不公的国际仲裁》的抗议文章,称"我跟全体国人一样,非常错愕与愤怒"。一向喜欢用数字说话的他,在脸书上还列举了自 2015 年 12 月到 2016 年 5 月,包括他和 150 多位行政官员、学者专家和媒体记者访问了太平岛,"亲眼见证这个淡水充裕(南沙唯一)、农产丰富、生活技能完整的岛屿,完全符

2016 年 7 月 13 日,中国政府征用的南方航空公司、海南航空公司两架民航客机先后从海口美兰国际机场起飞,经过近 2 个小时的飞行,分别于 10 时 29 分、10 时 28 分在美济礁新建机场和渚碧礁新建机场平稳着陆　陈益宸摄

合《联合国海洋法公约》第 121 条关于'岛屿'必须'维持人类生存与自身经济生活'的条件",且"至 2016 年 4 月,共有 430 篇国际媒体完整陈述太平岛是岛的事实"。

台湾当局也发表严正抗议,称这项仲裁对太平岛的认定,已经严重损及台湾方面南海诸岛及相关海域之权利,台湾方面认定仲裁不具法律约束力。

闹　　剧

在这场跨度长达 3 年多的"审判闹剧"中,菲律宾绕过主权争议,而将南海海域权利从"整体化"导向"碎片化"的策略,不可谓不老谋深算。

众所周知,《联合国海洋法公约》并没有对涉及领土主权争议的管辖权,因此菲律宾提出的 15 项仲裁事项有意绕过领土主张,让这份仲裁看起来好似无关主权争夺,实则处处"暗藏杀机",企图借由国际仲裁庭之手,来确认岛、礁以及低潮高地的土地特征,从而压缩中国的管辖海域。

事实上,当菲律宾在 2013 年 1 月开始提交仲裁案的时候,并没有提到太平岛,直到 2015 年 3 月,才在一份补充材料中,将太平岛加入了仲裁项目中。

"这是菲律宾聘请的美国律师团提出来的。"厦门大学南海研究院教授李金明对南方周末记者表示,当时美国律师团考虑到,"一方面,太平岛是南沙群岛最大的岛礁,如果把太平岛判为礁,那其他南沙的岛礁自然更不属于岛屿。另一方面,太平岛靠近菲律宾的巴拉望岛,如果太平岛是一个岩礁,这样巴拉望岛的专属经济区就不会出现与太平岛重叠的问题。如此一来,就不存在划界问题"。

而如今仲裁庭下的结果意味着,菲律宾可以独享巴拉望岛 200 海里专属经济区内所有的资源,而在这 200 海里范围内的他国建筑,全部可视为非法建筑。"在这次仲裁中,菲律宾打的如意算盘非常响。"

仲裁结果也得以管窥菲律宾单方面提请仲裁的"司马昭之心"。

当中国各方表达愤慨之时,以菲律宾外长雅赛为代表的菲律宾官方"呼吁各方采取克制、清醒的态度"。并承诺将采取和平的方式处理与中国的领土争端。

这似乎也和菲律宾新领导人杜特尔特的言论保持一致。仲裁结果出炉前,杜特尔特曾在公开场合表示,"如果仲裁结果有利于菲律宾,那么将与中国坐下来谈"。

早已路人皆知、跳到台前的美日两国也没闲着。在裁决结果尚未公布前,两国官方就曾在多个场合,敦促各方尊重和执行裁决结果。

结果公布前夕,美国防长卡特与菲律宾防长洛伦扎纳通电话讨论南海议题。而在仲裁结果公布后,美国内政、外交、国防三方官员第一时间做了表态。

一个不容否认的事实是,裁决甫一公布,美国太平洋司令部即宣布,驻扎在南海区域的第7舰队"里根"号航母上的战机,执行了起降操作任务,并表示这是为支持南海的安全稳定。

早在6月下旬,美国的双航母已经趾高气昂地驶入南海,与菲律宾进行大规模联合演练。"美国会继续拉拢南海周边国家用仲裁案来说事儿。"南洋理工大学拉惹勒南国际问题研究学院助理教授李明江接受南方周末的采访时表示。

而中国军队在海南岛至西沙群岛范围内也在开展例行性军演。

对此,国防部新闻发言人杨宇军回应说:"不论仲裁结果如何,都不会影响中国在南海的主权和权益。不论仲裁结果如何,中国军队将坚定不移捍卫国家主权、安全和海洋权益,坚决维护地区和平稳定,应对各种威胁挑战。"

中国的反击

"哪怕美国全部10个航母战斗群都开进南海,也吓不倒中国人!"

其实,在仲裁结果出台前一周,在美国华盛顿出席中美智库南海问题对话会的中国前国务委员戴秉国就直指仲裁案"强加给中国""唯恐南海不乱"。戴秉国说,"听说仲裁结果很快就会出来了,出来就出来吧,没什么了不起,不过是一张废纸!"

仲裁结果出来后次日,中国国务院新闻办发表了两万余字的南海争议白皮书,抨击菲律宾单方面提出南海仲裁是恶意行为。据报道称,这份白皮书还将以多种语言发表。

傅崐成对此表示赞赏,"中国需要这样的漂亮反击"。据他透露,这件事情几个月前就已着手准备,他所在的厦门大学南海研究院也曾经参与了其中一部分的撰写。

在傅崐成看来,眼下最要紧的还有一件事,"要求仲裁庭立刻公布所有的账目,看菲律宾人民到底为了这张废纸花了多少钱,花在什么上面",以此来在联合国推展禁止片面付费进行的片面仲裁程序。

与此同时,一段时间以来,中国外交部官员纷纷在海外媒体上发表署名文章,阐述中国的南海主张。

截至仲裁结果出炉前,60余国家声援中国,支持中国南海问题立场,也无疑为这场舆论战增添了有力砝码。

在南海仲裁结果宣布后,美国华盛顿智库战略暨国际研究中心召开第6届南海会议。美中菲均有官方代表出席。其中白宫国安会亚洲事务资深主任康达担任午宴主讲人,菲律宾由驻旧金山总领事班苏托出席,而中国驻美大使崔天凯则发表闭幕演说。不知是不是有意为之,主办方将美中菲三方代表在时间上错开,分别安排在中午、下午和上午演说,不至于在讲台上碰面。

崔天凯在论坛上表示,海牙仲裁庭否认中国对南海的主权,"必将损害和弱化各国参与解决(南海)争端的磋商和协商","它将激化冲突甚至对抗"。

而傅崐成用自己的行动表达中国的立场。

他马不停蹄地奔波于美东、美西,加拿大温哥华、渥太华,国际法院驻地海牙,荷兰的高校,中国大陆,中国香港,老挝,新加坡……做的事情不外乎只有一件：讲述中国在南海历史性权利的合理性和温和性。

"我几乎每隔两天就会出现在不同论坛上，我感觉，欧美一般国际法学者对遥远南海的历史与法律性质并不很了解。一些西方媒体、官员或所谓的智库专家对事件的评论，往往存有误会。"

傅崐成认为，西方人眼里的司法是"皇后的贞操"，不可挑战。但"即使是美国联邦最高法院做出的裁决，也往往后面会附有其他法官的反对意见。而且经过时间的磨炼后，有些反对意见被证明是比较好的法律"。

"更何况仲裁庭是一个临时编组，不是法院。"傅崐成介绍说，这次用于裁决的南海仲裁庭，其实是根据《联合国海洋法公约》第七部分，由联合国海洋法庭庭长，临时组成的一个国际仲裁庭，挂在空的常设仲裁法院之下。傅崐成说，"所以我喜欢叫它仲裁庭，而不喜欢叫它仲裁法庭，因为仲裁是仲裁，司法是司法"。

"我得赶紧写一篇文章，纠正这些错误的说法。"傅崐成对南方周末记者说，"中国的政府、学者乃至全民，应该打好这场舆论持久战。"

（《南方周末》2016 年 7 月 14 日）

南海仲裁案的前世今生

南方周末记者 于 冬

"这个仲裁的最大受益者绝对不是菲律宾,而是美国,他们是为了反对中国而做的。"

一场闹剧终于结束。

2016年7月12日傍晚,中国外交部新闻发言人陆慷说,"菲律宾南海仲裁案完全是一场非法的政治闹剧。"

而对菲南海仲裁案的所谓裁决,中国明确表达的立场是,不接受、不参与、不承认、不执行。

2015年7月7日,海牙和平宫的一间悬挂着枝形吊灯的房间中,5名法官坐在主持位置上主持了一场听证会:他们的对面,一侧是来自菲律宾的3名代表,另一侧是3把空椅子——中方一直拒绝参与这场仲裁。

"如果有人试图执行这一非法仲裁将产生新的不法行为,中国将运用必要手段阻止非法行为。" 2016年7月13日上午10时举行的新闻发布会上,外交部副部长刘振民说,无效的判决不可能得到执行,相关国家应该认识到裁决是一张废纸,不可能执行。同时,国务院新闻办公室13日也发表白皮书《中国坚持通过谈判解决中国与菲律宾在南海的有关争议》,为菲律宾提供了双边对话的通道。

南海仲裁前夕，菲律宾向中国作出和解的姿态，新任总统杜特尔特公开表示，愿意与中国通过谈判解决纠纷，甚至表明即使仲裁对菲律宾有利，也愿意与中国共同开发资源。

"这盘棋的背后，有人在指点。"厦门大学南洋研究院教授李金明认为。

如今，多支军事力量正在聚集南海，这场"闹剧"会演变成一场风暴或仅仅是一阵波澜？多位国际防务领域的学者们的态度则很谨慎。

企图绕开公约豁免权

2012年，在菲律宾挑起的黄岩岛对峙失败后，阿基诺三世政府于同年7月31日作出决定，把位于南海中菲争议海域的3个油气区块进行招标。其中，第3、4区块属南沙群岛礼乐滩范围，这遭到中方的严正抗议。

招标的效果让阿基诺三世很失望，原先邀请或预计的几家外国石油公司都没有现身，只有菲国内6家企业提出4个投标申请。当天，美国彭博社分析这一结果时揶揄道，"没有一家跨国企业愿意惹恼中国，付出被中国市场边缘化的代价"，只有那些"在中国根本没有机会的公司"才会参与投标。

于是，另一个精心的谋划开始——阿基诺政府开始酝酿把中国告上海牙仲裁庭。

2013年1月22日，菲律宾单方面向海牙常设仲裁法院（PCA）提起"强制仲裁"。

"诉状"共15项内容，相关文件累计至今已有近4000多页。其中，陈述性的意见翻译成中文有15万字左右。

这些法律文本很枯燥。李金明教授总结说，主要涉及三方面问题：中国对南海，尤其是"九段线"的领土主张具有什么样的法律地位？该海域各种地貌特征是属于岛屿、岩礁，还是仅属"低潮高地"？菲律宾还要求仲裁庭确认其在"专属经济区"内自由开展各种工作，不受中方干涉。

"它的仲裁请求内容显然是经过精心设计的。"在南方报业传媒集团于5

月举办的"南海争端与国际法"研讨会上,李金明教授表示,"这15项仲裁请求都是在进行法理辩论,它并不要求仲裁庭裁定其与中国之间的岛屿主权争端及海洋划界纠纷,而是要求法庭认定中国的主张和行为不符合《联合国海洋法公约》。"

2013年2月19日,中国政府正式退回菲律宾的《仲裁通知》,并对仲裁庭的管辖权提出质疑。早在2006年8月25日,中国就向联合国秘书长提交一份书面声明:对于《联合国海洋法公约》第298条第1款所列任何争端,即涉及领土主权、海洋划界、军事活动之类的争端,中国不接受《公约》第十五部分第三节(第297条、第298条、第299条)规定的任何国际司法或仲裁管辖范围。

菲律宾也有一项类似的排除性声明。2002年,该国在签署《联合国海洋法公约》的宣言中,也特别强调涉及"卡拉延群岛"(菲律宾对非法侵占的中国南沙群岛部分岛礁的单方面称谓)争议时,不承认该《公约》。

史上规模最大的"2016-环太平洋"联合军演,中国派出了5艘战舰和1200余人参加,规模仅次于加拿大,清晰地表明了中国愿意与任何尊重中国利益的力量合作的意愿。这是参加"2016-环太平洋"联合军演的西安舰驶进夏威夷珍珠港码头　李唐摄

"梳理一下仲裁庭在事实认定和法律推理上的做法，不难发现，仲裁庭均采用切割和碎片化的处理方式。" 2016 年 5 月 7 日，在吉林大学举行的中国国际法学会年会上，外交部边海司副司长肖建国发言说，仲裁庭有意把争端涉及的政治层面与法律层面切割，把中国对南沙群岛的悠久历史脉络切断，把南沙群岛地理整体性切碎，把《公约》整体与个别条款割裂。

通过这些"技术性"的手段，菲律宾声称"南海仲裁案不涉主权"，意在绕开中方依据《公约》第 298 条而享有的豁免权。

"仲裁庭是一幢应予拆除的违法建筑"

2016 年 7 月 13 日上午 10 时 45 分，联合国官方微博发布的一条微博让人颇为回味，"国际法院是联合国主要司法机关，根据《联合国宪章》设立，位于荷兰海牙的和平宫内。这座建筑由非营利机构卡内基基金会为国际法院的前身常设国际法院建造。联合国因使用该建筑每年要向卡内基基金会捐款。和平宫另一'租客'是 1899 年建立的常设仲裁法院，不过和联合国没有任何关系。"

"仲裁庭绝不是国际法庭，这一点请大家一定要注意。"外交部副部长刘振民强调，"这个仲裁庭不是国际法庭，与位于海牙联合国系统的国际法院毫无关系，与位于汉堡的国际海洋法法庭有一定关系，但不是海洋法法庭一部分。与位于海牙的常设仲裁法院也不是一个系统的，有点关系，为什么呢？因为常设仲裁法院为仲裁庭提供了秘书服务，仅此而已。这个仲裁庭在庭审的时候使用了常设仲裁法院的大厅，仅此而已。"

"菲律宾南海仲裁庭是一幢应予拆除的违法建筑。"外交部边海司副司长肖建国批评说。

组建之日起，仲裁庭就被批评"暗箱操作"。2013 年 4 月 24 日，国际海洋法法庭庭长柳井俊二就开始强行组建 5 人仲裁庭，斯里兰卡籍法官克里斯·品托担任首席仲裁员。其他 4 名仲裁成员分别是，德国籍法官沃尔夫鲁姆、波兰籍法官帕夫拉克、法国籍法官科特以及荷兰籍法官松斯。

职业道德与程序正义的瑕疵几乎同时暴露。按照仲裁庭的组织程序，被指派的仲裁员应为不同国籍，或其境内的常住居民或国民，且不得为争端任何一方工作或存在其他利害关系。不久，斯里兰卡籍法官克里斯·品托就被指触及这一回避制度，他的妻子被曝是菲律宾人。

一片质疑声中，2013年5月6日，克里斯·品托只好回避南海仲裁案。同年5月30日，柳井俊二提名加纳籍前法官托马斯·A.蒙萨填补这一空缺。而蒙萨几天前刚刚经加纳提名，胜选进入《公约》附件7所列仲裁员名单。史蒂芬·塔尔蒙等多位国际法学家学者认为，"这有失严谨"。

这5名仲裁员之中，只有松斯是大学教授，其余4人都是国际海洋法法庭现任或前任法官，均有欧美生活的经历。其中，德国籍法官沃尔夫鲁姆被菲律宾选中作为其代表。

"这个仲裁庭的5位法官没有一位来自亚洲，更不用说来自中国，他们了解亚洲吗？他们了解亚洲文化吗？他们了解南海问题吗？他们了解亚洲复杂的地缘政治吗？"外交部副部长刘振民说，这个仲裁案可能会成为国际法史上一个臭名昭著的案例。

"由当时日本籍的国际海洋法法庭庭长任命仲裁员是否合适？"3年后，重新审视"仲裁庭"，外交部边海司副司长肖建国质疑，"皮之不存，毛将焉附？另外，就仲裁庭的组成和程序而言，还涉嫌违背国际间仲裁的一般程序规则和实践"。

由于中方拒绝仲裁，荷兰籍法官松斯被指定代表中方立场。不过，他也颇有争议。几年前，松斯也曾公开撰文承认，"岛礁可主张的海洋权利是划界不可分割的一部分"。

换言之，确认主权和海域划界，首先要判定一个海洋"地物"的性质是岛是礁，抑或是低潮高地。仲裁案伊始，松斯却改变了这一立场：作为"中方代表"，他在审理管辖权和可受理性阶段的投票中，明确支持菲律宾的诉讼请求。

松斯"出尔反尔",他的指定者正是柳井俊二。公开资料显示,柳井俊二毕业于东京大学法学部,1961 年进入外务省,曾担任日本外务省次官和驻美大使,直到 2005 年成为国际海洋法庭的法官。2011 年至 2014 年间,柳井俊二任国际海洋法庭庭长。

柳井俊二的当选,最先触动邻国的神经。2011 年 10 月 3 日,新加坡《联合早报》发表题为"日人掌海洋法庭,邻国忧虑"的文章,"这曾引起中国、俄罗斯和韩国的广泛担忧,三国与日本均存在严重的海洋权益纠纷"。

"对于南海仲裁庭的组织,尽管不能因仲裁庭是由日本法官指定而组成,就推定出其必然会代表日本政府的立场。"南方防务智库理事长张东明认为,柳井俊二当选法官必经日本政府提名,尤其中日在东海、南海均存在对抗倾向时更不合时宜。

2014 年从海牙卸任后,柳井俊二与安倍政府的关系彻底暴露在阳光下。柳井俊二很快被指定为"安全保障法制基础再构筑恳谈会"主席,该机构主要为安倍晋三提供私人咨询服务。2013 年 9 月,这家"恳谈会"还向安倍建议,应修改相关法律,准许自卫队直接登岛,并对中国渔民实施"武力驱赶";2014 年 5 月 15 日,作为日本新《安保法》的首席顾问,柳井俊二向安倍政府提交了一份解禁集体自卫权的报告。

"美国才是这场战斗的主角"?

这场"法律战"中,菲律宾不惜血本重金聘请一支庞大的国际顾问团队。

学术良知也难抵高额的顾问费。外交部边海司副司长肖建国透露,菲方在本案中聘请的一名澳大利亚水文专家几年前承认,南沙群岛中至少有十几个可主张全效力的岛屿,但该专家在被菲方雇用后却改变了原有的立场。

保罗·雷切尔则是核心顾问。这名美国律师的职业生涯中,多数案件均涉及"小国对抗大国",包括格鲁吉亚诉俄罗斯、毛里求斯诉英国、孟加拉诉印度等。早在 1984 年，保罗·雷切尔就帮助尼加拉瓜把他的祖国告上了法庭，最终，美国政府因支持尼加拉瓜的桑迪诺反政府集团等而败诉。

2015 年 3 月，"太平岛是岩礁还是岛礁"被补入南海仲裁案。李金明教授认为，这是菲律宾采纳了美国律师团的建议。根据《联合国海洋法公约》有关规定，太平岛完全享有法律上"岛屿主权"的全要素和效力，即拥有 200 海里的专属经济区。

近年来，美国实施"重返亚太平衡战略"，不断介入南海问题。李金明教授认为，它希望借助菲、越等国家牵制中国。同时制造地区紧张局势，以推销其淘汰、落后的武器装备；日本则试图拉拢东南亚个别国家，构筑反华阵线，以减缓其在钓鱼岛方向上所受的压力，并制衡中国的发展。

2013 年 1 月底，菲律宾提交国际仲裁后不久，美国前国家情报主任、副国务卿约翰·尼格罗彭特公开表态支持。同年 2 月 22 日，美国众议员杰夫·米勒率领一个立法代表团访菲，也声称支持菲律宾诉诸国际仲裁。2013 年 10 月 10 日，在文莱举行的东亚峰会上，美国国务卿克里当着多国领导人的面宣称，"支持马尼拉采取的仲裁策略及其领土声索"。

越来越多的菲律宾人并不领情，他们逐渐意识到非法无效带来更多的麻烦。

2016 年 7 月 12 日，新华社援引菲律宾前教育部副部长安东尼奥·瓦尔德斯的话说，"这个仲裁的最大受益者绝对不是菲律宾，而是美国，他们是为了反对中国而做的"。

美国态度愈发强硬，意在激化地区紧张局势。"在关键时候美国袖手旁观，这会对美国在亚太地区的地位造成重大的打击，美国不是不明白这一点。"稍早前，南洋理工大学拉惹勒南国际问题研究学院助理教授李明江曾预测说。

美国的确没有"袖手旁观"。2016 年 7 月初，美军派出"里根"号航母在内的 7 艘舰船集结南海，其中 3 艘驱逐舰多次"悄悄接近"中国岛礁，美军特遣部队同时已进南海。美国海军少将亚历山大称，此举是为"维持海上开放供大家使用"。

2016年7月12日,南海仲裁结果公布的当天,中国海空军为期7天的演习也已结束。国防部新闻发言人杨宇军作出强烈回应,"不论仲裁结果如何,都不会影响中国在南海的主权和权益。不论仲裁结果如何,中国军队将坚定不移捍卫国家主权、安全和海洋权益,坚决维护地区和平稳定,应对各种威胁挑战。"

◎ 链接

常设仲裁法院(PCA),位于海牙的和平宫,该建筑是1913年依靠卡内基基金会的捐赠建立起来的。起初只由常设仲裁法院使用,但事实上在第二次世界大战结束前常设仲裁法院几乎门可罗雀。现在由该院和国际法院共同使用。海牙国际法院显然比仲裁法院"权威"。

第二次世界大战结束后成立了联合国,1946年2月,根据联合国《国际法院规约》,成立了国际法院(ICJ),该法院不仅在海牙,且同样位于"和平宫"内,令许多人因此将二者混淆。ICJ是联合国下属六大机构之一,是具有明确权限的国际民事法院,其仲裁是具有法律约束力的,并可向联合国及其专门机构提供法律方面的咨询意见;而PCA的权限却是相对含糊的,并非通常意义上的法庭,只能在争端当事双方的要求下才能介入争端的调查、仲裁和调解,且究竟适用国际公法或私法也一直是争议不绝的一件事。

国际海洋法法庭(ITLOS):是根据《联合国海洋法公约》规定于1994年设立的国际司法机构,主要职能是解决由于解释和适用《公约》条款而产生的争端和问题。法庭总部设在德国汉堡,全庭由21位法官组成。仲裁庭与海洋法法庭的关联就在于,如果仲裁庭不能经当事双方协商一致组建,那么仲裁庭的组建工作就落在了国际海洋法法庭庭长的肩上。根据《公约》规定,即使当事一方不参加仲裁员的指派和仲裁庭的组建，另一方仍可通过国际海洋法法庭相关机制完成上述工作，即，由国际海洋法法庭庭长任命5人仲裁庭中的4位仲裁员。

(《南方周末》2016年7月14日)

美国居国际法"不执行"榜首

南方周末记者 于冬

"国际法院不是主权国家之上的'超国家司法机关',而是国家间的司法组织,它并无能力采取措施迫使当事国执行判决。"

"不应诉"案例

先不论海牙仲裁庭做出的结果是否有效,即使在联合国六大机构之一的国际法院,"不应诉"现象也时有发生。在国际法院近70年的司法实践中,"不应诉"现象时有发生。南方周末记者初步统计,自1947年以来,国际法院至少有13起案件遭遇"不应诉"的抵制。

"科孚海峡案"是较早的案例。1946年10月22日,一支英国舰队驶入科孚海峡北部,该海域属于阿尔巴尼亚的领水。不幸的是,两艘驱逐舰触碰水雷而爆炸,导致舰只严重损坏,这起灾难中还有82人死亡。事发后,英国政府照会阿尔巴尼亚政府,它欲再次到有关水域扫雷。

这遭到阿方的强烈反对。同年11月12日和13日,英国舰队到科孚海峡阿尔巴尼亚领水内扫雷时,又发现有22枚德国制式水雷。英方认为,阿尔巴尼亚要对其舰只和人员的伤亡承担责任,于是将案件提交国际仲裁。

在确定赔偿数额阶段，阿尔巴尼亚缺席。此后的20多年里，多国效仿"科孚海峡案"中的阿尔巴尼亚。英国—伊朗石油公司案、诺特鲍姆案、英国诉冰岛以及联邦德国诉冰岛的渔业管辖权案等多起案件中，被告方均以"不应诉"方式应对。

20世纪七八十年代，国际法院权威受到至少5次"不应诉"的抵制。1973年，澳大利亚和新西兰分别控诉法国"海上核试验案"中，法国缺席临时措施和初步反对阶段；1973年，巴基斯坦诉印度的"战俘案"中，印度缺席临时措施阶段；1979年，美国诉伊朗的"德黑兰外交与领事人员案"，伊朗完全缺席。

美国逐渐成为国际法庭的"常客"。1984年2月，在美国资助和直接参与下，桑迪诺等反政府武装在尼加拉瓜几个重要港口布设水雷，甚至直接袭击港口、石油设施。1984年4月9日，尼加拉瓜决定控告美国。该案中，美国缺席案件实质审理阶段。

这时，当事国"不应诉"现象达到高潮。1995年，巴林临时缺席国际法庭部分程序。2013年9月19日，荷兰与俄罗斯之间爆出"北极日出号案"，俄罗斯也强烈抵制海牙的仲裁。

国际法上并不存在应诉的义务。国际法权威学者沙巴泰·罗森认为，"诉讼当事方有权采取适合其所处情势的诉讼策略，决定不应诉就是策略之一。这一决定并非异想天开或轻率之举，而是有着更深层次的政治考虑"。

"不应诉"也有法律依据。《联合国海洋法公约》在附件六和附件七中明确纳入"不应诉"条款，以及相应的处置规则。

执 行 难

美国芝加哥大学法学教授埃里克·波斯纳统计说，从1946—1965年间，国际法院所有争议案件得到执行的比例高达83%，其中，强制管辖案件得到执行的比例为80%。

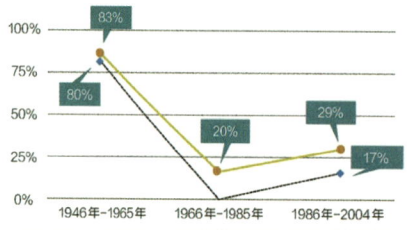

黄金年代仅维持了20多年。1966—1985年的20年间，国际法院争议案件得到执行的比例猛降至20%。这期间，所有强制管辖案件都没有得到执行。

1986—2004年，情形略有好转，但争议案件得到执行的比例也不过29%。除通过特别协议提交国际法院的案件，执行率仅为17%。长期来看，1946—2004年，平均执行率为44%，强制管辖案件的平均执行率为33%。

"国际法院不是主权国家之上的'超国家司法机关'，而是国家间的司法组织，它并无能力采取措施迫使当事国执行判决。"波斯纳分析说。

美国高居"不执行"的榜首。

2001年6月25日，国际法院就德国诉美国的"拉格朗案"做出裁决，被告方美国拒不执行。

2003年1月，"阿韦纳和其他墨西哥国民案"中，被告方美国同样选择"不执行"。1984年"尼加拉瓜境内及针对尼加拉瓜的军事与准军事活动案"中，美国依旧"不执行"。

通常,"执行难"案例涉及国家领土主权、安全以及其他重大利益关切。即便,国际法院作出判决也并不能让当事方定纷止争,而被认为不公正的仲裁更容易导致当事方拒绝执行。

2012年11月,国际法院就"尼加拉瓜与哥伦比亚海域争端"做出裁决,地理上更靠近尼方的7个岛屿归哥伦比亚,而这些岛屿周边12海里以外的海域则归尼加拉瓜。这项裁决使尼加拉瓜海域面积扩大许多,而哥伦比亚也明确得到7个岛屿的主权。

这是一个让双方有得有失的裁决。当时,尼加拉瓜表示欢迎裁决结果,而哥伦比亚则明确表示"不接受"。哥伦比亚总统桑托斯还发表电视讲话批评,"(国际法院)在划定哥尼海上边界问题上犯下严重错误"。

(《南方周末》2016年7月14日)

联合国官博公开撇清：仲裁庭和联合国没关系

羊城晚报记者 罗仕 于天翔

由菲律宾单方面提出的所谓南海仲裁案结果出来后，不少网友埋怨联合国海牙国际法庭不分青红皂白，完全是在"吹黑哨"。然而，这真是联合国干的吗？联合国也很委屈，发微博公开表态：这个仲裁庭和联合国没有任何

位于荷兰海牙的和平宫

关系。

外交部副部长刘振民的说法也印证了联合国官博的表态。恍然大悟的网友调侃道："（南海仲裁庭就像）三甲医院里包出去的莆田系。"联合国官博把这条评论也转发了出来，并配上了"神最右"的表情。

撕破仲裁庭面纱：和平宫的另一位"租客"

2016年7月13日上午10时45分，经新浪认证的"联合国官方微博"特意发布消息解释称：国际法院是联合国主要司法机关，根据《联合国宪章》设立，位于荷兰海牙的和平宫内。这座建筑由非营利机构卡内基基金会为国际法院的前身常设国际法院建造。联合国因使用该建筑每年要向卡内基基金会捐款。和平宫另一位"租客"是1899年建立的常设仲裁法院，不过和联合国没有任何关系。

联合国中文官博的表态准确吗？据央视报道，曾在联合国国际法院工作18年的前任法官阿卜杜尔·科罗马13日接受采访时表示，所谓南海仲裁庭不是联合国司法机构，只是在菲律宾单方面提出仲裁后临时成立的。南海仲裁庭的仲裁结果不能被误解为联合国国际法院的裁定。

前法官阿卜杜尔·科罗马的说法，也印证了联合国中文官博的说法。

外交部副部长刘振民昨晚答记者问时也指出：所谓南海仲裁庭不是国际法庭，与位于海牙联合国系统的国际法院毫无关系；仲裁庭的组成是政治操作的结果。除菲律宾指定仲裁员外，其他4人是由国际海洋法法庭时任庭长、

日籍法官柳井俊二指定的。他被认为是日本右翼鹰派,一直在协助安倍解禁集体自卫权。

法学界大跌眼镜:菲律宾包办所谓"仲裁费"

此外,刘振民13日还表示,仲裁庭的运作让国际法学界大跌眼镜。和国际法院法官薪水由联合国支付不同,所谓南海仲裁庭的5名法官是挣钱的,挣的是菲律宾的钱,可能还有别人给他们的钱,他们是有偿服务的。

此外还有媒体指出,由于中国对这场仲裁闹剧采取不接受、不参与的态度,菲律宾竟全程包办,为中国付了"仲裁费"。

菲律宾竟然"财大气粗"地"帮"中国缴了费?这听起来匪夷所思,但还真有其事。据新华社官微报道,2015年10月29日,国际仲裁庭对管辖权进行裁决,第98段中有:在被告知中国未付费的情况下,菲律宾主动承担了中国那部分仲裁费。

所以做出南海仲裁的这个所谓国际仲裁庭,确实是一个收费的服务机构。对此有网友调侃道:"写了500多页仲裁结果,还是'对得起'菲方付的价钱的。"

(《羊城晚报》2016年7月14日)

我们的《更路簿》
——三沙属于中国的历史证据

李柳青 杨昊霖 王文心

一本本手抄的册子，是风帆时代闯海耕海的指路明经。

一本本泛黄的册子，是海南渔民代代相传的无价之宝。

一本本简陋的册子，记载着浩渺深邃的南海的丰富信息。

一本本无言的册子，发出了一片海域主权归属的响亮回声。

这本薄薄的册子，叫作《更路簿》。它不仅是海南渔民在南海海域及诸岛礁生产、生活实践经验的总结，更是三沙主权自古以来就属于中国的历史证据。

密藏"天书"

最初，渔民们驾船去西沙、南沙，全凭经验：抬头看星象，低头看海况，再看看海水颜色，以此识别洋流……到了某个陌生的岛礁后，他们首先遇到的问题就是给这些岛礁命名。没有名字，他们就没法定位这些岛屿，更无法交流各自的经验。除了岛礁的命名，还有哪个岛礁朝哪个方向，走多少航程能到另一个岛礁，等等，这些来之不易的经验，都需要牢记在心。

最初的《更路簿》是写在一个个闯西沙、闯南沙的船长心里的，他的心里有了这本书，就好像把经过的海域和岛礁刻在了自己的掌纹里。后来，船长老了，他要把这些经验传给他儿子、孙子，祖祖辈辈传下去。于是，第一本《更路簿》就这样诞生了。

66岁的卢家炳船长，永远忘不了父亲对他说的这句话。

【同期】潭门老船长　卢家炳（66岁）

我们学会了、精通了《更路簿》，就可以当海上的师傅了。

《更路簿》，又称《南海更路经》，是海南民间以文字或口头代代相传的南海航行路线知识。它详细记录了西南中沙群岛的岛礁名称、准确位置和航向、距离以及岛礁特征，是海南渔民祖祖辈辈在南海航海实践中传承下来的经验总结。据专家考证，《更路簿》至迟在明朝初年就已出现，成熟于清朝，盛行于清代末期和民国前期，世代流传至今。

【同期】潭门老船长　卢家炳（66岁）

最早的《更路簿》估计是我的祖父、曾祖父、高祖父，一直到现在，我家谱里传承下来的，（有）六七百年左右了。

"有了《更路簿》，出海赛神仙""学会《更路簿》，能当海师傅""家有《更路簿》，能当好船长。"在海南岛东海岸，文昌东郊、铺前、清澜，琼海潭门一带所流传的这些南海航行的谚语，无不凸显出《更路簿》在老渔民心中的神圣地位，毫不夸张地说，以前人的实践和经验凝成的《更路簿》，就是当时的"密藏天书""海上指南"。

【同期】潭门老船长　苏承芬（81岁）

我们开那个帆船出海，我们什么航海的设备都没有，不像现在有那个雷达，什么东西都有。我们什么设备都没有，我们到西沙南沙东沙那边生产，就得靠那个《更路簿》。

《更路簿》是古代海南人发现和开发南海诸岛的真实记录，是千百年来海南渔民在南海航行的经验总结，是自古以来渔民自编自用的航海"秘本"，也是每位船长必备的航海图。

至今被发现的《更路簿》有苏德柳本《更路簿》、郁玉清本《定罗经针位》等12种版本。它们都直观地反映了渔民在南海诸岛礁的作业路线、开发经营场所、南海诸岛礁，特别是西沙、南沙各个岛、礁、滩、洲的命名。《更路簿》所记载的地名有136个，记载的航线有200多条。

从《更路簿》中记载的航路、岛礁等系列信息来看，我国渔民在南海的作业生产、生活大致经历了三个阶段。初期阶段渔民的《更路簿》以苏德柳本为典型代表，以导航为主，主要由南沙更路、西沙更路两大区域组成。中期阶段以郁玉清本《定罗经针位》为代表，标志航路和西沙、南沙的开发利用较多，对于"东头沙"作业生产还未兴盛，航线主要集中在中部五大环礁区。后期阶段的《更路簿》中"东头沙"已经出现，这时从大陆来南海诸岛的航道增多，渔业逐渐集中在这些区域。所有这些，都是中国人最早开发西南中沙群岛的最直接证据。

【字幕】《更路簿》反映了我国历代渔民在南海进行独占性、排他性国内经济活动所形成的各种关系，体现了我国自始至终在南海区域的持续的主权存在。

沧海更路

大海，茫无际涯，不像在陆地上，"走的人多了就有了路"。海路是看不见、摸不着的，只能以地名间的间距来标示。《更路簿》中的"更"是长度距离单位，一更大约相当于十海里；路的意思是路径，簿就是小册子。

《更路簿》中记载了多达200余条航行线路。翻开《更路簿》，每条航海线路的起止点、针位（即航向）、经点等历历在目。《更路簿》对于不同地点前往不同方向岛礁的航线更路，都有详细的记载，对于哪种风向下使用哪种针路也有具体的记载说明。除此之外，《更路簿》还记载了大量海上风向、水文、气候变化等科学数据，岛礁分布等地理知识。

【同期】潭门老船长　苏承芬（81岁）

《更路簿》就是这样的，《更路簿》一条一条写得清清楚楚在上面，一条一条,这个岛礁到这个岛礁的方向距离,那个岛礁到那个岛礁的方向距离。

千里长沙,万里石塘,老船长们世世代代在南海耕海捕捞,靠的就是《更路簿》这一本"天书"和一只罗盘。

【同期】潭门老船长　卢家炳（66岁）

以前都没有导航,一定要有这个《更路簿》,有了《更路簿》以后再加上罗盘,没有这个罗盘你也走不了。

渔民手中的古代罗盘上,有"子、午、卯、酉"等24个字分布在罗盘的圆周。子向正北、午向正南、卯向正东、酉向正西,这些字分成12组,每组表示两个相反的方向,共有24个方向。这样就能在茫茫大海中指示出方位,也能标识出每条更路所包含的起止点、航行的距离和时间。有了这个罗盘,再加上《更路簿》,船长对于海上的航线便心中有数。

【同期】潭门老船长　卢家炳（66岁）

一定要看准《更路簿》。看准《更路簿》以后,从哪里开到哪里,用罗针上那两个字,对哪一个礁,就可以开到哪一个礁。

在《更路簿》中,海南渔民用本地俗语,为南海上的岛、礁、沙进行命名。这些俗名,据专业工作者调查整编,有136个,其中东沙群岛1个,西沙群岛38个,南沙群岛97个。渔民们还给每一片海域都起了乳名,"东海"是指西沙,"北海"就是南沙,"猫注"就是永兴岛,"海公"就是半月礁。

【同期】潭门老船长　卢家炳（66岁）

我的父亲告诉我,那个大船桅杆（被）打断了,就漂流,刚好靠近太平岛,他们远远看到太平岛,就像个山马一样,就叫黄山马。

【同期】海南大学教授、《南海天书》作者　周伟民

南海海域里面很复杂。你比方说,海潮的这个汹涌,风向,还有很多海底的这个暗礁,所以渔民为了怎样避开这个险滩,和那个到达自己的目的地,就这样,他们就开始对那个主要的岛礁给予名字。有名字才清楚这个礁是叫什么,那么开始慢慢地约定俗成。

《更路簿》中的地名形象生动,是海南渔民祖祖辈辈在熟悉岛礁特征的基

础上命名的，因而多以形象命名。如把环礁称为"筐"，把南威岛称为"岛仔峙"，把司令礁称为"目镜铲"，把安达礁称为"银饼"，把仙宾礁称为"鱼鳞"等。

【同期】中国南海研究院院长、研究员　吴士存

《更路簿》它实际上，是记录了中国渔民对南海诸岛发现、开发经营的整个过程，历史过程。所以《更路簿》它是另外一种方式，证明了中国是南海诸岛唯一的真正的主人，以渔民的方式来进行命名，然后再通过国家的立法行为，把它上升为国际认可的标准地名，实际上是一个国家在实践行使主权的一种形式。

千年耕海

如果说，《更路簿》的发现，在今天已成为中国在南海拥有不可争议的主权的铁证；那么它的源流和发展，则反映了自古以来，在这片海域的渔民与大海、人与自然的关系。

【同期】潭门老船长　黄家礼（86岁）

（你爸爸到了新加坡以后，怎么把您给留下来了呢？）

他摸着我的脑袋说，再大一点就带我去。

（后面想不想去找你爸爸呀？）

没去，在新加坡人生地不熟，他在哪里我也不知道，之后我堂哥写信过来说他去世了。

86岁的老船长黄家礼老人，对大海有着复杂的感情：年轻时，他一年有一半时间在海上漂泊，一家老小生计出自南海，对南海，他爱得深，爱得切；当听到亲人葬身风浪的噩耗，他在悲痛之下又对南海有过痛恨，恨这无情的风浪夺走了有情的生命；而到了年迈不能出海时，他却常常从枕头下拿出《更路簿》，摩挲良久，无限怀念那片碧绿深邃的"祖宗海"。

【同期】中国社会科学院中国边疆研究所副所长、研究员　李国强

早在中国远古时期,中国人民已经开始在南海进行自己的开发经营活动,特别是到了明清时期,中国渔民大量地前往西南沙海域进行渔业生产活动。那么在古代历史时期对于南海的开发经营活动,主要是两个方面,一个是航路的开辟,一个是渔业生产活动。

海,赋予人类以财富,也吞噬着人类的生命。"自古行船半条命",开放、冒险的心态,世代相传的生计,使得这些老船长们开辟了跨国生意。西南中沙的各个岛礁,在他们的心中,是一个个物产丰富的宝库。哪个岛礁盛产什么,哪里几月有哪些珍宝,他们如数家珍,每年都按照季节去捕捞,再运到东南亚各国贩卖,换回家用的生活用品。

【同期】潭门老船长　杨庆富(80岁)

我去西沙差不多18岁到62岁,经历过的台风差不多有10次。

【同期】潭门老船长　苏承芬(81岁)

我到那个黄岩岛,当时黄岩岛的那个海产品很丰富。我们到那边生产,生产什么呢?公螺、海参、那个贝类。万一不小心就扎流血了,手啊脚啊就流血了。

海上风急浪高,变幻莫测。海南渔民传说,明朝初年,潭门有108个渔民在南海打鱼遇险,全部葬身大海。后来,这些遇难的渔民化作神灵,叫108兄弟公,专司保佑闯海耕海的后来者的职责。几百年以来,海南渔民所到的西南中沙各处,都立有简陋的兄弟公庙,渔民上来,第一件事就是焚香礼拜,祭祀108兄弟公。

【同期】潭门老船长　苏承芬(81岁)

兄弟公庙每一个岛都有。

在风平浪静的时候,大海的丰饶美丽让人们流连忘返,一些渔民干脆直接在一些岛上长时间居住生活。《文昌县志》记载,20世纪三四十年代,文昌东郊上坡村陈鸿柏曾在双子礁住了整整18年,文昌龙楼的符鸿辉、符鸿光在南威岛连续住过8年。

【同期】潭门老船长　苏承芬(81岁)

符鸿光、符鸿辉在南威岛，在双子岛养（种）番薯，我们到那里还挖过这么大的番薯。（我）第一次到南沙，（是）1945年。新中国成立以后，两兄弟到西沙搞生产，我们这边问他，家里父母叫他们回来结婚，他们还不想回来。

南海辛勤的渔民们在不知不觉中承担起了开发南海的历史重任，正是凭借着《更路簿》，他们才能抵达捕捞海产品的遥远海域，也正是凭借着《更路簿》，他们才能到达遥远的东南亚各国，把辛勤捕捞的海产变成商品，换回一家的生计。

【同期】中国南海研究院院长、研究员　吴士存

《更路簿》记录了渔民对南海诸岛整个开发经营漫长的历史。所以《更路簿》它是起源于明代，成熟于清代。它记录了从海南的几个港口，有海口港，有文昌的铺前港、清澜港，有琼海的潭门港。还有广东省的一些渔民，也是在古代能够进入南沙海域进行捕鱼活动的渔民。所以海南渔民、海南民间流传的《更路簿》，它记录了整个过程。

现存12种版本的《更路簿》，直观地反映了海南渔民长期以来生产作业与生活范围不断扩大，几个固定的海洋渔业作业区逐步形成的历程。它既是海南渔民充分利用经验与工具自主开发南海的证据，更是这片海域上人与自然和谐关系的深刻诠释。

蔚蓝家园

在清代以前，南海渔民们主要是以"个体"的身份在南海区域生产和生活。这里的"个体"主要指个人、家庭和家族。南海资源是海南人民赖以生产、生活的重要资料，民间在南海的开发经营活动从未间断过。

【同期】海南大学教授　周伟民

中国最早经营开发（南海）。南海它本来是荒无人烟的，那么谁到那去能够生存下来呢，我们海南的渔民，他到那里先开发，就是捕捞。挖马蹄螺、

挖砗磲、挖海灵草、挖海参、抓海龟。潭门渔民最早开发经营南海诸岛，主要是把这些海产品开发出来，这些海产品本来是大家都不知道的。

在《更路簿》中，记录了海南渔民对三沙岛礁、南海海域的命名等主权行为。这些行为被国家通过汇编地方志等行政行为所吸收，而逐渐上升为国家行为。

据清朝官方编修的《广东通志》《泉州府志》《同安县志》等记载，南海诸岛属万州辖治。在当时的许多官方地图中，都有关于南海诸岛礁的记载。现存各种不同版本的《更路簿》所记载的航行路线，基本上覆盖了整个南海海域，也记录了南海各岛礁、海域的发现、命名以及统一名称的全过程。从清朝开始，我国一些地方志就开始吸收《更路簿》内容为史志资料，如清朝官修的《广东通志》即根据《更路簿》的资料绘制了南海官方地图。家与国，在这一刻已经融为一体。海天无限，家国有情。

【同期】中国社科院海疆问题专家　王晓鹏

按照国际法的一般原则断定某一个领土，那么于海上来说，就是断定某一个岛礁属于某一个国家，必须要满足四个条件，也是四个最早，就是最早发现、最早命名、最早开发经营和最早持续不断的行政管辖。那么就南海而言，于南海诸岛完全满足这四大最早条件的，只有中国这样的一个国家。所以呢我们说，我们自古以来，中国对于南海诸岛礁就享有主权。

在国家主权的发展历史中，主权本质与主权行使具有同一性、分离性。"先占"理论并不足以完整解读《更路簿》的法理意义。国际法上的"先占"指的是"单纯的发现，即可占有"，而《更路簿》所包含的绝不只是发现行为，它包含着更为丰富的信息，比如岛礁命名行为、海况测绘行为、渔业生产与航运等经济开发行为。

【同期】海南大学教授　周伟民

研究《更路簿》，我们最早是从学术的角度进入的。进入以后，我们发现《更路簿》的问题不纯粹是一个学术问题。我们在田野调查里面发现，潭门最早到南海去捕捞的，就是一个人叫符再德。符再德这个人呢，他们说是元朝至元二十三年（公元 1286 年）到南海捕捞的。

小小的《更路簿》，涵盖了人与人之间的关系、人与自然之间的关系，涵盖了科学认知行为、民间行为与国家行为交织等各种复杂关系。如此大量的信息，与国家主权理论实质相辅相成，直接宣示着我国对南海诸岛礁拥有不可争议的主权。

小小的《更路簿》，承载着茫茫的大海、星罗棋布的岛礁，更承载着南海渔民沉甸甸的家国情怀。

（中央电视台、三沙电视台 2016 年 6 月 29 日至 7 月 12 日）

应对"南海仲裁案"
新闻作品选

评论报道

究竟谁在破坏国际法
——菲律宾南海仲裁案事实与法理辨析

国纪平

浩渺南海,水天相接。本是商舟渔船自在穿行的地方,近来却波诡云谲颇不寻常。

2016年7月12日,所谓南海仲裁案结果即将出炉。围绕这毫无合法性可言的一纸裁决,一些人筹谋算计、排兵布阵,企图用它来强化对中国的舆论攻势,将莫须有的罪名强加给中国;一些人颠倒黑白、借题发挥,期望以此抹黑中国的形象,把"不守法"的帽子扣向真正的受害者。

种种急不可耐的喧哗与躁动,无一例外都打出了国际法的旗号,南海问题的真相却被有意忽略了——中菲南海争议究竟源于何处?菲律宾南海仲裁案实质为何?仲裁案所激起的种种波澜,又将给南海的和平稳定带来何种影响?

对于这些问题,2016年7月5日在华盛顿举办的"中美智库对话会",提供了一个视角——即使是一些来自美国的专家也认为,"中国在南海的权益是历史上形成的""欧洲和其他国家的知名法律专家都表示,南海仲裁案整个过程都是非法的,菲律宾单方提起仲裁,违反了国际法"。

看来,有关南海仲裁案并非难以搞清。拨开一些人以国际法为名蓄意在南海上空制造的迷雾,还原真相,对于中国而言,是维护国家领土主权的神圣使命；对于世界来说，是主持国际公理正义的必然要求。

（一）

一段时间以来，西方舆论连篇累牍渲染南海问题，然而对于南海问题特别是中菲南海争议的历史经纬、事实真相，自诩"主持公道"的西方舆论却"选择性回避"了。

南海诸岛究竟属谁？历史早就给出了明确答案。南海诸岛自古以来属于中国，历代中国政府通过行政设治、海军巡航、生产经营、海难救助等方式持续对南海诸岛及相关海域进行管辖。第二次世界大战期间，日本在发动全面侵华战争后，侵占了中国南海诸岛。第二次世界大战结束后，中国根据《开罗宣言》和《波茨坦公告》所作出的明确规定，收复南海诸岛，在岛上派兵驻守并建立各类军事、民事设施，从法律和事实上恢复对南海诸岛行使主权。

在第二次世界大战结束后相当长一段时间内，美国通过外交询问、申请测量、通报航行飞越计划等方式，承认中国对南沙群岛的主权。中国还曾在南沙群岛有关岛礁上接待过美国军事人员。同期美国出版的地图和书籍等，如1961年版《哥伦比亚利平科特世界地名辞典》、1963年版《威尔德麦克各国百科全书》、1971年版《世界各国区划百科全书》，均确认中国对南海诸岛的主权。

可以说，中国在南海的主权和相关权益，第二次世界大战结束后数十年没有任何国家提出异议。因为南沙群岛回归中国，是战后国际秩序和相关领土安排的一部分，受到《联合国宪章》等国际法保护；否认中国对南沙群岛的主权，就是对战后国际秩序的否定，就是对国际法的公然违背。

对于南海诸岛属于中国这一点，菲律宾同样心知肚明。菲律宾固有领土范围是由1898年《美西巴黎和平协议》、1900年《美西关于菲律宾外围岛屿割让的条约》、1930年《关于划定英属北婆罗洲与美属菲律宾之间的边界条约》明确规定的。南沙群岛和黄岩岛根本不在上述条约规定的菲律宾版图内。

但自20世纪60年代末南海地区发现丰富的油气资源后,这片原本安宁的水域频起波澜。在巨大资源利益的诱惑下,菲律宾等国开始非法侵占和蚕食属于中国的南沙岛礁,成为南海问题产生的根源。更有甚者,菲律宾等国还以南沙群岛位于自其本国海岸起200海里范围内为由,企图以海洋管辖权主张来否定中国对南沙群岛的主权。

显而易见,在南海问题上,中国绝不是加害者,而是受害者。如果真的遵从法律,应该谴责的是菲律宾等国公然违背国际法和《联合国宪章》的行径,应该禁止的是一切非法侵犯他国领土主权的行为。

作为南海最大沿岸国,中国从维护南海地区和平与稳定的大局出发,在南海问题产生后的几十年里始终保持了极大克制,从未主动挑起争议,也没有采取任何使争议复杂化、扩大化的行动。中国最先提出并始终坚持"搁置争议,共同开发",坚持通过谈判协商和平解决争议;按照2002年《南海各方行为宣言》所确定的原则,在平等和相互尊重的基础上,探讨与南海声索国之间建立信任的途径;根据1982年《联合国海洋法公约》在内的国际法原则,切实保障在南海的航行及飞越自由。

在过去的几十年里,南海局势总体保持稳定,有关争议得到妥善管控,东南亚地区实现高速发展,这一地区成为世界上和平、稳定和繁荣之地。这自然得益于中国与东盟相关国家的共同努力,但不可否认的是,作为综合国力较强的一方,中国的克制是南海得以保持和平稳定、繁荣发展的最重要原因。中国政府有权利也有能力收复失地,但是中国并没有这样做,目的就是为了南海的和平稳定,以及沿岸各国人民的共同福祉。

遗憾的是,树欲静而风不止。2012年4月10日,菲律宾蓄意挑起"黄岩岛事件"。2013年1月,菲律宾阿基诺三世政府置昔日谈判协商解决南海争议的承诺于不顾,单方面提起有关南海争议的仲裁案。

纵观南海问题演进脉络,2009年以前,虽然相关国家间存在摩擦,但矛盾却总体保持可控。可是从2009年起,南海问题开始步步升级。

为何 2009 年成为中菲南海争议重要分界线？为何菲律宾阿基诺三世政府会在南海问题上选择一系列政治赌博？

（二）

审视菲律宾在南海问题上逐步走向"活跃"的整个过程，不得不说美国的"战略转变"提供了最有解释力的视角。

2009 年 1 月，奥巴马政府就职，美国外交政策出现方向性调整，在"重返亚太"的战略布局下，南海问题迅速成为美国维护地区霸权地位、对中国进行战略牵制的重要抓手。

2010 年 7 月，时任美国国务卿希拉里·克林顿在东盟地区论坛上宣布美国在南海地区"拥有国家利益"。观察人士指出，此举标志着美国对南海问题开始走向事实上的"选边站"和"引导式"路径，克林顿本人更是在事后回忆称，"这是精心选择的措辞"。此次会议被美方视为"检视美国在亚洲领导地位以及反击中国扩张的临界点"。

正如美国卡托研究所国防外交政策研究室副主任卡本特所言，美国想要通过干预中国与邻国的南海争议来达到制衡中国的目的，"最具挑衅的做法是奥巴马政府支持菲律宾及其对南海争议岛礁的声索"。

大量新闻报道显示，菲律宾正式提起南海仲裁案之后，美国的"深度参与"几乎无处不在。美国律师出任菲方法律顾问，全面帮助菲方向仲裁庭提交总计 12 册、长达 3000 页的答复书以回答有关菲方诉求和依据之问题，并一手代理了第一轮口头辩论的文件起草和庭辩。此外，美国多次公开发声，力挺菲律宾非法主张。2014 年 3 月，美菲在华盛顿发表包括所谓以仲裁解决南海国际争端等内容的联合声明；同年 4 月，奥巴马在与菲律宾总统阿基诺三世会谈时再次对菲律宾诉诸国际仲裁表达了公开支持。

人们看到，美国借南海问题无端抹黑中国国际形象，无所不用其极。近年来，国务卿、国防部长、国会议员等各色美国高官在东盟地区论坛、东亚峰会、香格里拉对话会、亚太经合组织会议、七国集团峰会等各种场合，热炒南海问题，试图把"规则破坏者""现状打破者""军事扩张者"的帽子强加于中国头上。

人们看到，美国以所谓"航行自由"为借口，以种种手段炫耀武力，实质上推动了南海军事化。美国航空母舰、战略轰炸机多次闯入南海，美国导弹驱逐舰不断抵近中国南海岛礁，美国与盟国在南海的军事演习更是接二连三。美国还敦促东盟国家在南海地区进行联合海上巡逻，支持日本在南海地区进行海上巡逻。

人们看到，美国拉帮结派，迫切希望把南海问题引向多边化、国际化，妄图给中国施加所谓外交压力。美国极力推动在各种地区及全球性多边组织框架下讨论南海问题，企图使东盟在南海问题上统一口径，鼓动日本、澳大利亚、印度、欧盟等与南海问题无关的域外国家和地区关注南海问题。

美国的有识之士对于华盛顿在南海问题上制造对抗之举深表忧虑。知名战略学家布热津斯基就曾发出警告，美国在南海必须非常小心，南海问题不应成为美中关系的中心问题。然而，在霸权本性驱使下，美国在南海问题上制造紧张局势、破坏和平稳定的冒险之举依然愈演愈烈。

（三）

事实清楚地表明，菲律宾南海仲裁案完全是一个由美国鼓动操纵、菲律宾挑头、仲裁庭客观上予以配合的针对中国的一个"局"。

这个"局"其实不难看穿，自仲裁闹剧开始后，国际社会"不平则鸣"的正义之声从未停歇。迄今，已有近70个国家和地区组织明确表示支持中方在仲裁案上的立场，其中既有东盟国家，也有域外国家，还有阿拉伯国家联盟、上海合作组织等区域组织。即使在西方国家，也有很多国际法专家从专业角度发表严肃、公正的评论，表达对中方法理主张的认同，表明对该案的批评和质疑立场。

为什么中国立场的支持者那么多，越来越多？归根结底，是因为中方不参与、不接受立场有着充分的法理依据，而菲律宾单方面提起南海仲裁案，仲裁庭违法扩权、滥权，才是在真正破坏国际法。

首先，禁止反言是国际法治的一条基本原则，但菲律宾阿基诺三世政府却置自身昔日承诺于不顾，单方面强行提起仲裁，侵犯了中国按照《联合国海洋法公约》规定享有的自主选择争端解决方式的权利。正如联合国国际法委员会前主席、联合国国际法院特别法官布朗利所言："一般国际法上不存在解决争端的义务，以正式法律程序寻求解决的程序取决于当事各方的同意。"争端提交国际仲裁，通常都需经当事国达成合意，尊重当事方意愿才是体现"各国主权平等的一种必然结果"。如今，仲裁庭擅自扩大管辖权限、漠视一国之主权，哪里还有"法的精神"？

其次，菲方不顾基本历史常识，妄称中国人历史上在南海没什么活动和存在，从未拥有对南海诸岛的主权。然而，中国渔民在南沙水域捕鱼作业，已成为南沙群岛主人的历史事实，有多个版本的《更路簿》可以证明；19世纪以来的外国文献，也明确记载了只有中国渔民在岛上生产生活的历史事实。法律的基点本就是"以事实为依据"，如今，昭昭青史仍在，凿凿证据如山，菲方却敢如此颠倒黑白篡改事实，对南海岛礁的有关论述缺失最起码的可信度。这样一个"并不构成争端"的无理诉求，竟然被仲裁庭接受，哪里还有"法的权威"？

再有，仲裁庭不顾中方一贯坚持将南沙群岛视为整体的立场，玩弄"切割"伎俩，歧视性地把中国驻守的南沙有关岛礁从南海诸岛的宏观地理背景中剥离出来。对菲律宾等其他国家非法侵占的岛礁，仲裁庭却只字不提，还将有关领土主权问题包装为所谓的岛礁法律地位问题。如此偷梁换柱、翻云覆雨，哪里还有"法的公信"？

南海仲裁案是否具有合法性和正当性？联合国国际法委员会前主席拉奥·佩马拉朱的判断一针见血：中菲南海争端的实质是关于主权和海域划界，而领土主权问题不属于《联合国海洋法公约》调整的范围，划界问题也可据中国政府声明而排除强制仲裁程序，此案仲裁庭对主权和海域划界问题都没有管辖权。菲律宾诉求的实质是领土问题，因此不属于《联合国海洋法公约》调整的范围。

然而，仲裁庭擅自扩大解释其自身管辖权限。对于领土和海洋划界问题，仲裁庭罔顾中菲早已选择谈判协商作为解决相关争议唯一方式这一前提，罔顾中国早已于2006年根据《联合国海洋法公约》将海洋划界争议排除适用强制争端解决程序这一事实，恶意解读此前中菲对争端解决方式的共同选择，轻易否定国与国之间达成的一致意见，严重侵犯中国作为主权国家和《联合国海洋法公约》缔约国享有的自主权利。其实质，不过是为个别国家滥用仲裁程序制造国际舆论实现政治目的提供配合。

培根在《论司法》中写道，"一次不公的判决比多次不平的举动为祸尤烈。因为这些不平的举动不过弄脏了水流，而不公的判决则把水源败坏了"。菲律宾及仲裁庭滥用强制仲裁程序，让《联合国海洋法公约》失去严肃性，其对《联合国海洋法公约》的破坏性、对国际法治秩序的冲击，不容低估。

事实上，很多西方专业法律人士都对强制仲裁程序被滥用表示担忧和关切。如果今后别国都效仿菲律宾的恶劣先例，只要将领土和海洋划界问题包装成《联合国海洋法公约》解释和适用问题即可提交仲裁，不仅会让30多个缔约国所作排除性声明成为一纸空文，也将伤害《联合国海洋法公约》争端解决机制的信誉，破坏《联合国海洋法公约》建立的国际海洋秩序，对现行国际秩序构成重大威胁。

正如英国牛津大学国际公法副教授安东尼奥斯·察纳科普洛斯、英国外交部前法律顾问克里斯·沃默斯利指出，如果仲裁庭允许菲律宾背弃其在《南海各方行为宣言》中的承诺继续推进强制仲裁，这种处理方式或造成"恶法"，会对国际关系的整体稳定造成潜在破坏。

从这个意义上来看，中国为捍卫国际法做针锋相对的斗争，不仅是在捍卫自己的领土主权，更是在切实捍卫国际海洋秩序、维护世界长治久安。

（四）

菲律宾南海仲裁案如此公然违背国际法，为何向来以"国际法官"自居的美国却在装糊涂？美国著名律师布鲁斯·费恩直言，美国的南海政策体现了其"危险的帝国思维"。

这种为所欲为的"帝国思维"，就是霸权主义。美国比任何人都喜欢把国际法挂在嘴边，但历史和现实一再表明，美国对待国际法，总是对人不对己，且每每玩弄法律于股掌之上——如果国际法对美国有利，美国就高高祭起这面大旗；如果国际法可能约束美国的行为，美国就会把它踩在脚下置之不理，甚至将"非法"尊为"合法"，将"合法"抹黑为"非法"。

美国如果真的关心国际法治，为何《联合国海洋法公约》推行几十年了还不愿加入？众所周知，作为规范当代国际海洋关系最重要的法律文件，《联合国海洋法公约》被誉为当今世界的"海洋宪章"，目前大部分国家都已加入《联合国海洋法公约》。美国作为世界上最大的海洋国家之一，却一直没有加入该公约，是安理会"五常"中唯一没有加入该公约的国家。根子就在美国霸权主义的国际法观和傲慢自私的海洋特权思想。

美国口口声声以海洋法治的维护者自居，却为一己之私拒不批准加入公约；口口声声要求别国接受第三方争端解决方式，自己却又拒不接受国际法院这一联合国最主要司法机构就尼加拉瓜诉美国案所作出的判决和命令；口口声声要求其他国家遵守国际法，却对自己和所谓盟友大开违法之门，长期以来对菲律宾非法侵占中国岛礁的行为视而不见。

这种自相矛盾与双重标准，集中体现了美国对待国际法"合则取，不合则弃"的虚伪本质，暴露了其根深蒂固的"帝国思维"。美国现实主义国际关系学者米尔斯海默谈及南海问题时曾说，"中国的邻国有动机在现阶段就把问题解决掉，而不是等到中国强大了，到时候就来不及了"，一句话道出了对中国防范遏制的阴暗心理。

中国正在成长，但一个多世纪里屡遭外敌入侵、强权欺凌的屈辱经历，是中国人民不可磨灭的记忆。在这样的历史记忆中强大起来的中国，最懂得遭受欺凌和屈辱的滋味，"己所不欲，勿施于人"；在这样的历史记忆中走过来的中国人民，也决不会答应"屈辱的过去"哪怕在局部重演。

习近平总书记在庆祝中国共产党成立95周年大会上指出："中国人民不信邪也不怕邪，不惹事也不怕事，任何外国不要指望我们会拿自己的核心利益做交易，不要指望我们会吞下损害我国主权、安全、发展利益的苦果。"这道出了全体中国人民的心声。

放眼南海，闪闪发光的航标灯，照亮的应该是和平的方向，驱散的应该是霸权主义的心魔，警醒的应该是被眼前蝇头小利冲昏的头脑。不合法的裁决不过是废纸一张，它否定不了中国在南海的合法权益，改变不了中国人民维护国际法治尊严，与相关国家一道维护南海和平稳定的坚定意志和决心。

(《人民日报》2016年7月11日)

"南海仲裁案不过是场政治闹剧"系列评论

钟 声

"仲裁庭"竟是外部势力代理人

菲律宾南海仲裁案仲裁庭所作所为,从一开始就偏离公正客观方向,沦为某些国家和人士的私器

翻开2016年7月12日公布的所谓仲裁文书会发现,菲律宾所有非法声索,一概被"落实"为仲裁结果,如此"原汁原味"与"予取予求",实际上是向世人暴露了所谓仲裁庭既无任何合法性质,也无任何公正可言,是彻头彻尾的一场政治闹剧。

所谓菲律宾南海仲裁案是披着法律外衣的政治挑衅,其实质是否定中国南海岛礁主权和海洋权益。当法律成为被政治操纵的工具,法律的公正性便荡然无存。仔细梳理仲裁庭在审案判案过程中的诸多"高光"表现,便不难发现其早已沦为外部势力代理人。

在该案中,菲律宾阿基诺三世政府诉求的核心之一,是要求仲裁庭裁判中国历史性权利违反1982年《联合国海洋法公约》(以下简称《公约》),试图否定中国南海断续线,进而否定中国在南海的海洋权利。

仲裁庭为了服务幕后推手的这一目标，不惜违背条约解释的基本规则，无视其他与《公约》具有同样效力的国际习惯法规则。中国在南海享有历史性权利，这一权利先于《公约》，并且依一般国际法形成。综观国际实践，国家通过长期实践取得的历史性权利复杂多样。正因如此，在《公约》起草和形成过程中，并未对历史性权利作出统一规定，也未说要以《公约》规定替代历史性权利。相反，《公约》将其留待由一般国际法规范，并在《公约》中多处体现对历史性权利的尊重。比如，《公约》在第298条对强制管辖的排除性条款中明确把"历史性所有权"排除在外。仲裁庭强行将历史性权利纳入《公约》的解释或适用范围，超越《公约》赋予仲裁庭的裁判授权。正是因为历史性权利本就不属于《公约》调整的范畴，仲裁庭只能笼统认定菲相关诉求构成涉及《公约》解释或适用的争端，但无法说明有关争端到底涉及《公约》哪一条哪一款，只能是牵强附会，难以服人。

菲律宾阿基诺三世政府诉求的核心之二是要求仲裁庭判定中国南沙部分岛礁的法律地位。

仲裁庭完全明白自己无权审理涉及领土主权问题的争议，但为了枉法裁判，对菲诉求在于否定中国领土主权的真实目的刻意选择性"失明"。事实却很清楚，菲律宾在启动仲裁程序当天，菲外交部就发布了一份仲裁程序问答文件，明确宣称本案是"为了保护我们国家的领土和海域"，强调"我们的行动是为了保卫我们的国家领土和海域"。据此可见，此案关乎领土主权这一不属于《公约》调整的事项。为此，仲裁庭故意回避主权问题，通过对中国南沙群岛"碎片化"处理的伎俩，扩权、越权，审理有关岛礁领土地位问题，这样做远远超出了所谓《公约》解释和适用问题。另外，包括宋斯在内的本案部分仲裁员，在本案中就岛礁法律地位与海洋划界之间的关系所持看法，与其本人此前长期所持观点完全相左。这一"自我背叛"显然很难单纯从学术和理论层面理解，让人无法不怀疑其法律良知，让人无法不怀疑仲裁庭的公正性。

同时，仲裁庭在整个审理和论证过程中完全背离了国际司法实践所秉持的程序正义，矛盾之处数不胜数。在这方面，中国国际法学会等多家学术机构已以专题报告形式对其提出质疑和批判。例如，仲裁庭预设结论，然后通过所谓"自由心证"来加以论证，实际上是一种"圆谎"。在援引相关国际仲裁案例时，刻意回避多数案例所证明的一般实践，仅采用对其有利、极具争议的个别案例或少数意见。在认定事实时，对有利于中国的事实或视而不见，或一带而过，故意贬低其权重。在采信证据上，无视证据的真实性、关联性和证明力问题，未能践行国际通行规则，偏听偏信，全盘倒向菲律宾。国际司法和仲裁的核心价值在于其公正客观性。作为匡扶正义的公器，它不能偏倒一方，否则就成为一方谋利的私器。反观本仲裁庭所作所为，显然从一开始就偏离这一方向，沦为某些国家和人士的私器，诚哉可悲。

临时拼凑起来的仲裁庭这个草台班子收场了。中国在南海的领土主权和海洋权益在任何情况下都不受其所谓仲裁裁决的影响，中国不接受任何基于该仲裁裁决的主张和行动！

（《人民日报》2016年7月13日）

谈判协商是解决南海问题的唯一出路

中国有关南海问题的白皮书带来和平合作的清新气息，南海和平稳定牵系中国和其他南海周边国家的共同福祉

中国国务院新闻办公室2016年7月13日发表《中国坚持通过谈判解决中国与菲律宾在南海的有关争议》白皮书，还原中菲南海有关争议的事实真相，重申中国在南海问题上的一贯立场和政策。

洋洋两万余字，回溯昭昭两千多年青史，列举凿凿证据。中国郑重向国际社会表明，在长期历史过程中，中国确立了对南海的主权和在南海的相关权益，中国人民早已成为南海诸岛的主人。任何有良知的人都会由此更加意识到，黑白不容颠倒，是非不容混淆。

2013年菲律宾阿基诺三世政府单方面就中菲南海争议提起的所谓强制仲裁，就是漏洞百出的闹剧。中国从一开始就理直气壮亮明了"不接受、不参与"的立场。关心地区和平稳定的域内外国家纷纷发声支持，力挺中国坚持谈判协商解决南海争议的立场。这不仅体现了中国作为维护南海和平稳定一方所具有的强大感召力，也展现了国际社会对于中国坚持同有关国家通过谈判协商方式解决南海争议的期待。

由于历史原因，南海地区仍存在一些涉及领土主权、海洋权益争端的复杂难题。解决这些难题，不仅是划定一条海上界限的问题。要让一条海上界限得到接受和尊重，必然要涉及历史、法律、政治乃至民族感情等诸多因素。对于利益深度交融、命运紧密相连的地区国家来说，相比第三方争端解决机制，谈判协商的方式在解决复杂敏感的领土和海洋划界争端中占据着更多优势。它最能体现各国的自主意愿和主权平等谈判结果，最易为当事国人民所接受，引起的震动也最小。

多年来，中国始终寻求在尊重历史事实的基础上，根据国际法原则，通过谈判协商解决有关争议，并与有关国家作出了积极努力，体现了大国胸怀和担当。2002年，中国与东盟十国共同签署的《南海各方行为宣言》第四条明确规定："有关各方承诺根据公认的国际法原则，包括1982年《联合国海洋法公约》，由直接有关的主权国家通过友好磋商和谈判，以和平方式解决领土和管辖权争端。"其中，直接有关的主权国家作出了郑重承诺，而其他国家则是见证人和监督者。此外，中国与菲律宾等国在一系列双边文件中达成了通过谈判协商解决南海有关争议的共识，并明确排除了第三方争端解决方式。

令人遗憾的是，为谋求自身对中国南沙群岛部分岛礁的非法侵占的永久化和合法化，菲律宾阿基诺三世政府对中菲之间达成的共识和自身在《南海各方行为宣言》中的承诺弃若敝屣，单方面对中国提起强制仲裁。菲方貌似将《联合国海洋法公约》奉为圭臬，却通过片面解释并滥用《联合国海洋法公约》仲裁程序，损害《联合国海洋法公约》的权威性和完整性。更为荒谬的是，所谓菲律宾南海仲裁案仲裁庭不顾基本事实和国际法原则，竟然堂而皇之地行干预领土主权或海洋划界之事，甚至公然在岛礁领土地位上架谎凿空。显然，所谓仲裁根本不是为了定分止争，而是为了达到把南海搅乱这一不可告人的政治目的。

菲律宾阿基诺三世政府为推进仲裁编造了一系列借口，指称中国与南海声索国国力相差悬殊，中国坚持双边谈判解决领土和海洋划界问题是企图"以大欺小"。这种臆断是陈词滥调，是对中国外交实践的歪曲。新中国成立60多年来，中国与14个陆地邻国中的12个依据历史事实和国际法的基本准则，通过双边磋商与谈判，公平合理地解决了历史遗留的边界问题，划定了中国陆地边界线的约90%。中国还同越南通过谈判划定了两国在北部湾的海洋边界。目前，中国与韩国正在就黄海划界进行谈判。在这些邻国中，有大国，更多的是中小国家，从来没有一国指责中国"以大欺小""恃强凌弱"。中国是大小国家一律平等原则的忠实捍卫者，一贯在主权平等、相互尊重的基础上协商解决边界问题。中国的外交实践有口皆碑。在新时期，中国仍将坚定地走和平发展道路，坚持在主权平等基础上通过谈判和平解决南海有关争议，积极发展睦邻友好关系。中国坚信，坚持平等谈判和友好协商，才能使南海成为永久和平之海、友谊之海、合作之海。

所谓仲裁的满纸谎言终将随乌烟瘴气散去，中国白皮书带来的和平合作的清新气息才值得欢迎。中国将始终敞开谈判协商解决争议的大门。南海和平稳定牵系中国和其他南海周边国家的共同福祉，谈判协商是解决争议唯一出路。

（《人民日报》2016年7月14日）

双重标准是对国际法治的亵渎

在国际法治问题上，美国等少数国家不仅没有资格做中国"教师爷"，反倒应彻底反躬自省，摈弃自身由来已久的霸权主义、利己主义、虚伪主义

和双重标准

菲律宾南海仲裁案所谓裁决宣布后,美国等少数几个国家颇显亢奋,打着"尊重法律"之旗号企图施压中国。这种罔顾事实、为非法无效裁决张目的行为,本身就不符合法治精神,违背国际法和国际关系基本准则,不仅让更多人看清这些域外政治力量在整出闹剧中所扮演的不光彩角色,而且给南海问题相关各方妥善管控海上局势、和平解决争议制造了障碍。

自菲律宾阿基诺三世政府一手炮制南海仲裁案以来,美国、澳大利亚、日本等国就频频借此明里暗里指责中国不遵守国际法,破坏国际规则体系,口口声声要求中国必须执行所谓裁决。这样的卖力表现,无非是其不可告人战略目的的自然流露,丝毫掩盖不了中方相关立场的合理合法性,也改变不了国际社会正义力量对中方立场的支持。

值得指出的是,美国、澳大利亚、日本等西方国家在南海仲裁案问题上堂而皇之打出国际法大旗,同其自身在处理国际法治相关问题时的现实做法形成了鲜明对比,充分暴露了其虚伪与蛮横。

长期以来,西方一些国家在国际法适用上采取双重标准,合则用,不合则弃,打造了一个又一个违法"样板"。作为世界头号海洋强国,美国一直享受《联合国海洋法公约》项下海洋权利,却因不甘心海洋霸权受约束而迟迟不加入,规避履约义务。美国《外交》杂志日前在文章中不无戏谑地指出:"美国从来没有就《联合国海洋法公约》遭到起诉,这是因为与中国不同,华盛顿根本就没有批准这部法律。"20世纪80年代,尼加拉瓜在国际法院起诉美国在尼境内非法实施军事和准军事活动侵犯其主权并最终赢得了这场官司,但美国却采取强硬姿态,拒不接受这一联合国最主要司法机构关于管辖权的判决,拒绝参与实体诉讼程序,拒不承认、不执行法院的最终判决。时任美国驻联合国代表柯克帕特里克将国际法体系描述为"半合法、半司法、半政治性的实体",其逻辑则是涉事国家可以对其决定选择接受或不接受。

总想当上"国际副警察"的澳大利亚也是如此。在与东帝汶缔结海洋权益条约时,它强行塞入不得进行划界、不得诉诸第三方争端解决程序等内容。

东帝汶无奈之下提起仲裁，要求判定有关条约无效。为阻止东帝汶提起仲裁，澳情报机关被曝采取搜查东帝汶在澳法律代表处、扣押文件、阻止证人作证等卑劣行为。

日本也是"争先恐后"在违背国际法的问题上展示作为。在南极捕鲸活动被国际法院认定为违反《国际管制捕鲸公约》。国际法院判令日本停止核发南极捕鲸许可证。日本口头表示尊重判决，实则并未收敛，也未采取切实措施规范国内捕鲸行为。对此，连作为盟友的澳大利亚也看不下去，谴责日方违反国际法。

与这些西方国家形成鲜明反差的是，中国一直坚定捍卫国际法尊严。习近平主席在和平共处五项原则发表60周年纪念大会上曾指出，各国应该共同推动国际关系法治化。"推动各方在国际关系中遵守国际法和公认的国际关系基本原则，用统一适用的规则来明是非、促和平、谋发展"。这不仅是中国向国际社会作出的致力于维护和建设国际法治的郑重承诺，而且深刻阐释了建设国际法治，归根结底是要在国际关系中用普遍适用的规则明辨是非、定分止争、协作共赢，而非借国际法助长霸权强权，也非调词架讼、挑动争端，将国际法治引向歧途。

徒法不足以自行。与西方国家选择性适用国际法不同，中国一贯坚持将国际法治融入外交实践。迄今，中国已缔结2.3万多项双边条约，加入400多项多边条约，参与几乎所有政府间国际组织，与14个陆地邻国中的12个通过谈判协商划定和勘定了近90%的陆地边界。对外交往中，中国一贯主张国家不论大小、强弱，一律一视同仁，不搞以大欺小，也不会以强凌弱。

在国际法治问题上，美国等少数国家非但没有资格做中国"教师爷"，而且应该彻底反躬自省，摈弃其由来已久的霸权主义、利己主义、虚伪主义和双重标准，以实际行动践行国际法和国际关系基本准则。

（《人民日报》2016年7月15日）

不接受、不承认非法仲裁就是维护国际法治

中国为什么坚持在法理层面一再回应那些西方势力的不根之论？因为中国坚定捍卫国际法

"海洋争端解决国际法研讨会"2016年7月15日开始在香港举行。为期两天的会议，吸引世界公认的国际法权威专家坐到一起，从专业角度审视经不起任何推敲的所谓南海仲裁案的仲裁结果。由此，人们可以看一看什么才是真正的法治的精神、法治的权威、法治的公信。

2013年1月22日，菲律宾阿基诺三世政府就中菲南海有关问题针对中国单方面提起国际仲裁。此案建立在菲律宾违背中菲协议、违背菲律宾在《南海各方行为宣言》中的承诺、违背《联合国海洋法公约》（以下简称《公约》）有关规定和仲裁的一般国际实践基础上，构成菲律宾对《公约》强制争端解决程序的滥用。菲律宾阿基诺三世政府强推仲裁，完全是借国际法之名，行破坏国际法治之实。

中国一向是国际法治的坚定维护者和建设者，对这样一场走了调、变了味的所谓仲裁，中国坚决反对——坚决不接受、不参与仲裁程序，坚决不接受、不承认裁决结果。郑重对待国际法的人都能够认识到，中国的立场有充分的国际法依据。

首先，《公约》第十五部分规定的强制争端解决程序只适用于有关《公约》解释或适用的争端，而菲律宾提请仲裁事项的实质是南海部分岛礁的领土主权问题，超出《公约》的调整范围，不涉及《公约》的解释或适用。菲律宾强推仲裁，是披着法律外衣的政治挑衅，其实质不是为了解决争端，而是妄图否定中国在南海的领土主权和海洋权益，洗白菲律宾对中国南沙群岛部分岛礁的非法侵占行径。中国不接受、不参与仲裁，是为了维护自身合法权益，捍卫中国对南海诸岛的领土主权和在南海的海洋权益。

其次，以谈判方式解决在南海的争端是中菲两国通过双边文件和《南

海各方行为宣言》所达成的协议，菲律宾强推仲裁，违背了"约定必须遵守"这一国际法与国际关系中的重要原则，是在滥用《公约》规定的强制争端解决程序。中国不接受、不参与仲裁，是遵信守诺的表现，符合国际争端解决中的"国家同意原则"与通行做法，同时也是为了有效维护中国作为主权国家和《公约》缔约国所享有的自主选择争端解决方式和程序的权利。

最后，菲律宾提出的仲裁事项即使涉及有关《公约》解释或适用问题，也构成中菲两国海域划界不可分割的组成部分，而中国已经根据《公约》第298条的规定于2006年作出声明，将涉及海洋划界等事项的争端排除适用仲裁等强制争端解决程序。此类排除性声明构成《公约》争端解决程序不可或缺的组成部分，对《公约》所有缔约国都具有法律效力。如果菲律宾精心"设计"的争端被认为可以满足强制仲裁管辖权的条件，那么《公约》第298条将形同虚设，目前全球30多个国家所作出的排除性声明将毫无意义。中国不接受、不参与仲裁，不仅是维护自身权利，也是维护与中国一样作出排除性声明有关国家的权利，是维护《公约》的完整性和权威性。

目前有70多个国家和国际、地区组织发表声明，对中国的立场表示理解和支持，有力说明国际社会对这场政治闹剧的态度，足以说明某些国家围堵、抹黑中国的阴谋失败了。国际正义力量普遍认为，应尊重各国根据国际法自主选择争端解决方式的权利，不赞成单方面强加于人的做法；应坚持由直接当事国通过对话协商解决领土和海洋权益争议，域外国家应发挥建设性作用，而不是相反。

有人问，既然不接受、不承认菲律宾单方面提起的所谓仲裁，既然已得到国际正义力量的广泛支持，中国为什么仍然坚持在法理层面一再回应那些西方势力的不根之论？答案非常清楚：因为中国坚定捍卫国际法，以自身实际行动维护国际法治。这一事实终将为历史证明，并将为时代所铭记。

（《人民日报》2016年7月17日）

支持中国的正义声音是国际社会主旋律

许多国家根据事情本身的是非曲直，在国际公平正义大旗下汇成了一支无形的"正义联盟"

连日来，国际社会成员对菲律宾南海仲裁案的所谓裁决纷纷表明态度。多国政府、政要和国际组织官员纷纷声援中国政府在南海问题上的立场和主张，呼吁直接当事国通过谈判协商解决南海有关争议。联合国官方微博声明，常设仲裁法院与联合国没有任何关系，国际法院同时发表声明指出，国际法院作为完全不同的另一机构，自始至终未曾参与所谓的南海仲裁案。声援正义，撇清同非法行为的关系，成为突出特点。

这起仲裁案自始就建立在菲律宾一系列违法行为和非法诉求基础上，临时仲裁庭不具合法性，没有管辖权。这种变了味、走了调的仲裁本应为国际社会不齿，但以美国为首的一些国家却奉若至宝，大肆渲染。2016年7月13日，美国前太平洋司令布莱尔在美国国会听证会上表示，美国"应当愿意使用军事力量"反对中国在南海争议岛屿进行的活动。14日，日本首相安倍晋三启程赴蒙古国寻求"针对南海仲裁的七国集团声明"。面对国际社会对中国的广泛理解和支持，极少数国家还不太甘心。

但凡对此案有所了解的人都清楚，菲律宾阿基诺三世政府单方面提起仲裁的行为本身即违反与中国达成的通过双边谈判解决南海争议的协议，违背自己在《南海各方行为宣言》中的承诺，违背《联合国海洋法公约》有关适用争端解决程序的规定；临时仲裁庭建立在菲律宾违法行为和非法诉求基础上，对本案不具有管辖权，却肆意扩权和越权，强行对属于习惯法管辖的历史性权利、岛礁领土地位和海洋划界相关问题进行审理，严重违背《联合国海洋法公约》授权，构成对国际法治的粗暴践踏，冲击当代国际关系的基本准则。这是世界上所有珍视和平稳定和爱好国际公平正义的国家和人民所不能接受的。

中国政府一贯坚持通过谈判协商解决争议，坚持全面完整落实《南海各方行为宣言》，反对缺乏国际法基础的所谓仲裁庭扩权和越权。早在所谓仲裁结果出来之前，中国的立场主张就得到大量国家的认同。4月初，斯里兰卡总理维克勒马辛哈访华期间，同中国发表联合声明支持中方有关立场。4月18日，中国外长王毅同俄罗斯外长拉夫罗夫、印度外长斯瓦拉吉共同发表联合公报，呼吁所有相关争议应由当事国通过谈判和协商解决，全面遵守《联合国海洋法公约》《南海各方行为宣言》。之后几个月，支持中方在处理和解决南海问题上立场的国家越来越多。许多国家根据事情本身的是非曲直，在国际公平正义大旗下汇成了一支无形的"正义联盟"，为了维护国际法治挺身而出，振臂高呼。目前，已有70多个国家和国际、地区组织发表声明，对中国的立场表示理解和支持。此外，还有很多世界各地的智库学者，抛除政治偏见，从法律、历史等学术层面对中国立场纷纷表示认同，这其中不乏美国、英国、澳大利亚、德国等西方国家的各领域专家。

以美国为首的一些国家企图凭借话语"霸权"发动一场针对中国的舆论"围剿"，但中国有句俗话说得好，身正不怕影斜。美国等西方国家意欲陷中国于孤立之境，却忘了这世上还有比个别西方媒体鼓噪更能打动人心的力量，那是"德不孤，必有邻"的志同道合；却忘了世上还有比抱团施压、拉帮结伙更加汹涌澎湃的力量，那是人间正道的不可阻挡之势。

中国的立场代表了国际正义，支持中国的正义声音是国际社会的主旋律，不是几个人的狂言呓语所能改变的。

（《人民日报》2016年7月18日）

坚持以"双轨思路"处理南海问题

中国是南海最大沿岸国，实现南海地区的和平稳定和繁荣发展是中国利益所在，中国愿同东盟国家一起走合作共赢道路

2016年7月18日，南海问题与区域合作发展高端智库学术研讨会在新加坡举行，东南亚多国知名学者同中国学者一道，就"南海争端解决机制""南海争端解决途径"以及"南海区域合作与发展"等议题展开对话。在菲律宾南海仲裁案对南海局势形成干扰的背景下，这样一场研讨会很有意义，有助于人们辨清究竟以什么途径处理南海问题、朝着什么方向推进中国东盟关系，才是真正有益于地区长治久安的正确选择。

纵观菲律宾南海仲裁案整个过程，一系列事实表明，菲律宾在美国的推动下炒热南海问题，不是为了解决菲律宾与中国之间的争议，而是企图借此否定中国在南海的领土主权和海洋权益，其出发点完全是恶意的。尽管仲裁案策划者试图把本案包装为无关领土主权和海洋划界问题，但菲律宾阿基诺三世政府外交部却在正式文件中露出了马脚，宣称本案是"为了保护我们国家的领土和海域"。仲裁案的实质清清楚楚，难怪乎参加此次研讨会的多位东南亚学者纷纷对其表达质疑和批评。

中菲南海争议存在已有几十年，关于如何管控争议，中菲一度达成了共识，明确了稳定局势、靠谈判解决争议的目标。20 世纪 80 年代，中国在解决南海问题上提出了"搁置争议，共同开发"倡议，这首先是对菲律宾提出的。1995 年 8 月，中菲共同发表联合声明表示，"争议应由直接有关国家解决"；"双方承诺循序渐进地进行合作，最终谈判解决双方争议"。需要特别指出的是，声明表述中的"最终"一词明显是为了强调"谈判"是双方已选择的唯一争端解决方式，并排除包括第三方争端解决程序在内的任何其他方式。2002 年，中国同包括菲律宾在内的东盟十国共同签署《南海各方行为宣言》，承诺通过谈判协商解决南海有关争议。此后，2004 年9 月中菲联合新闻公报、2011 年 9 月中菲联合声明等双边政治文件，一再确认《南海各方行为宣言》所作承诺。由此可见，菲律宾单方面提起非法仲裁，纯属背信之举，明显违背国际法强调的"约定必须遵守"原则。泰国法政大学法学院教授普拉斯特·阿卡普特拉在此次研讨会上发问："根据《南海各方行为宣言》，所有东盟国家都需要首先就争端同中国进行对话磋商，我很想知道，为什么菲律宾要提交仲裁申请？为什么不先同中国展开磋商谈判？"类似问题，可以说代表了地区人士基于南海问题历史经纬所作出的客观理性思考。

所谓仲裁结果公布后，中国政府发布了题为《中国坚持通过谈判解决中国与菲律宾在南海的有关争议》的白皮书。白皮书的标题，即清楚表明中国坚持回到谈判桌前的建设性立场。用出席此次研讨会的一位新加坡学者的话说，如此选择，其根基正是在于"解决实际问题的政治决心"。

一段时间以来，尽管某些政治力量在放大仲裁案"作用"、制造中国同东盟国家裂缝方面倾注了很大精力，但中国始终坚持以"双轨思路"处理南海问题、维护中国东盟合作大局的政策立场。"双轨思路"即有关具体争议由直接当事国在尊重历史事实和国际法基础上，通过谈判协商和平解决；南海和平稳定由中国和东盟国家共同加以维护。南海问题不是中国和东盟之间的问题。东盟一向承诺在南海问题上持中立立场，不介入具体争议。中国是南海最大沿岸国，实现南海地区的和平稳定和繁荣发展是中国利益所在，中国愿同东盟国家一起走合作共赢道路。

（《人民日报》2016年7月19日）

谈判协商才是解决问题之道

中菲切实回到谈判协商解决分歧的正确轨道上，才是对两国关系的长远发展负责，对两国人民的福祉负责

一段时间以来，菲律宾南海仲裁案成为横亘在中菲关系间的一道鸿沟。菲律宾阿基诺三世政府在2013年单方面就中菲南海争议提起的所谓强制仲裁，背离了国际法，背弃了与中方达成的共识，也让中菲关系渐行渐远。中国与菲律宾作为搬不走的邻居，实现关系健康稳定发展符合两国人民共同的利益，推动中菲关系走向改善成为当务之急。

中菲有着悠久的友好交往史。早在唐宋时代，两国就开始了贸易往来。

明朝永乐年间，中国航海家郑和的船队曾多次抵菲。1417年，菲律宾苏禄王不远万里访问中国，受到隆重接待，后因病客死山东德州，永乐皇帝为他厚葬、立碑并亲撰碑文，其后代至今还在德州居住。菲民族英雄、国父黎刹祖籍福建晋江，中国著名抗日将领叶飞出生在菲律宾奎松。

中菲两国于1975年正式建立外交关系，此后双边关系发展总体顺利。两国政府建立了多层次交流与合作机制，高层互访频繁。在南海问题上，中菲双方还就通过双边谈判协商解决达成重要共识。1995年8月，中菲就南海问题发表联合声明，表示"双方承诺循序渐进地进行合作，最终谈判解决双方争议"，"争议应由直接有关国家解决"。2000年，中菲两国政府发表关于21世纪双边合作框架的联合声明，表示"同意根据公认的国际法原则，包括1982年《联合国海洋法公约》，通过双边友好协商和谈判促进争议的和平解决"。直至2011年9月的中菲联合声明中，两国领导人还"重申将通过和平对话处理争议"。

如延续上述交往势头，切实落实两国高层共识，中菲关系应有良好的发展前景。然而，随着2010年7月阿基诺三世就任总统，2011年2月德尔罗萨里奥出任菲外长，菲律宾在对华关系上，尤其是南海问题上逐渐改变立场，中菲关系发生逆转。2012年4月，菲律宾军舰在黄岩岛海域非法袭扰中国渔船渔民。2013年1月，菲律宾单方面提起南海仲裁案。5月，菲律宾图谋在南沙群岛仁爱礁采取新的侵权行动。2014年3月，菲律宾再次图谋在仁爱礁加固"坐滩"军舰。

短短几年时间，中菲关系一路下滑，面临困难局面，先辈们为中菲友好关系作出的贡献几乎被遗忘，关心中菲关系发展的人无不感到痛心疾首。究其根本，是阿基诺三世政府在南海问题上误读误判，把中菲关系抛置脑后，企图把南海局势搅乱，浑水摸鱼，捞取实利。

中国人一贯崇尚"以和为贵"的理念，面对纷繁复杂的局势和恶意的挑衅，我们还是愿意通过对话沟通心平气和地去解决问题。唯有当事方面对面进行双边沟通，才是解决问题的最好方式。对于当前的中菲关系，只有回归双方共识，坚持谈判协商，坚持全面有效落实《南海各方行为宣言》，真正缓解和管控海上局势，才能使双边关系回到健康发展的正确轨道。中方自始至终为此而努力，本地区人民有目共睹。

人们注意到，菲律宾总统杜特尔特和菲新政府已作出有关妥善处理中菲分歧、推动中菲关系改善的积极表态，这是值得欢迎的信息。人们更期待，菲律宾新一届领导人和新政府展现政治智慧，从中菲两国和两国人民的共同利益出发，为中菲关系未来和两国人民福祉做出正确选择。

南海仲裁案不过是场政治闹剧。中菲切实回到谈判协商解决分歧的正确轨道上，才是对两国关系的长远发展负责，对两国人民的福祉负责。

(《人民日报》2016 年 7 月 21 日)

中国维护南海和平稳定的决心坚定不移

不接受、不承认所谓南海仲裁案仲裁结果，体现了中国维护南海和平稳定的坚定决心

日前，中国政府发布题为《中国坚持通过谈判解决中国与菲律宾在南海的有关争议》白皮书。白皮书强调，中国一贯遵守《联合国宪章》的宗旨和原则，坚定维护和促进国际法治，尊重和践行国际法，在坚定维护中国在南海的领土主权和海洋权益的同时，坚持通过谈判协商解决争议，坚持通过规则机制管控分歧，坚持通过互利合作实现共赢，致力于把南海建设成和平之海、友谊之海和合作之海。

南海和平稳定对中国和周边国家的安全与经济发展至关重要。菲律宾阿基诺三世政府单方面提起南海仲裁案，是对南海和平稳定的严重干扰和恶意破坏。中方不接受、不承认所谓南海仲裁案仲裁结果，体现了中国维护南海和平稳定的坚定决心。中国一直在为南海和平稳定作出各种努力。

中国深化与东盟国家的传统友谊与交流合作，奠定了南海和平稳定的政治基础。中华民族历来爱好和平，中国政府一贯奉行睦邻友好、亲诚惠容的周边外交政策。中国与东盟国家的深厚历史友谊和密切交流合作是南海和平稳定的政治保证。在南海问题上，中国的倡议体现了解决南海争议的诚意。中国首先提出"搁置争议，共同开发"，近年又积极倡导"双轨思路"，并提出一系列促进海上合作的倡议和措施。中国愿意全面有效落实《南海各方行为宣言》，积极推进"南海行为准则"磋商。作为南海的沿岸国，中国和东盟成员国在南海问题上的共同利益远大于分歧，只要各方坦诚沟通、相向而行，中国与东盟国家有意愿、有能力、有办法共同维护南海和平稳定。域外国家应尊重中国与东盟国家维护南海和平稳定的自主努力，摆正自身位置，发挥建设性作用。

中国坚定支持南海的航行与飞越自由，以发挥南海和平稳定的巨大价值。古老的海上丝绸之路把中国与世界联系在一起，600年前，中国航海家郑和曾远涉鲸波，通过中国南海远渡东南亚、印度洋，带去了友好交流和平等贸易。如今，中国40%的货物贸易和80%的进口能源经过南海，这不仅仅是中国的利益，而且是世界各国共同的利益。中国作为南海航行自由与安全的受益者，必然也是南海和平稳定的坚定维护者。中国高度重视南海国际航道的安全畅通，一贯尊重并维护各国依国际法在南海享有的航行和飞越自由，积极参与到包括打击海盗和海上犯罪在内的诸多国际努力和国际机制中。在中国和东盟国家的共同努力下，各国船舶和飞行器在南海一直享有充分的航行和飞越自由并受到妥善保障，南海国际航道安全畅通，贸易繁荣稳定。

中国致力于通过谈判协商和平解决南海有关争议，以提供南海和平稳定的根本保障。中国一直相信，当事国在友好合作基础上进行谈判协商是解决国际争端最直接、最有效和最普遍的途径，历史事实反复证明了这一点。

道阻且长，行则将至。南海目前虽然存在一些争议和问题，但放到历史发展长河中看，有关争议和问题是暂时的，和平与发展才是各方追求的长远目标。有关国家当有"不畏浮云遮望眼"的定力，坚定信心，通过谈判协商和平解决有关争议和分歧，共同维护南海地区的和平稳定。

（《人民日报》2016年7月22日）

"透视解剖·临时仲裁庭底色"系列述评

人民日报记者 胡泽曦 张梦旭

编者按：菲律宾南海仲裁案临时仲裁庭于 2016 年 7 月 12 日作出的所谓最终裁决错误百出，令人瞠目。中国在南海的领土主权和海洋权益在任何情况下不受所谓菲律宾南海仲裁案裁决的影响，中国不接受任何基于该仲裁裁决的主张和行动。然而，为了澄清事实，有效维护国际法治尊严，我们还是有必要将临时仲裁庭打着《联合国海洋法公约》旗号行违反《公约》之实的做法彻底讲清楚。

"自我授权"暴露法律常识缺失

人民日报记者 胡泽曦

众所周知，菲律宾南海仲裁案涉及中国同菲律宾在南海的领土主权和海洋划界之争。菲律宾外交部在一份声明中也曾说过：本案是"为了保护我们国家的领土和海域"。中国从一开始就清楚表明不接受、不参与的原则立场。首先，领土问题不属于《公约》调整范围。关于海洋划界问题，《公约》正文第 298 条明确规定，缔约国可以作出排除性声明。中国早在 2006 年即根据此规定，将涉及海洋划界、历史性海湾或所有权、军事和执法活动等方面的争端排除出《公约》强制争端解决程序。其次，《公约》正文第十五部分第280条规定，"本公约的任何规定均不损害任何缔约国于任何时候协议用自行选择的任何和平方法解决它们之间有关本公约的解释或适用的争端的权利"；第281条规定，"作为有关本公约的解释或适用的争端各方的缔约各国，如已协议用自行选择的和平方法来谋求解决争端，则只有在诉诸这种方法仍未得到解决以及争端各方间的协议并不排除任何其他程序的情形下，才适用本部分所规定的程序"。由于中菲之间已就通过谈判解决争议作出明确选择，《公约》规定的第三方强制争端解决程序显然不适用。

中方立场的法理依据如此明确，但临时仲裁庭还是自我授权，认定对本案拥有管辖权。对此，临时仲裁庭着重强调以下两条依据：第一，《公约》第288条规定，"对于法院或法庭是否具有管辖权如果发生争端，这一问题应由该法院或法庭以裁定解决"；第二，《公约》附件七规定，"争端一方缺席或不对案件进行辩护，应不妨碍程序的进行"。

稍有法律常识的人都知道，一部法律各项条款不可能"打架"。有了中方阐述不接受、不参与立场时援引的《公约》第280条、第281条、第298条，临时仲裁庭无论如何也无法令人信服地根据《公约》第288条得出有管辖权的结论。

《公约》附件七能给临时仲裁庭带来对本案的管辖权吗？国家海洋局海洋发展战略研究所副研究员密晨曦接受本报记者采访时指出，《公约》正文和附件虽然都是《公约》的组成部分，但附件只是就程序性问题做出规定，在具体执行过程中应与《公约》正文保持一致，不应违背《公约》正文体现的精神和确立的内容。《公约》正文第十五部分"争端的解决"之目的，是促使缔约国以和平方法解决有关《公约》的解释或适用的争端，缔约国有权选择任何和平方法解决争端，附件七仲裁程序的强制适用需受到诸多条件限制。《公约》作为经过长期谈判、平衡各方利益的产物，在第十五部分第三节中规定了适用强制程序的限制和例外，是缔约国就关乎其重要利益的争端自行选择和平解决方法的法律保障。《公约》开篇提及"在妥为顾及所有国家主权的情形下，为海洋建立一种法律秩序"，并在正文中多处提到了"历史""历史性"或"历史上"等表述，体现了对国家主权以及历史上既已存在的权利的尊重。对于并非依据《公约》而产生的且《公约》中又无明确规定的事项，应以一般国际法的规则和原则为准据。附件七仲裁程序需得到善意和谨慎使用，不应成为个别国家包装、粉饰诉求进行滥诉的工具。国家海洋局海洋发展战略研究所副所长贾宇表示："（临时仲裁庭）选择性地拎出于己有利的条款，忽略相关其他条款，有损《公约》的完整性。这不是一个公平、公正、客观和有说服力的裁决，没有法律拘束力。"

不少国外法律界权威人士也对临时仲裁庭越权管辖表示质疑。联合国国际法委员会前主席、联合国国际法院特别法官布朗利强调："一般国际法上不存在解决争端的义务，以正式法律程序寻求解决的程序取决于当事各方的同意。"争端提交国际仲裁，通常都需经当事国达成合意，尊重当事方意愿才是体现"各国主权平等的一种必然结果"。

南海仲裁案几位仲裁员都是专业法律人士。他们何以法律常识缺失到如此地步，连一部法律的正文和附件之间的关系都搞不清楚？想必当事人心里最清楚。背地里打着小算盘，甘心扮演某些势力操纵的南海仲裁案这出政治闹剧的前台玩偶，那也只好揣着明白装糊涂了。这样几个对法律缺少起码敬畏之心的"法律人士"，败坏了个人声誉还是小事，其不负责任之举破坏国际法治严肃性、给世界添乱，恐怕就不能等闲视之了。

新加坡国立大学东亚研究所所长郑永年强调，南海问题是一个政治而非法律问题，只有在双方都同意的情况下，才能诉诸法律途径，如果任何一方不同意，就意味着法律途径无效，"这个判决如果生效，将会成为地区不稳定的因素，甚至给世界带来大麻烦"。诸多来自西方国家的专业人士也对临时仲裁庭滥用强制仲裁程序表示担忧。在他们看来，如果今后其他国家也效仿菲律宾的恶诉先例，只要将领土和海洋划界问题包装成《公约》解释和适用问题即可提交仲裁，不仅会让30多个缔约国所作排除性声明成为一纸空文，也将伤害《公约》争端解决机制的信誉，对现行国际秩序构成重大威胁。英国牛津大学国际公法副教授安东尼奥斯·察纳科普洛斯、英国外交部前法律顾问克里斯·沃默斯利指出，临时仲裁庭允许菲律宾背弃承诺推进强制仲裁，这种处理方式或将造成"恶法"，对国际关系的整体稳定造成潜在破坏。

中国是国际法治的缔造者、维护者和建设者，一贯反对任何对国际法"合则取，不合则弃"的虚伪做法。临时仲裁庭的拙劣表演动摇不了中国维护国家主权和领土完整的决心，动摇不了中国致力于在国际法治基础上维护地区和国际和平与稳定的意志。

(《人民日报》2016年7月22日)

历史性权利理应优先考虑

人民日报记者 胡泽曦 张梦旭

中国在南海的历史性权利是在历史过程中形成的，具有充分的历史和法理依据，受到包括《联合国海洋法公约》(以下简称《公约》)在内的国际法保护。然而，菲律宾南海仲裁案临时仲裁庭7月12日作出的所谓最终裁决，却对中国在南海的历史性权利予以否定。

所谓最终裁决认定，"即使中国曾在某种程度上对南海水域的资源享有历史性权利，这些权利也已经在与《公约》关于专属经济区的规定不一致的范围内归于消灭"，"中国对'九段线'内海洋区域的资源主张历史性权利没有法律依据"。

历史性权利的形成远在《公约》产生前，这部法律也多有"历史""历史性"或"历史上"等表述。在确定一国所享有的海洋权益时，历史性权利理应被优先考虑。对临时仲裁庭滥用《公约》的行为，国际法专家纷纷表示质疑并提出批评。

综观国际实践，各国通过长期实践取得的历史性权利复杂多样。正因如此，在《公约》起草和形成过程中，并未对历史性权利作出统一规定，也未说要以《公约》规定替代历史性权利。相反，《公约》将其留待由一般国际法规范，并在《公约》中多处体现对历史性权利的尊重。比如，《公约》在第298条对强制管辖的排除性条款中，明确把"历史性所有权"排除在外。临时仲裁庭强行将历史性权利纳入《公约》的解释或适用范围，超越《公约》赋予的裁判授权。

武汉大学中国边界与海洋研究院院长胡德坤对记者表示，中国在南海的领土主权和海洋权益是在2000多年的历史实践中形成的，有着充分的历史依据，这种历史性权利依一般国际法形成，受一般国际法规范的保护。此外，早在1948年，中国政府就在公开发行的官方地图上标绘了南海断续线，确认了中国对南海诸岛及其附近海域的主权和相关海洋权益，中国在南海权益主张远早于《公约》签署的时代，它不可能被《公约》所否定。从国际法实践看，传统的划界行为都是在尊重传统习惯线的基础上划定的边界。

国家海洋局海洋发展战略研究所副所长贾宇接受本报记者采访时说："《公约》哪一条说过与《公约》不一致的权利要归于消灭？国际法院有这样的判决先例吗？有相关的国际法实践吗？这明显是对《公约》的误读，是不能取信于人的。临时仲裁庭仲裁员显然对东方历史文化很不了解，认知很不全面。中国人民经营南海有2000多年的历史，留下那么多的遗迹和证据，这些仲裁员在南海历史方面需要认真补课。"贾宇表示，《公约》并不是国际法的全部，其规定并未穷尽全部海洋法的规则，一般国际法规范也是国际法的重要组成部分，《公约》也有条款明确指出未予规定部分适用一般国际法。历史性权利恰恰来源于一般国际法规范，就是《公约》本身并不排斥在它之前已经形成并被持续主张的历史性权利。

国家领土主权与海洋权益协同创新中心研究人员雷筱璐认为，就中国在南海历史性权利相关裁决本身的技术问题来看，临时仲裁庭在事实认定、法律适用以及逻辑推理等方面都存在问题。

第一，临时仲裁庭对有关南海断续线的裁决有越权裁判之嫌。本案是由菲律宾单方面提起的所谓《公约》附件七下的仲裁程序，即便按照临时仲裁庭和菲律宾在历史性权利问题上的有关逻辑，中菲之间的争议也显然不可能涵盖整个南海或南海断续线，根据一般国际司法和仲裁实践，仲裁庭或法庭处理的争议只能限于当事方之间发生的争议。但在本案中，临时仲裁庭的裁决一直是针对中国在整个南海断续线内的权利主张而作出的，其结论也针对整个南海断续线。面对菲律宾超越其权利提出的诉求，仲裁庭全盘接受、越权裁判，将其裁决适用到整个南海断续线，显然违背了一般国际司法和仲裁的原则和做法。

第二，在中国在南海断续线内历史性权利认定方面，仲裁庭明显预设立场，对重要事实的认定有失偏颇。中国驻菲律宾使馆2011年向菲律宾外交部提交的照会曾明确指出，菲律宾进行石油招标的区块位于"中国享有历史性所有权的水域，包括主权权利和管辖权"。临时仲裁庭为了证明有关结论，竟然认为中国的有关照会中使用"历史性所有权"是"翻译错误"。可见，临时仲裁庭在有关问题上预设立场，对中国有关主张存在偏见，并没有按照一般国际司法和仲裁实践的做法，仔细分析和推断中国南海断续线主张，其裁决只能建立在错误的事实认定基础上，失去公正的事实基础。

第三，临时仲裁庭在裁决中忽视一般国际法和国家实践的作用，牵强解释《公约》有关条款，有关论断缺乏法律依据。仲裁庭首先考察《公约》与一般国际法和历史性权利的关系，但其采用的方法是将《公约》第311条中有关《公约》与其他条约关系条款扩大适用到《公约》与一般国际法和历史性权利的关系问题上。进而，临时仲裁庭通过武断解释《公约》专属经济区和大陆架权利的专属性问题，否认《公约》对历史性权利的尊重和肯定，认为《公约》专属经济区和大陆架制度的建立，已经覆盖了对生物和非生物资源的历史性权利。事实上，根据《公约》序言，《公约》没有规定的事项，应由一般国际法继续调整。对于《公约》与一般国际法之间的关系，以及《公约》与国家非主权性历史性权利主张之间的关系等《公约》没有规定的问题，临时仲裁庭理应转而客观分析国家实践和国际司法实践,得出更为理性的结论。但临时仲裁庭忽略国际法实践的作用,忽略《公约》序言对一般国际法的尊重,强行解释《公约》有关条文,不仅完全脱离了《公约》上下文,背离了《公约》宗旨和目的,其结论也明显偏离了国家实践。

了解南海问题真相的国际人士也纷纷表示,中国在南海历史性权利有充分的历史和法理依据。泰国著名国际问题专家、法政大学政治科学学院教授素拉猜·诗里皆表示,众多史料表明,中国先民早在2000多年前就已经开始在南海活动,中国最早发现、命名并开发利用南海诸岛及相关海域,最早并持续、和平、有效地对南海诸岛及相关海域行使主权和管辖,因此中国在南海拥有受国际法尊重的历史性权利。美国电视节目《世界纪录片》制片人、作家肯·麦尔科德表示,中国在南海的活动历史悠久,这些都是有文献记载的,而且中国渔民在命名南沙群岛的地名时还有自己的一套体系。关于中国渔民在南海地区的活动,英国、法国的一些文献也有记载。

临时仲裁庭所谓最终裁决公布后,中国政府第一时间发表声明,再次阐明了中国在南海所拥有的领土主权和海洋权益,包括中国对南海诸岛拥有主权;中国基于南海诸岛主权拥有内水、领海、毗连区、专属经济区和大陆架;中国在南海拥有历史性权利。中国虽大,但老祖宗留下来的基业一寸都不能丢。一纸违背国际法的仲裁裁决抹杀不了历史事实,否定不了中国在南海的权益主张,更动摇不了我们维护领土主权和海洋权益的决心和意志。

(《人民日报》2016年7月23日)

"变岛为礁"就是指鹿为马

人民日报记者 胡泽曦

太平岛是南沙群岛中最大的岛屿,岛形如梭,林木茂盛。回顾历史,中国人民在太平岛的生产生活实践充分证明，太平岛是岛，完全能够维持人类居住或其本身的经济生活。然而，菲律宾南海仲裁案临时仲裁庭7月12日作出的所谓最终裁决却对太平岛的岛屿地位予以否定。

临时仲裁庭认定，"（历史上）渔民对这些岛礁的短暂的利用不能构成稳定的人类社群的定居，以及历史上所有的经济活动都是纯采掘性的"，因此"南沙群岛的所有高潮时高于水面的岛礁（例如包括太平岛、中业岛、西月岛、南威岛、北子岛、南子岛）在法律上均为无法产生专属经济区或者大陆架的'岩礁'"。

无论从历史事实还是法理逻辑来讲，这一裁决都令世人大跌眼镜，因而遭到广泛批评。

历史上，中国渔民曾常年居住在太平岛上，进行捕捞、挖井汲水、垦荒种植、盖房建庙、饲养禽畜等生产生活活动。对此，中国渔民世代传承下来的《更路簿》有明确记载。1947年3月，中国政府在太平岛设立南沙群岛管理处，隶属广东省。中国还在太平岛设立气象台和电台，自当年6月起对外广播气象信息。自20世纪50年代以来，中国台湾当局一直驻守在南沙群岛太平岛，设有民事服务管理机构，并对岛上自然资源进行开发利用。

国外相关史料对中国人民在太平岛的生产生活实践也多有记载。1868年出版的英国海军部《中国海指南》提到南沙群岛郑和群礁时指出："海南渔民，以捕取海参、介壳为活，各岛都有其足迹，也有久居岛礁上的"，"在太平岛上的渔民要比其他岛上的渔民生活得更加舒适，与其他岛相比，太平岛上的井水要好得多"。1923年英国海军部出版的《中国海指南》一书记载，太平岛"常为海南渔民所栖止，捕取海参及贝壳等"。1933年9月在法国出版的《彩绘殖民地世界》杂志记载，太平岛、中业岛、南威岛等岛屿上植被茂盛，有水井可饮用，种有椰子树、香蕉树、木瓜树、菠萝、青菜、土豆等，蓄养有家禽，适合人类居住。

国家海洋局海洋发展战略研究所副所长贾宇接受本报记者采访时说，对国际社会经过平衡妥协达成的《联合国海洋法公约》（以下简称《公约》）条款,临时仲裁庭随意解释和具体化,提出了可以主张专属经济区和大陆架的岛屿的条件——在自然状态下能维持一个稳定的人类社群或不依赖外来资源或纯采掘业的经济活动的客观承载力。这种武断而苛刻的解释缺乏国家实践支持,也无其他国际司法或仲裁机构裁判的先例。临时仲裁庭自设标准,预设结论,就南沙群岛特定岛礁的法律地位作出裁决,把南沙群岛中最大的太平岛降格为礁,令人瞠目。2016年3月中国台湾地区有关国际法学术机构提交的"法庭之友意见书"表明,中华先民在太平岛的居住,以及关于太平岛淡水、土壤、植被等涉及农业生产、经济生活等方面情况的几十项证据,足以证明太平岛可以划设领海、专属经济区和大陆架等管辖海域。一些国际知名专家、学者和媒体人士还曾亲临太平岛,见证了太平岛具有国际法上的岛屿属性。临时仲裁庭置明显的事实和法理于不顾,对太平岛的客观证据视而不见,也没有援引任何有分量的国际判例或其他国际法渊源,其裁决显然背离客观公正的法治精神。按照临时仲裁庭的逻辑,太平洋上的一些小岛屿国家,恐怕国将不国。台湾东吴大学法学院国际法教授程家瑞也认为,在岛礁地位问题上,国际法学界普遍认为太平岛是自然岛屿,而临时仲裁庭却在这一问题上荒唐地作出错误推断。

  国家领土主权与海洋权益协同创新中心研究员黄伟对本报记者表示,即便抛开临时仲裁庭对太平岛法律地位问题根本不具有管辖权的前提,仅就临时仲裁庭此部分裁决的事实认定和法律适用及推理论证来看,其做法也完全经不起推敲。

  首先,中国向来以南沙群岛整体来主张相关海洋权益,从未以太平岛或其他岛礁单独主张海洋权益。然而,临时仲裁庭却将太平岛和其他岛礁从南沙群岛整体中强行"切割"出来,大篇幅讨论所谓《公约》第121条在判定这些岛礁法律地位时的适用问题。与此形成强烈反差的是,临时仲裁庭对中国南沙群岛整体适用《公约》第7条、第46条和第47条的问题,却仅用区区三段文字就结束讨论并草率得出结论。事实上,关于这些条款能否适用于大陆国远洋群岛问题,十分复杂,国际社会迄今尚无明确结论和一致做法。

临时仲裁庭如何通过三言两语即得出不能适用的结论？如此轻率、武断，实在有违国际司法和仲裁应有的审慎作风。

其次，关于何为"维持人类居住"和"维持其本身的经济生活"（《公约》第 121 条关于岛屿的规定之一）问题，国际法向来无明确规定，国家实践亦无一致做法，国际司法和仲裁实践则一直避而不谈，学界观点更是莫衷一是。对此，临时仲裁庭均已注意到且明确承认该现状，但它仍以推进案件审理为由，不惜自设所谓标准。同样，临时仲裁庭也注意到，其所谓标准目前尚无成文法和实践予以支撑，学界也缺乏支持言论，但临时仲裁庭仍执拗地将其适用于判定南沙岛礁的法律地位。"法官"如此"造法"，世所罕见。更为严重的是，明知所谓标准作为法律依据站不住脚，却仍强行适用于解决所谓"争端"，显然无助于解决争端，反使争端更趋复杂。

再次，太平岛法律地位问题最初并不在菲律宾诉求内，后经临时仲裁庭在管辖权裁决中提示，为论证美济礁和仁爱礁周围 200 海里范围内不存在中国任何岛屿，进而论证中菲之间不存在专属经济区和大陆架主张重叠区域和相关划界需要，并最终规避适用中国有关排除性声明，菲律宾在后续实体问题的庭审中引入了对太平岛法律地位的讨论。这从侧面解释了，一群所谓"法律精英"为何会在一番精巧的逻辑推演后得出"太平岛是礁不是岛"的结论。如此预设结论，再精心编制理由，显然有违中立公正的要求。

黄伟指出，临时仲裁庭相关裁决对今后国家实践、国际司法和仲裁审理将产生恶劣而深远的影响，同时也可能对现行国际海洋法律秩序造成严重冲击，甚至引发地区冲突，危害地区和平稳定。目前世界上有不少小岛屿国家，这些国家不仅面积小，而且往往本身的资源无法支撑岛上人民的生活和生产需要。但这些国家已经主张 200 海里专属经济区和大陆架，且大多未遭到反对。如果按照临时仲裁庭的逻辑，这些国家无疑只能是"岩礁"，不能产生 200 海里专属经济区和大陆架。此外，国际上还有一些虽不符合临时仲裁庭所谓标准但被此前国家实践默认为产生专属经济区和大陆架的岛屿。如果相关利益国借用临时仲裁庭的所谓标准对这些岛屿进行发难，又岂不是会为新的

冲突埋下种子？

国外法律界人士也对临时仲裁庭"变岛为礁"、为相关国际法实践制造恶劣先例的做法提出了批评。泰国法政大学教授素拉猜·诗里皆表示,临时仲裁庭违反《公约》,妄定岛礁地位,得出了可笑无知的结论,甚至认为南海面积最大、拥有淡水资源的太平岛"不能维持人类居住",这种判决实在难以让人信服。菲律宾挑起的这场仲裁闹剧,在世界范围内开了一个恶劣先例。

事实清楚表明,太平岛完全符合《公约》第121条关于岛屿的要件。任何政治力量企图否定太平岛作为岛屿的事实,都无法减损太平岛的岛屿地位,以及依据《公约》所享有的海洋权利。临时仲裁庭所谓最终裁决将太平岛定性为"岩礁",进一步暴露本案的真实动机在于否定中国对南沙群岛的主权及相关海洋权益,中国维护自身正当权益的意志和决心只会进一步坚定。

(《人民日报》2016年7月24日)

南海仲裁案暴露三大法理致命伤
——论南海仲裁案及南海问题

新华社记者 凌朔

菲律宾南海仲裁案仲裁庭书记处称，仲裁庭将于2016年7月12日公布实体问题裁决。仲裁庭建立在菲律宾单方面请求基础上，对此中方多次声明，不接受和不承认仲裁庭管辖和裁决。

但恐怕包括菲律宾、美国在内的所有人都很清楚，仲裁案解决不了南海问题。仲裁案本身存在的诸多严重法理缺陷注定了其只会加剧南海问题的复杂性和难解度。这起仲裁案不但有损国际法的公平公正，更破坏了地区安全秩序和对话机制，势必严重威胁《联合国海洋法公约》的完整性和权威性。

首先，仲裁案威胁南海地区法律和规则秩序基础。

国际法不是一部单一法律，某一部公约也无法代表国际法的全部。1945年以来，全球范围内共形成5万多份各类条约，这些条约共同构成了国际法的重要渊源。英国国际法泰斗马尔科姆·肖在其权威著作《国际法》中对"条约"的范围有过明确的定义。《南海各方行为宣言》（以下简称为《宣言》）构成了南海地区法律和规则秩序的基础。

其中，《宣言》第四条明确规定由直接当事国谈判解决有关争议。《联合国海洋法公约》（以下简称为《公约》）第十五部分明确规定，争端解决机制需首先尊重国家主权，所有争端应当首先使用缔约国自行选择的任何和平方法解决,并在整个争端解决机制中占据首要和优先地位。因此,《宣言》理应受到优先尊重、参考与援引。

遗憾的是,仲裁庭一意孤行地受理菲律宾单方面诉求,丝毫没有顾及《宣言》等已经建立的国际法规则,丝毫没有顾及正在发挥作用的对话机制、平台与框架。仲裁庭把《公约》强制凌驾于受国际法保护的既有和平对话框架之上,构成了对国际法的伤害和对地区和平对话机制的损害,这是扩权、滥权。

其次,从国际法权利看,仲裁庭扩权、滥权侵犯了《公约》缔约国所享有的权利。

美国布鲁金斯学会2016年5月发表《法律在南海问题上的局限性》报告,指出南海仲裁案存在法律局限性:一方面,所有各方都承认,仲裁庭在任何涉及主权的问题上没有管辖权;另一方面,所有各方都承认,中国先前依据《公约》第298条作出的排除性声明合法有效,中国已将涉及海域划界、历史性海湾或所有权等方面的争端排除在《公约》强制争端解决程序之外。中国、俄罗斯、法国、英国等约30个《公约》缔约国作出的各种排除性声明不是《公约》可有可无的附属物,而是《公约》解释和适用过程中不可分割的重要组成部分。

针对这样一个路人皆知的道理,仲裁庭却罔顾是非,不顾中菲南海争议的本质是领土主权和海洋划界问题这一铁一般事实,强推仲裁程序,实质性违反了《公约》赋予缔约国行使选择权排除特定类型争端的权利。

最后,从仲裁的后果看,其丝毫无助于维护南海的和平稳定。

任何国际司法案例,最终目的都是用和平方式解决分歧与矛盾、推动和平与发展。任何裁决都不能以破坏既有和平对话框架为代价,也不能给地区局势制造更多混乱与危机。《公约》第十五部分第280条明文限定,"本公约任何规定均不损害任何缔约国于任何时候协议用自行选择的任何和平方法解决它们之间有关本公约的解释或适用的争端的权利"。

但现实是,仲裁案使南海局势更加复杂,外部势力频繁介入,海上安全紧张加剧，周边国家分歧趋多，地区民生受到波及。这是试图滥用某一部公约规则解决复杂历史和政治争议。

自有仲裁案以来，中国与东盟努力促成的《宣言》正在被恶意边缘化，仲裁实质性破坏了解决地区问题的和平手段；自有仲裁案以来，美国舰机在南海区域频繁现身，紧张气氛弥漫，给原本从未担忧自由航行的各国商船平添了对未来不确定性的心理阴影；自有仲裁案以来，东盟内部分歧加剧，一些会议不欢而散，给东盟一体化进程增添新的负担；自有仲裁案以来，菲律宾一些渔民生计艰难，原本和谐的民间交往被打破。

这样的仲裁，不仅于事无补，相反使南海问题更加复杂化、政治秩序更加分歧化、安全秩序更加无序化。

南海本无事，为何生非？回顾历史与现实，在南海几千年发展史中，周边各国交往密切，相互理解，互惠互利，共同发展。今天所见的分歧，无非是外部势力挑拨的结果。究竟对谁有利，难道不值得警醒吗？

（新华社北京 2016 年 6 月 29 日电）

休想用非法裁决夺走中国主权

解放军报评论员

菲律宾南海仲裁案闹剧终于收场，其裁决令人震惊，令人愤慨。中国政府和中国人民对此坚决反对，绝不承认和接受。中国军队将坚定不移捍卫国家主权、安全和海洋权益，坚决维护地区和平稳定，应对各种威胁挑战。

这场由菲律宾阿基诺三世政府单方提起的所谓仲裁，是披着法律外衣的政治挑衅。仲裁庭罔顾基本法理，轻率开庭，武断裁决，冒天下之大不韪。

此仲裁能夺走中国领土吗？休想！南海诸岛自古就是中国领土，中国在南海的领土主权和海洋权益在任何情况下不受所谓菲律宾南海仲裁案裁决的影响。

理直气壮不接受仲裁，就是用行动捍卫国际法，因为此仲裁是场闹剧。仲裁庭的成立就有悖于《联合国海洋法公约》，更无权管辖菲方仲裁诉求。此仲裁案，实质是领土主权和海域划界问题，而领土主权不属于《公约》调整范围。仲裁庭肆意扩权滥权，在缺乏国家合意下，强行推进仲裁。"释规而任巧，释法而任智，惑乱之道也。"此闹剧是给世界和地区添乱。

仲裁不是司法，仲裁员不是法官，裁决更不是判决。那么，这场充满强权味、操控味的非法闹剧，究竟想达到什么不可告人的目的？

菲律宾阿基诺三世政府执意单方面提起的仲裁，移花接木，颠倒黑白，妄图通过仲裁手段，将侵占的我国南沙岛礁贴上所谓"合法"标签。亚当·斯密在《道德情操论》言之，"仅仅因为别人真正有用的东西对我们可能同样有用或更加有用而夺走这些东西"，"都不能得到公正的旁观者的赞同"。

作为国际秩序的建设者和地区和平的维护者，中国一贯遵守和捍卫《联合国宪章》的宗旨和国际关系基本准则，维护国际法治的公平正义，尊重和践行国际法。中国是联合国维和行动的主要出兵国和出资国，目前已有21位中国军人和警察捐躯异国他乡。对此，任何有良知者都心存感激，怎能"事修而谤兴，德高而毁来"？

枉桡不当，反受其殃。菲律宾南海仲裁案仲裁庭的非法裁决，将产生十分恶劣的影响。若将闹剧视为"合法"，将世无宁日。

国家有大有小，领土有多有少，皆属历史形成，谁都不能以任何方式，借机侵占他国领土。

中国在南海享有的主权和合法权利，是中国人民千百年来在南海开发经营、有效管辖乃至抗击列强中逐步建立的，任何人试图靠一纸裁决，掠走我们老祖宗留下来的神圣领土，都是徒劳的。当今世界，沧海桑田，靠不平等条约宰割中国领土的野蛮时代，一去不复返，我们再不会吞下损害我国主权、安全、发展利益的苦果。

中华民族信奉"和为贵"。中国坚定致力于维护南海和平稳定，致力于同直接有关的当事国在尊重历史事实的基础上，根据国际法，通过谈判协商和平解决有关争议。自1995年以来，中菲在诸多双边文件以及《南海各方行为宣言》中，都有重要共识。而菲律宾阿基诺三世政府的所作所为，背信弃诺。仲裁闹剧，不会影响中国通过直接谈判解决有关争议的政策和立场。

但是，善良的愿望无法代替强大的力量。中国人民维护领土主权和海洋权益的决心坚定不移，人民军队正在全面实施改革强军战略，不惧任何人的耀武扬威，有能力应对各种威胁挑战。不属于我们的土地，我们一寸也不要。但属于我们的领土，我们寸土不让。中国军队将坚定不移捍卫国家主权、安全和海洋权益，坚决维护地区和平稳定。一切侵害中国领土主权和海洋权益的企图都只能是妄想。

(《解放军报》2016年7月13日)

坚定不移捍卫国家主权安全和海洋权益

解放军报评论员

　　荒唐的南海仲裁案临时仲裁庭作出的所谓裁决，是一场披着法律外衣的政治闹剧，不会影响中国在南海的领土主权和海洋权益。人民军队将坚定不移捍卫国家主权、安全和海洋权益。

　　南海诸岛自古以来就是中国领土。事实早有公论，公道自在人心。"草台班子"的恶意裁决，颠倒黑白，混淆是非，是滥权、越权和霸权结合的"怪胎"，是一张充斥谎言的废纸。中国不承认、不接受该裁决，反对且不接受任何以仲裁裁决为基础的主张和行动。作为南海最大沿岸国，中国坚定维护在南海的领土主权和海洋权益的同时，坚持通过谈判协商解决争议，坚持通过规则机制管控分歧，坚持通过互利合作实现共赢。中国的一贯立场是：不属于我们的土地，一寸不要；属于我们的领土，寸土不让。

　　人民军队是维护国家主权、安全、发展利益的钢铁长城，是维护世界和平的坚定力量。抗战烽火，中国军民同仇敌忾、众志成城，给来犯之敌以当头痛击；鸭绿江畔，人民军队跨出国门、保家卫国，捍卫了地区和平稳定。无论过去、现在还是将来，人民军队捍卫国家主权、安全和海洋权益的决心和信心坚如磐石、不容置疑。

　　今天的中国，已不是当年任人宰割的中国；今天的中国军队，实力早已今非昔比。自古知兵非好战。人民军队为捍卫领土主权、国家安全而厉兵秣马，就是在为维护地区和平稳定和世界长治久安作贡献。中国人民和中国军队不信邪也不怕邪，不惹事也不怕事。毛泽东同志早就说过："我们是不是去侵略别人呢？任何地方我们都不去侵略。但是，人家侵略来了，我们就一定要打，而且要打到底。"昭昭前事，惕惕后人。任何外国不要指望我国会拿自己的核心利益作交易，不要指望我们会吞下损害我国主权、安全、发展利益的苦果。

"有一片风浪我们紧盯着，有一种号令我们等待着。"中华民族的复兴之路绝不可能在轻轻松松、顺顺当当中实现，要让南海成为和平之海、友谊之海、合作之海，还有太多的阴云需要驱除，太多的黑手需要斩断。不管风云如何变幻，不管形势如何演进，人民军队完全有决心有能力捍卫国家主权、安全和发展利益，有决心有能力为维护世界和平和促进共同发展作出更大贡献！

（《解放军报》2016年7月14日）

全面提高履行使命任务的能力

解放军报评论员

荒谬的南海仲裁案,不仅是一场"草台班子"的政治闹剧,也是某些势力在中国发展之路上围堵设障的最新戏码。看穿闹剧背后的真相,我们就应以更加从容的心态和更加坚定的步态,排除各种干扰,向着实现中华民族伟大复兴的目标奋进。

南海诸岛自古以来就是中国领土。但是,近些年来,这片原本平静的海洋,却成了某些国家挑唆、利诱域内国家兴风作浪的道场。无论是提出所谓的"南海航行自由"问题,还是派航母舰队密集巡航南海的动作,其用心都不言自明,就是要将南海的水搅浑,以便浑水摸鱼。南海仲裁案可谓这几方势力各怀心思相互利用祭出的最新大招,目的是妄图利用各种手段,围堵遏制中国。

中国的发展离不开世界和平,捍卫和平需要力量。中华民族珍爱和平,但和平无法靠谁恩赐,必须以力量捍卫。无实力而乞和平,和平必危;有力量而卫和平,和平方存。利剑在手,便可对觊觎者产生强大威慑;引而不发,亦可为和平发展提供可靠屏障。历史和现实都反复启示我们,随时履行使命任务的意识须臾不可放松,随时赢得胜利的决心片刻不能涣散。谁把刺刀插在地上,谁就可能犯致命的错误。我们要进一步增强忧患意识、危机意识、使命意识，时刻保持箭在弦上、引而待发的戒备状态，确保一旦有事能够快速反应、妥善应对。

当前，我国正处于由大向强发展的关键阶段。我们越接近世界舞台的中心，遇到的阻力就会越大；我们越发展壮大，面临的风险就会越多，发展之路注定艰难。但身为中华民族的子孙，我们就是要有五千年传承的民族自信；身为人民军队的一员，我们就要有充足的信心和决心，以只争朝夕的精神，练兵备战，应对挑战，以实际行动捍卫国家的安全、母亲的尊严。

（《解放军报》2016 年 7 月 15 日）

中国军队历来信理不信邪

钧保言

经过一番精心炮制,菲律宾南海仲裁案所谓"最终裁决"出笼了。不出所料,这一非法裁决是一出彻头彻尾的政治闹剧,临时仲裁庭罔顾法律和基本事实,对菲律宾阿基诺三世政府的非法声索,一概"落实"为仲裁结果,可谓颠倒黑白、混淆是非。然而事实就是事实,这一所谓的裁决不过是废纸一张,丝毫改变不了南海诸岛自古以来就是中国领土这一铁的事实。

主权不容侵犯,正义不能亵渎。"中国在南海的领土主权和海洋权益在任何情况下不受所谓菲律宾南海仲裁案裁决的影响。中国不接受任何基于该仲裁裁决的主张和行动。"习主席掷地有声的宣示,道出了全体中国人民的心声。史实凿凿,法理昭昭。任何势力企图以任何方式贬损或否定中国的领土主权和海洋权益,都是徒劳的。归根结底,是历史和事实不容仲裁。

一场闹剧,台前挑事者贪婪,幕后策划者阴险,暗中助推者居心叵测。从强行设立临时仲裁庭,再到裁决结果为菲律宾"量身打造",仲裁全程都有域外大国的鬼魅之影、诡异之手。南海本无事,但因为域外大国的介入,一向风平浪静的南海暗流涌动。仲裁结果出笼前,一些国家在南海公然炫耀武力,为挑事儿国家撑腰壮胆;结果出笼后,又拉帮结派,发表所谓声明,威胁恫吓,企图压迫中方接受并执行仲裁结果。这是痴人说梦。对于程序和法律适用牵强附会、证据和事实认定漏洞百出的仲裁闹剧，中国人民绝不接受，国际上一切主持公道的人们也不会认同。

值得警惕的是，南海仲裁案是披着法律外衣的政治阴谋，是一些国家针对中国设的一个局。他们拿这张废纸大作文章，恶人先告状，肆意抹黑中国，试图把"规则破坏者""现状打破者""军事扩张者"的帽子强扣到中国头上，在南海上掀起更高风浪，破坏亚太地区的和平与安宁。他们深层次的战略意图无非是遏制中国发展，延缓中国的发展速度。

中国不惹事，但也决不怕事。历经百余年坎坷，从昔日的积贫积弱到今天的世界第二大经济体，中国懂得和平之珍贵，也深知改革发展局面来之不易。然而，没有主权尊严，哪有和平发展？中国不认同"国强必霸"的陈旧逻辑，坚持走和平发展道路，绝不会搞侵略扩张，但也不会在各种挑衅面前逆来顺受、忍气吞声，不会允许自己的主权、安全、发展利益受到丝毫侵犯。

中华民族是热爱和平的民族，中国军队是维护地区和世界和平的重要力量。中国人民和中国军队历来信理不信邪，服理不服霸，不会动辄以武力相威胁，也不会动不动到别人家门口炫耀武力。到处炫耀武力不是有力量的表现，也吓唬不了谁。正如电影《上甘岭》主题歌所唱："朋友来了有好酒，若是那豺狼来了，迎接它的有猎枪。"历史已证明这绝非虚言，奉劝有关国家在南海问题上摒弃强权政治和霸权主义思维。

历史的教训，殷鉴不远。新中国在一穷二白的时候都没有向强权霸权屈服，那么现在发展起来了的中国，更有决心捍卫好自身利益。有关国家应明白一点：任你花招再多，动作再大，也改变不了南海诸岛及其附近海域属于中国的事实，也阻挡不了中国不断走向发展壮大的脚步，更动摇不了中国军队坚定捍卫国家主权安全的决心和意志。中华民族伟大复兴的历史进程，犹如大江之浩浩荡荡，是不以个别国家、个别人的意志为转移的。

这场闹剧也再次提醒我们，复兴之路前景光明，但却绝非坦途。所谓"木秀于林，风必摧之"。对中国之崛起，一些国家使绊子、卡脖子，千方百计加以围堵和遏制。我们越发展壮大，遇到的阻力和压力就会越大，面临的外部风险就会越多,这是我国由大向强发展进程中无法回避的挑战。我们既要保持战略定力,笃定前行,又要未雨绸缪,做好各种应对准备。

决不允许祖国疆土有半寸丢失,决不允许民族复兴进程被扰乱打断。"任何外国不要指望我们会拿自己的核心利益做交易,不要指望我们会吞下损害我国主权、安全、发展利益的苦果。"习主席重要指示,激励全军将士更加深刻认识到肩负的责任与使命。人民军队要始终牢记党和人民的嘱托,按照能打仗、打胜仗的要求,厉兵秣马、枕戈待旦,扎实推进军事斗争准备,加大实战化训练力度,不断提高信息化建设水平,全面提高威慑和实战能力。

"金戈铁马,气吞万里如虎。"请祖国和人民放心,正在全面实施政治建军、改革强军、依法治军的人民军队,有坚强的决心,有足够的力量,坚决维护好国家主权、安全、发展利益,坚决维护好国家发展的重要战略机遇期,坚决维护好地区与世界和平,为全面建成小康社会、实现中华民族伟大复兴提供坚强保障。

(《解放军报》2016 年 7 月 14 日)

搅乱南海不符合亚洲人民共同利益

经济日报评论员

近日,美国操纵的南海仲裁案受到国际社会的广泛质疑和批评。这一仲裁案必将成为国际法史上臭名昭著的案例。非法仲裁的操纵者和实施者并非不知仲裁的荒谬性,他们唯一期待的,就是在南海、在亚洲埋下一颗动乱的种子。

类似的套路和闹剧人们已经看到太多了。在世界的许多地方都已经或仍在产生这类闹剧所造成的恶劣后果。从早些年的科索沃、阿富汗、伊拉克战争,到近些年东欧的"颜色革命",再到中东北非的"阿拉伯之春"、叙利亚动乱,每一次打着"国际秩序""国际法""维护正义"名义插手的政治干涉、军事介入,无不给那些地区造成国家衰败、民族分裂、人民痛苦的结局。在美国等西方国家的插手和操控下,这些地区和国家本来可以在自己内部框架下解决的问题,最终演变成不可收拾的局面。尤其是中东北非地区,"阿拉伯之春"已经彻底地成为"阿拉伯之冬":从也门到突尼斯,从叙利亚到伊拉克,过往的富庶与和平已成烟云,取而代之的是无尽的动荡和苦难,数十万生命逝去,数百万人民无家可归,经济社会发展和平稳定更是遥遥无期。

如今,以美国为首的外部势力借南海仲裁案企图在南海搅风搅雨,在亚洲再一次演出悲惨剧目,亚洲人民必须对此保持高度警惕。南海问题之所以会成为一个威胁亚洲与世界和平的大问题，就是从美国推行其所谓"亚太再平衡战略"开始的。美国为了一己私利，阴险地导演了菲律宾阿基诺三世政府提起所谓南海仲裁案，强化与日本、澳大利亚、菲律宾、越南的军事关系，拉拢其他声索国来牵制中国，拼命搅浑水。美国作为没有加入《联合国海洋法公约》的国家，却大谈所谓维护国际海洋法，作为域外国家甚至不惜赤膊上阵，频频在南海地区强化军事活动。这些行径充分暴露了其不惜搞乱南海、搞乱亚洲的险恶用心！

搞乱南海、搞乱亚洲不符合包括菲律宾人民在内的所有亚洲人民的利益。

进入21世纪，亚洲经济快速崛起，亚洲生产总值、外国直接投资和贸易在世界经济体系中的地位与作用越来越重要。国际金融危机以后，亚洲经济的调整转型与欧美经济的调整转型同步进行，正在引领世界经济深度调整。多元化的增长引擎、创新驱动和合作共赢模式正在推动形成新的全球经济秩序与格局。包括菲律宾等南海周边国家在内的东盟已经成为新兴的出口加工贸易生产基地，成为亚洲经济快速崛起的受益者，环南海及其周边辐射地区更是充满希望。如果搞乱南海的图谋得逞，来之不易的亚洲的繁荣、稳定与和平都将成为泡影。

亚洲拥有世界1/3的经济总量，是当今世界最具发展活力和潜力的地区之一，南海航道连接东北亚—西太平洋与印度洋—中东地区，作为南海各国及世界其他国家的重要运输通道，占世界海运总量的一半以上。南海的和平与稳定，不仅关系亚洲国家和地区的共同利益，也关系到世界和平与发展，特别是在国际金融危机深度影响、世界经济低迷的形势下，搅乱南海局势所引发的地区动荡，将直接威胁世界经济增长。

中国不接受、不承认所谓仲裁庭的结论，不仅是坚定维护中国在南海的领土主权和海洋权益、坚持维护国际法尊严和严肃性，更是为了维护亚洲和世界的和平与发展、维护亚洲和世界各国人民共同利益。中国在南沙群岛进驻岛礁进行的相关建设活动，不仅没有减损各国在南海享有的航行与飞越自由，而且为各国的航行和飞越安全提供更多保障。从2013年到目前为止，在南海海域针对船舶发生的遇险事故中，中方就已成功救助了中外籍遇险人员3396人。过去10多年，东亚地区经济的繁荣，恰恰证明了南海的航行与飞越自由没有因为南海争议而受到任何影响。现在，这种和平与安全，在域外势力的干预下有可能受到破坏。

南海问题的最终解决，需要南海相关国家依据国际法、通过和平谈判来解决，一时难以达成共识也应从维护地区的稳定与和平角度出发逐步谈判解决。中国一直坚持通过谈判协商和平解决有关争议。任何挑动问题和争议、激化矛盾、怂恿对抗的做法，只能是搅乱南海局势，伤害亚洲人民的共同利益，亚洲人民对此应当有清醒认识。

（《经济日报》2016年7月15日）

南海仲裁案就是一场霸权主义操纵下的非法闹剧

慕 风

2016年7月12日，由海牙常设仲裁庭作出裁决的所谓"菲律宾南海仲裁案"结果最终出炉，它不仅将美济礁、仁爱礁、渚碧礁、南黛礁宣判为低潮高地，将美济礁和仁爱礁区域宣判为菲律宾的专属经济区，同时直接否定中国在U形线内的历史性主权，并将太平岛判决为岩礁，只拥有12海里的领海，而不享有专属经济区。

早在2006年，中国就根据《联合国海洋法公约》第298条在涉及主权问题上依法作出了不接受管辖的保留。在主权管辖问题上的保留是《公约》赋予中国和《公约》其他缔约国的合法权利，数十个国家在该问题上作出的保留连同《公约》其他附件一并构成了《公约》不可分割的一部分。不仅海牙仲裁法庭，即使是海牙国际法院在涉及中国海洋主权问题上，依据《公约》也并不享有对中国的管辖权。

美日等大国为了一己私利，本身并不遵守《公约》，甚至拒不加入《公约》，却在背后企图利用话语权优势操纵法庭假公济私，以达到其不可告人的目的。我们对海牙仲裁法庭利用《公约》的漏洞，通过自由裁量权裁定某些有关岛礁的地貌特征，做出违反《公约》精神的判决并不感到意外。令人惊诧的是这个自诩代表法律正义的所谓法庭竟然公然违反《公约》第298条的规定,对其根本没有管辖权的U形线的历史性主权问题作出违法的裁决,更令人震惊的是它指鹿为马,公然将太平岛判决为岩礁。海牙仲裁庭在作出这一荒谬无理判决的一刻,就已经表明撕下了其所标榜的客观、公正、中立的虚伪面纱,完全沦为了霸权的工具和跟班,在违法的道路上越走越远。

海牙仲裁庭只是一个民事仲裁机构,它和联合国海牙国际法院是两个完全不同的机构,它所进行仲裁的权威性和合法性与联合国海牙国际仲裁法庭不可同日而语。而且,所谓仲裁必须是在双方共同同意的前提下递交给仲裁庭,才可能产生令人接受的合法结果。海牙仲裁庭接受菲律宾单方面的说辞,不顾中国多次立场申明和历史事实,在中国事先依法声明不参与的情况下进行强制仲裁,不仅违背了仲裁应遵循各方平等自愿的原则,更不符合《公约》中有关强制仲裁启动的条件。其所谓的仲裁宣判没有丝毫的法律基础,没有任何现实意义。

某些国家、某些人鼓吹,在这次仲裁中,作为弱小国家的菲律宾完胜世界大国中国,体现了国际社会法治时代的到来,表明强权政治的逻辑行不通了。然而,此次所谓的仲裁,恰恰是强权政治和霸权主义作祟的结果。美日等国为分别达到本国遏制中国的阴暗目的,将菲律宾推到前台,大肆进行悲情表演,骗取国际社会某些国家的同情,而私下里两者却勾结起来操纵仲裁庭,达到打击中国,为本国攫取利益的目的。以往,在历次海洋主权争端的国际法庭判例当中,很少出现一边倒的零和结果。而这次仲裁庭给出的结果,非常清楚地暴露出了某些国家打击中国不遗余力,显示某些国家、某些人所鼓吹的法治的虚伪性。

反恐战争结束后,美国主导亚太、称霸全球的野心日益膨胀。然而,中国的崛起却日益成为美国实现其野心的战略障碍。而南海位于亚太的交通要冲,承载着世界50%的货运量,更是中国、日本、韩国和东南亚诸国的海上生命线。在美日等国看来,由哪一个国家主导南海不单纯是简单的领土主权问题,更关乎亚太地区的主导权。虽然美国在冷战时期曾明确承认中国在南海的主权,但当美国将中国作为其亚太霸权的潜在威胁之后,就逐渐调整改变了其在南海的原有立场，从承认和支持中国在南海的主权转而支持南海周边诸国侵吞中国南海的海域和领土主权。因为和中国在东海存在争端，日本也趁机想浑水摸鱼通过将南海的水搅浑从而转移其在东海方向的压力。

通过支持和操纵海牙仲裁法庭，并做出对中国不利的判决，美日等国企图实现如下几个企图：首先，通过其掌握的媒体话语权，恶化中国的国际环境，使中国维护南海主权的成本大大增加。其次，为美国在南海的军事存在找到了借口。此后，美国必将以海牙仲裁庭的仲裁为借口继续加大在南海的存在。再次，通过仲裁，打破了《南海各方行为宣言》下中国和南海有关各国达成的和平稳定局面，使得中国和有关国家的分歧激化。最后，破坏东盟内部有关国家的团结，激化东盟内部矛盾。东盟部分国家对南海提出了主权声索并分别侵占了中国南海的部分岛礁，然而，仲裁庭的所谓裁决认为的改变有关岛礁的法律定位，不仅损害中国的利益，也损害了部分国家的既得利益，从而可能激化东盟内部的矛盾。

如此，一方面通过操纵仲裁打击中国，激化中国和南海周边国家的矛盾，为美日在南海的军事存在提供理由。另一方面，激化东盟内部矛盾，更便于美日操控东盟以对抗中国。同时，还有利于减轻日本在东海的压力，为美国趁乱在韩国部署萨德系统提供机会。这些都是美日难以端上台面来的，而这才是美日的真实企图。

（作者系广东国际战略研究院研究员）

（中文国际在线 2016 年 7 月 13 日）

其名不正，其言焉顺？

福建日报记者 林 蔚

2016年7月13日，联合国官微发文称，1899年建立的常设仲裁法院不过是与国际法院位于同一建筑物内，是荷兰海牙和平宫的"租客"而已。这条说明联合国和常设仲裁法院没有关系的微博一经发布，立刻火遍全网。外交部副部长刘振民随之说明，这个仲裁庭，与位于海牙联合国系统的国际法庭毫无关系，甚至与常设仲裁法院也不是一个系统。

其名不正，其言焉顺？这样一个为菲律宾单方面提请仲裁而临时设立的仲裁庭，有何名义可以仲裁南海问题？不仅如此，临时仲裁庭的五人无一人来自亚洲，提出组成仲裁庭的国际海洋法法庭时任庭长柳井俊二是日本右翼鹰派代表人物、推进修宪和加强美日军事同盟的法律推手。实际上，仲裁庭是一个离法律公正很远、离政治操控很近的台前机构。可想而知，这样的仲裁公正性何在？仲裁庭所公布的决议就更是满纸荒唐言，一张废纸而已！

从菲律宾提请仲裁的角度来看，这也是一场菲方自编自演的闹剧。中菲南海有关争议的核心是菲律宾非法侵占中国南沙群岛部分岛礁而产生的领土问题。从历史和国际法看，菲律宾的有关主张均不成立。南海诸岛是中国固有领土。中国人民在南海的活动已有2000多年历史。中国对南海诸岛的主权和在南海的相关权益，是在漫长的历史过程中确立的。南海诸岛属于中国是第二次世界大战后国际社会的普遍认识,世界上许多国家都承认南海诸岛是中国领土。在许多国家出版的百科全书、年鉴和地图都将南沙群岛标属中国。在中国同东盟十国共同签署的《南海各方行为宣言》中,各方在《宣言》中郑重承诺:"由直接有关的主权国家通过友好磋商和谈判,以和平方式解决它们的领土和管辖权争议。"然而菲律宾却无视双方共识,一再违背己方承诺,导致中菲南海有关争议不断升级。正所谓人而无信,不知其可也?

不论事态如何发展,中国维护领土完整、主权的决心始终如一。

菲律宾以不正之名,屡发不顺之言。直至2013年1月,阿基诺政府单方面提起南海仲裁案,信口雌黄的劣行愈演愈烈。这一行径直接违背《南海各方行为宣言》,引入第三方争端解决方式,构成对宣言的伤害;侵犯中国作为《联合国海洋公约》缔约国自主选择争端解决方式的权利,滥用《公约》争端解决程序,捏造事实,曲解法律,编造谎言。

由上可知,应菲律宾单方面请求建立的仲裁庭对有关诉求没有管辖权,所作裁决是无效的,没有拘束力。中国对仲裁结果乃是堂堂正正、名正言顺地不承认、不接受。不论局势如何发展,南海因为宵小跳梁起了多大的风浪,中国人民维护领土主权和海洋权益的决心坚定不移,不动分毫。属于我们的领土,一寸也不能少!

(《福建日报》2016年7月14日)

应对"南海仲裁案"
新闻作品选

访谈报道

南海：谁希望和平 谁兴风作浪
——访中国南海研究院院长吴士存

光明日报记者 曹元龙

上

在一些当事国的不断挑衅和域外大国的推波助澜下，南海局势近年来持续紧张。谁最希望南海地区和平稳定？谁在南海兴风作浪以图从中渔利？很多问题需要追根溯源。日前，中国南海研究院院长吴士存接受了本报记者采访，向记者介绍了南海问题的来龙去脉。吴士存认为，作为南海最大的沿岸国和南海诸岛的唯一主权国，中国比任何一个国家都更加关心和致力于南海的和平与稳定。

吴士存　骆飞摄

记者： 南海诸岛自古以来就是中国领土，很长一段时间内国际社会对中国拥有南海诸岛领土主权并无歧义。为什么近年来尤其是2009年以来，南海

问题突然升温?

吴士存：南海问题实质是中国与越南、菲律宾、马来西亚和文莱等有关声索方围绕南沙群岛的领土主权和海洋管辖权的争议，是一个地区性的海洋争端。中国最早发现、命名和开发经营南海诸岛，也最早并持续对南海诸岛行使主权管辖。第二次世界大战期间，日本侵占了南海诸岛，把西沙群岛和南沙群岛合并为新南群岛，划给台湾高雄管辖。第二次世界大战结束后，当时的中国政府根据有关国际公约——1943年的《开罗宣言》和1945年的《波茨坦公告》，接收了南海诸岛。从中国恢复对南海诸岛行使主权一直到20世纪70年代之前，应该说南海地区是风平浪静的，没有所谓的南海问题。

从20世纪70年代开始，主要有两个原因诱发了南沙争议，出现了南海问题。一是20世纪60年代末70年代初，南海地区发现了丰富的油气资源，再加上1973年世界范围内的第一次石油危机，加深了人们把石油当作一种战略资源的迫切性。这是直接诱因。二是1982年诞生的《联合国海洋法公约》（以下简称《公约》）中关于专属经济区制度的设立与南海问题的产生有直接关系。一个岛屿如果符合《公约》第121条有关规定，可以维持人类居住或自身经济生活，就可以主张200海里专属经济区。所以，岛屿的价值一下子得到极大提升。再加上中国虽然接收了南海诸岛，但是长期没有派人驻守，给有关周边国家非法侵占岛礁留下了操作空间。

在我们看来，从2009年开始，域外大国的介入使得南海局势迅速升温。南海问题本来只是中国和其他有关声索国围绕南沙群岛部分岛礁的领土争议和由此引发的海洋管辖权争议。但是由于域外大国的介入，有关声索方妄图利用其介入谋求利益最大化，固化非法所得，使得南海问题演变成争端国和利益攸关方围绕地缘政治、航道控制和自然资源开发的激烈博弈。所以，南海问题的性质已经发生了变化，南海问题被扩大化了，一些声索国由争岛扩大到争海域，岛争变成海争或者水争。

记者：一些国家对中国的南海政策存在误解。中国的南海政策主要包括哪些内容?

吴士存：中国南海政策的第一条就是致力于维护南海的和平与稳定，中国既是南海和平稳定的建设者也是捍卫者。作为南海最大的沿岸国和本地区最大的经济体，没有任何一个国家比中国更加关心南海的和平与稳定。一旦南海的和平和稳定不保，利益受损最大的不是别的国家，而是中国。

第二，致力于维护南海地区的航行安全和自由。这也是国际社会尤其是一些域外大国的主要关切。作为重要的海上通道，确保各国依照国际法所享有的南海航行自由是中国和其他南海沿岸国的重要共识，事实上南沙争端产生近半个世纪以来，从来没有发生过因为争端干扰南海航行自由的事件。

第三，通过对话和协商来解决南海争端。中国一向坚持由当事国通过对话和协商的方式，来解决中国和其他声索国之间的南沙领土争议和海洋管辖权争议。这一主张不仅是中国和其他声索方通过双边和多边领域确认的共识，也是中国和东盟国家达成的重要共识，更是国际社会解决敏感和复杂的领土和边界问题的普遍选择。

第四，搁置争议，共同开发。南海问题涉及国家和争议岛礁数量之多、争议海域面积之广，世所罕见，期待如此复杂的问题在短时间内解决，应该说是不现实的。唯一可行的选择就是中国所倡导的搁置争议、共同开发，通过在争议地区推进共同开发，来积累政治互信，为最终解决南海问题创造良好的外部环境。

第五，"双轨思路"，即主张由直接当事国通过对话协商解决争议，中国和东盟国家共同维护南海稳定。"双轨思路"旨在解决东盟与域外国家对于南海和平稳定的关切，应该说是中国政府继搁置争议、共同开发之后提出来的，推动南海问题朝着正确的解决方向迈出的重要一步。

记者：中国为和平解决南海问题采取了哪些具体行动？

吴士存：中国为南海和平稳定做出了巨大的努力。从20世纪90年代中期开始，中国就和东盟国家达成共识，就制定南海行为准则开始磋商。经过7年的努力，2002年，中国和东盟国家签署了《南海各方行为宣言》（DOC），这既是一个信任措施,也是一个危机管控机制。2003年,中国加入《东南亚友好合作条约》,成为加入该条约的第一个域外国家。2011年,中国和东盟国家用了近10年的时间,共同制定落实DOC的指针,推进DOC框架下的海上合作,围绕五大领域开展合作。2013年9月,中国和东盟国家正式启动"南海行为准则"(COC)磋商,两年多来取得了诸多积极成果,各方形成了两份共识文件及"重要和复杂问题清单""'准则'框架要素清单"两份开放性文件,探索制订"海上风险管控预防性措施"等。

看得出来,这么多年来,中国一直致力于和东盟国家推动南海的和平与稳定。即使大家关注的南沙岛礁建设问题,在岛礁建设之初,中国也向国际社会承诺这些岛礁设施主要服务于和平目的,尤其是为本地区国家和国际社会提供公共服务产品,比如海上搜救、助航等。

与此同时,在维护自身的南海权益方面,中国保持了高度的克制和忍让,但是这并没有换来某些国家的同样努力,反而被视为软弱可欺。中国是南海问题最大的受害者。

(《光明日报》2016年6月1日)

下

近年来,南海问题持续升温,菲律宾阿基诺三世政府是"急先锋"。2013年1月,菲律宾背信弃义、混淆是非,单方面提起并执意推进南海仲裁案,引发国际社会广泛关注。

记者:中国为什么不接受、不参与菲律宾所提起的仲裁程序?

吴士存:中菲南海争议基本事实是菲律宾从20世纪70年代开始通过五次军事行动侵占了中国南沙部分岛礁。不管菲律宾将其仲裁诉求如何包装,不可否认的是,中菲南海争议的实质是领土归属争议和海洋管辖权争议。中国于2006年根据《公约》第298条规定作出排除性声明,将涉及海洋划界、历史所有权、军事行动、执法活动等问题排除适用强制争端解决程序。世界上有30多个国家都作出了类似的排除性声明。联合国安理会5个常任理事国中，除美国未加入《公约》外，其他4个国家都进行了排除。这些构成了《公约》不可分割的组成部分。概括来说，领土主权问题超出了《公约》本身的解释和适用范围，而海洋划界正好又是中国政府2006年声明排除的事项。因此，菲律宾不能就中菲南海争议提起强制仲裁，仲裁庭根本没有管辖权。在很多学者看来，仲裁庭执意扩大自己的管辖权，失去了应有的公正立场。

此外，中菲对南海争议解决方式早就达成共识。中菲从1995—2011年达成了6个共识文件，有的是联合声明，有的是双边协定，当中无一例外都阐明了中菲要通过友好协商和谈判的方式来解决两国之间的领土归属争议和海洋划界争议，这是两国政府的庄严承诺。2002年达成的多边协定《南海各方行为宣言》中的第4条也明确规定，有关领土争议和管辖权争议由当事方直接通过谈判和协商解决。所以，菲律宾单方面提起强制性仲裁违背了"约定必须遵守"的国际法基本原则，是一种背信弃义的行为。

基于这些理由，菲律宾单方面提起的南海仲裁案非法且无效，中国作出了不参与、不接受强制仲裁程序的决定，完全符合国际法。

记者：中国是否仍然希望通过谈判方式来解决与菲律宾的南海争议？

吴士存：《联合国宪章》明确载明的和平解决国际争端的方式有如下几项：谈判、调查、调解、司法、仲裁以及地区解决方式，可以看得出来，谈判是放在首选位置上的。在南海问题上，中国一贯政策主张是通过谈判方式来解决同其他声索国之间的领土争议和管辖权争议。中菲之间对此曾经是有共识的，但是由于种种原因，菲律宾执意离开了谈判桌，单方面启动强制仲裁方式。

很显然，中菲之间有关南海的领土争议和海洋管辖权争议不仅无法通过仲裁的方式加以解决，反而会在裁决公布之后，两国南海争议再度加剧。所以，谈判才是正确选择。具体怎么谈判解决？首先要回到谈判桌上来，要相信两国人民的智慧。

记者：中国对南海整个岛礁主张的基础之一是历史性权利，有一种说法认为这样的历史性权利主张在《公约》本身是没有依据可以遵循的，您怎么看待这种说法？

吴士存：中国在南海的主权和相关权益主张是随着历史进程一步步形成的，这种主权和相关权益也为历届中国政府所坚持。历史性权利问题是国际法和国际实践认可的，不能因为《公约》没有关于历史性权利的明确定义而否认中国在南海的历史性权利。

实际上，《公约》并没有否定历史性权利的存在。在《公约》序言里讲道，本公约没有涉及的其他问题仍然属于一般国际法调整的范畴，所以，《公约》并不否认和反对在它之前已经形成的历史性权利，《公约》实际上也有很多关于历史性所有权、历史性海湾的规定。

此外，一些司法和仲裁实践也确认了历史性权利的存在，比如，2003年厄立特里亚诉也门案、2010年毛里求斯诉英国案。

记者：中国不接受、不参与仲裁程序，不承认仲裁结果。对此，一些国际舆论大做文章，抹黑中国。您怎么看待这样的国际舆论？

吴士存：国际上也有很多不执行国际司法或者仲裁裁定的先例，美国学者就曾对1946年国际法院成立以来到2004年这60年间，国际法院所作出的判决的执行情况做了一个统计，即便联合国安理会有国际法院判决的执行机制，但是带有强制管辖权性质的案例执行比例只有33%。

我认为任何一个负责任的政府都不会接受一个没有经过国家同意而且带有明确政治目的的不公正裁决，中国更不可能放弃千百年来经过人民千辛万苦在南海所获得的领土主权、海洋权益和历史性权利，来换取某些别有用心国家口中所谓的"负责任大国"头衔。

菲律宾提起的南海仲裁案纯粹是政治挑衅，是披着法律外衣的政治闹剧。对于非法且无效的仲裁，中国不接受、不参与、不承认是为了维护包括《公约》在内的国际法的严肃性和完整性，更凸显出对国际法的尊重、对国际法治的维护,这才是真正的负责任大国应有的担当。南海是非曲直,公道自在人心。相信这不仅会赢得中国广大民众的支持,还会赢得国际社会的普遍支持和认可。事实上我们也看到了,近期已经有很多国家和国际组织纷纷表态理解和支持中国在该仲裁案上的官方立场和态度。

(《光明日报》2016年6月2日)

金一南：需高度警惕美国借南海仲裁案搅乱中国发展进程

中央人民广播电台记者 李 艳

应菲律宾单方面请求建立的南海仲裁案仲裁庭于 2016 年 7 月 12 日就南海问题作出非法无效的所谓最终裁决。对此，中方多次声明，菲律宾共和国阿基诺三世政府单方面提起仲裁违背国际法，仲裁庭没有管辖权，中国不接受、不承认。

国防大学教授金一南在接受记者专访时表示，我们当前的敌人并不是菲律宾，不应把过多矛头对准菲律宾，而要注意真正主导这场闹剧的背后力量。美国挑起南海仲裁案的背景就是觉得中国的陆域吹填取得了很大成功，中国在维护南海权益方面取得了阶段性而且带有本质性的成功。美方极力要把中国与东盟的关系搅乱，通过地区纷争来消耗中国崛起的力量。我们一定要严防美国借用地区冲突把我们的发展进程搅乱。

披着国际法外衣的国际法官公然违反国际法

金一南教授认为，南海仲裁案是一伙披着国际法外衣的国际法官在违反国际法，打着维护《联合国海洋法公约》的旗号在否认《联合国海洋法公约》所主张的各国最基本的权利，从头到尾就是一场披着法律外衣的闹剧，仲裁庭明明知道自己根本没有权力仲裁有关领土主权和海洋划界的问题，但完全无视中方提出的要求，实际上这个所谓的仲裁结果就是冲着领土主权和海洋划界来的。

第一，所谓的仲裁结果否认中国九段线的历史性权利。哪个国家不具有历史性权利？夏威夷原来是美国的吗？原来不是的，后来美国战胜了西班牙，就形成其历史性权利。再比如说阿拉斯加，如果不讲历史性权利，当年美国花了多少钱从俄罗斯购买的，那阿拉斯加应该是加拿大或者俄罗斯的一部分，为什么成了美国的一部分呢？这就涉及历史性权利。但是，这个所谓的仲裁庭完全无视国家所拥有的历史性权利，认为中国的南海九段线不具有历史性权利。

第二，所谓的仲裁结果认为南沙诸岛没有一个岛屿符合划设200海里专属经济区权益的条件，包括太平岛在内。太平岛作为一个岛屿，这是被第二次世界大战后所有国家都承认的，结果仲裁庭认为不是，说南沙群岛没有任何一个岛礁能够划200海里专属经济区。这样一来，台湾当局也对此提出抗议。

第三，所谓的仲裁结果认为，菲律宾的权益可以包括黄岩岛，它表示不涉及黄岩岛的主权纠纷，但是称黄岩岛毫无疑问在菲律宾200海里专属经济区范围以内。这是仲裁庭披了国际法的外衣，又玩了一个实际上对领土主权和海洋划界的裁定。仲裁庭认为黄岩岛应该在菲律宾的专属经济区以内，那我们就问了，以前签订那么多条约，包括《美西条约》《巴黎条约》等诸多条约，明确规定菲律宾的西部边界只到马尼拉海沟，这是菲律宾的历史性权利，今天仲裁庭突然间就把菲律宾的权益延伸到把黄岩岛都包括在内了，这是哪家的条约？

《联合国海洋法公约》1982年签署，《联合国海洋法公约》绝对没有声明，就是这个公约要解除所有国家的历史性权利。它要作这种声明的话，加入《联合国海洋法公约》的国家就寥寥无几了。它明确规定，不就领土主权和海洋划界作任何主观性的声明。

这个仲裁庭本身违反的就是《联合国海洋法公约》这一基本立场观点，因此从这一点看，中国认定仲裁庭恶意规避了中国根据《联合国海洋法公约》第298条所作出的排除性声明，也就是就仲裁庭根本没有权力作这样的仲裁，这是严重违反国际法的行为。

当然,这个闹剧有意思的地方就在于,披着国际法外衣的国际法官在违反国际法,打着维护《联合国海洋法公约》的旗号在否认《联合国海洋法公约》所主张的各国最基本的权利,这就是我们不接受、不参与、根本不理它的一个最核心原因。

警惕和严防美国借南海问题搅乱中国发展进程

在对待像南海仲裁案这样的一些国家安全问题上,民众当中存在着两种极端的看法,一种是天真的幻想主义,比如,前些天还有人在讲希望菲律宾能够收回仲裁申请;另外一种是民粹主义,认为战争才是解决问题的唯一出路。

对此,金一南教授表示,我们当前的敌人并不是菲律宾,不应把过多矛头对准菲律宾,而要注意真正主导这场闹剧的背后力量。美国挑起南海仲裁案的背景就是觉得中国的陆域吹填取得了很大成功,中国在维护南海权益方面取得了阶段性而且带有本质性的成功。美方极力要把中国与东盟的关系搅乱,通过地区纷争来消耗中国崛起的力量。我们一定要严防美国借用地区冲突把我们的发展进程搅乱。

第一,我们当前的敌人不是菲律宾。当然,菲律宾的阿基诺三世属于仲裁案的始作俑者,但是谁给阿基诺三世出的主意?这一点是我们更要注意的。阿基诺三世只是一个在前台跳来跳去的小丑,我们现在需要注意的是幕后的导演是谁。

最近,菲律宾的前教育部长安东尼奥·瓦尔德斯说,这个仲裁的唯一受益者绝对不是菲律宾,而是美国,他们是为了反对中国而做的。阿基诺政府十分听话,美国让他们做什么、说什么,他们都照做。仲裁庭的设置和人员也十分可疑,中国拒绝参加仲裁是有道理的。

从这一点来看,阿基诺三世就是一个前台的小丑,我们一定要注意在后台导演这场闹剧的是谁,这是美国在恶意地中伤中国,是它一手策划导演了这场闹剧。美国从来没有加入《联合国海洋法公约》，反倒以所谓的执行《联合国海洋法公约》的名义来对中国施压。

今天我们绝不是说要与菲律宾为敌，尤其菲律宾的新政府杜特尔特政府上台了，讲了很多有关双方要走向谈判的话，这才是解决海洋争端的唯一出路，而不是用大国施压的方法，也不是借用什么国际仲裁、用法律来达到个人私利的这种方法。

第二，我们要十分清醒冷静地看到，南海仲裁的背景就是美国觉得中国的陆域吹填取得了很大的成功，中国在维护南海权益方面取得了阶段性而且带有本质性的成功。今天一定要严防美国借用地区冲突把我们的发展进程搅乱。

今天很多人在喊打喊杀，认为我们的权利受到很大侵害，但需要提醒大家一个基本事实：我们在维护南海权益方面作出了前所未有的举动，包括黄岩岛的收复也好，包括南海的陆域吹填也好，这都是前所未有的。

大家一定要注意现在进行仲裁的背景，为什么他们要搞仲裁？为什么他们要借用国际法的手段来对付中国？因为觉得中国的陆域吹填取得了很大的成功，中国在南海的维权取得了阶段性而且带有本质性的这种成功。

如果是岛礁被夺占、权益被大规模侵害，那我们当然要采取维护主权的坚决行动。当然，现在我们南海很多岛礁被越南占领、被菲律宾占领，包括马来西亚、印度尼西亚等，这些需要我们通过双边谈判来解决。因为2002年的《金边协议》我们已经签署了，各方同意不通过武力改变现状，我们今天也没有通过武力改变现状的企图。

我们现在维护南海权益的最主要方式，南海的陆域吹填取得阶段性的重大成果。所以从今天来看，不是说像1937年"七七事变"，中华民族到了最危险的时刻，我们必须奋起反击了，现在不是这个问题。

因此，在今天看，我们一定要严防美国人借用地区冲突把我们整个发展搅乱。

美国已经把中东搅乱了，通过伊拉克、阿富汗战争，通过介入利比亚、干涉叙利亚，现在中东乱得一塌糊涂。美国实际上通过格鲁吉亚、乌克兰问题，也把欧洲和俄罗斯的关系搅乱了，乌克兰一片战火，俄罗斯与欧盟的关系陷入紧张状态。

美国现在又在南海搅局，它搅什么局呢？要把中国与东盟关系搅乱。如果中国与菲律宾、中国与越南陷入一场长期混战，这正合美国的本意。就是通过地区纷争，消耗中国前进的力量，消耗中国崛起的力量。

今天一个基本事实是什么？我们在南海取得了阶段性的重大胜利，我们一定要有效地维护这个胜利。要维护这个胜利，一方面用军事力量维护我们的主权；另一方面通过外交的力量，现在支持中国的在南海基本立场的国家已经将近 70 个。另外，要通过法律和舆论的力量。你讲国际法，我也讲国际法，我们要看看国际法究竟怎样来认定一个国家的基本权利。

南海仲裁案坏事变好事　增强中华民族凝聚力

有分析认为，操纵南海仲裁案的国际势力很可能会拿这张非法的仲裁结果来作文章，在南海上掀起更高的风浪。为应对所谓的仲裁结果产生的后续影响，我们应作好什么样的准备？

对此，金一南教授表示，最根本的就是万众一心的准备，保持战略定力。只要我们万众一心，谁都无法动摇我们。同时，需要加强舆论、法律、外交的力量与军事力量相配合，来坚决地维护中国的南海权益。

今天我们有一个不好的趋势，把这个仲裁看得过重，没必要把仲裁案的力量想象得太大。

其实这个仲裁庭，就是几个披着所谓国际法官外衣的几个人，由一个日本的前国际海事法庭的庭长指定了几个仲裁官，仲裁以后就能掀起很大的风浪？根本没有那样的能量。

这些人不过是西方的一帮小跟班而已，说不好听的话就是走狗而已。这些人就能把中国的整个发展搅乱？只要我们自己不自乱阵脚，谁也乱不了我们。

毫无疑问，美国、日本要借机找事，苍蝇不叮没缝的蛋，出现了一个缝儿，它们一定要下蛆。日本现在讲，美国也讲，说中国不遵守国际法如何如何。我们绝对不能被它们所干扰。

从今天来看，什么叫国际法？什么叫国际公平？什么叫国际正义？我们一定要用国际法跟它们斗争，看谁在坚持国际法、什么叫国家主权、什么叫国家领土完整、国际法庭到底有多大的权力，这里面的斗争空间非常大，今后这种斗争肯定是不可少的。

当然说到军事斗争，我们做好了准备，谁到南海跟我们来试试看。前国务委员戴秉国讲得很好，你别说两艘航母，10艘航母来了也无所畏惧，有什么了不起。

习主席在"七一讲话"里已经讲了，炫耀武力不是有力量的表现，也吓唬不了谁。这个话讲得非常有力量，我们这方面做好了准备。

当然，还需要加强什么？就是舆论的力量、法律的力量、外交的力量，与军事力量相配合，坚决维护中国在南海的权益。关键是我们自己，只要我们坚定、万众一心，谁都动摇不了我们。

这件事对我们的民众是一个非常好的教育，让民众能够真正意识到：在有些问题上可能我们有分歧，但在一个最根本的问题上，作为中华民族的一分子，我们是一损俱损、一荣俱荣。

毫无疑问，美国的这种做法，包括像阿基诺三世这样的少数菲律宾政客如跳梁小丑一般的做法，只能极大地加速中华民族的团结。我们团结起来干什么？加速中国的发展，实现民族复兴。这对于我们来说，给我们提供了很好的前进动力。只要把握了这一点，其实是一个很好的机会，变坏事为好事。

南海仲裁案是场闹剧，对中国来说毫无疑问是件坏事，但我们就要把这件坏事作为一个反面教育，来充分地教育国民，让我们共同认识到中华民族共同利益所在，增强我们民族的凝聚力，最后建设成为他们通过种种手段干扰、最不愿意看到的强大中国。

（中国之声《国防时空》2016年7月14日）

菲律宾背信弃义"七宗罪"

中央人民广播电台记者 娄思佳

在由菲律宾单方面提起的南海仲裁案中,菲方为了达到诉讼目的,不惜编造无耻谰言,精心炮制了一系列根本经不起推敲、完全站不住脚的历史证据。

中国社会科学院中国边疆研究所副所长、研究员李国强在接受记者专访时表示,菲律宾在历史证据的使用上至少存在七个方面的漏洞,也可以说犯下了"七宗罪"。

罪状一:包藏祸心

领土主权问题不是《联合国海洋法公约》解释或适用问题,但是菲律宾却将仲裁请求与岛礁主权问题强行捆绑。这种遇事先把水搅浑的做法,仲裁庭却认为裁决不会对菲律宾在岛礁主权问题的立场上产生有利影响。这套"组合拳"打得不动声色,但明眼人都看得出来这其中的针对性。

早在秦汉时期开始,中国人民就开始在南海航行活动;从东汉的时候,就对南海进行了命名;到唐宋时期,中国政府开始把南海诸岛纳入到行政管辖范围之内,从此拉开了中国对南海诸岛行使管辖的一个历史进程。正是基于中国人民最早发现、最早命名、最早开发并最早利用南海诸岛长达 2000 余年的历史过程，中国政府才确立了在南海诸岛的行政管辖。而菲律宾罔顾事实，不时强调"中国领土范围最南界限不超过海南岛"，"直到 1933 年才对南海岛礁提出主权要求"，"中国未对南海诸岛行使管辖"等，不知道它这个依据究竟在哪里？

罪状二：断章取义

菲方在使用文字证据时，多次隐瞒全文意旨，只截取可支持其立场的只言片语，既不规范也不科学，而且是非常恶劣的一种行为。

菲方提出"1937 年的中国政府文件确认西沙群岛是中国领土的最南端"。然而事实是，菲方采用的这份 1937 年的国防委员会秘书处的文件，相关段落实为"今之地理学者谓中国国疆之最南端为西沙群岛之特里屯岛（即我中建岛），然一考吾国向南发展之历史，该海南九岛似亦应属吾国领有……"

从中国宋代以来，无论是官方文献，还是地方志，还是舆图，当时都把西沙、南沙称之为石塘、长沙，明确列入到了中国的疆域版图之内。在 1933 年，中国国民政府内政部成立了水陆地图审查委员会；在 1935 年，中国国民政府公布了中国南海诸岛部分岛礁的中英文名对照表，随后又出版了中国南海各岛屿图。这是中国国民政府第一份官方印制的南海诸岛的专项地图，把中国海上疆域的最南端标绘在了北纬 4° 的曾母滩，当时叫曾母滩，现在叫曾母暗沙。

罪状三：有目无睹

菲方声称 1947 年以前，中国从未对南海诸岛进行命名；中国在南海航行刻意避开南沙群岛附近的危险区域等。这刻意隐瞒了明清以来，中国渔民在南沙水域捕鱼作业，已成为南沙群岛主人的历史事实。

在我国海南渔民当中，曾经流传着一个航海指南，这个航海指南就叫《更路簿》。《更路簿》是家家户户世世代代传抄下来的，所以它的版本非常多，从现在来看已经发现了数十种手抄本。

这个珍贵的文献真实地记录了我国渔民从海南文昌地清澜港、琼海的潭门港等地出发，前往西沙、南沙海域生产作业的情况。根据统计，数十种《更路簿》记录的渔民生产作业线大约有两百多条。其中，渔民给西沙南沙岛礁命名的地名大约有120个。《更路簿》可以充分地说明，我国人民在南沙经营开发的范围，完全涵盖了今天南海诸岛中的主要岛礁和主要海域，所以西沙和南沙海域是我国人民世世代代生产经营的传统渔场，同时也足以说明，中国在南海是享有历史性权威的。

罪状四：信口雌黄

菲方提出"没有其他国家的地图认可中国对南海诸岛拥有主权"。但第二次世界大战后有大量其他国家的地图、百科全书、报纸杂志等认同中国拥有南海诸岛的主权，其中还包括曾经侵占中国南沙岛礁的法国与日本。

简单列举一些例子：1933年法国出版的《殖民地世界杂志》登载了当年法国测量船到达南沙群岛岛礁时，在多处岛上都有中国人，以及中国人修建的茅屋、水井、神座等等；1961年美国出版的《哥伦比亚利平科特世界地名辞典》当中也写道，南沙群岛是南中国海的中国属地，广东省的一部分；1963年美国出版的《威尔德麦克各国百科全书》中明确写道，中华人民共和国各岛屿还包括延展到北纬4度的南中国海的岛屿和珊瑚礁；1966年日本出版的《新中国年鉴》当中写道，中国的沿海线北从辽东半岛起，到南沙群岛约1.1万公里，加上沿海岛屿的海岸线达2万公里；1971年美国出版的《世界各国区划百科全书》当中也明确记载，在南海岸附近，属于中国的其他群岛包括南中国海的一些礁石和群岛，最远伸展到北纬4度，这些礁石和群岛包括东沙、西沙、中沙和南沙群岛。

罪状五：移花接木

菲方刻意选取将越南黄沙、长沙混淆为我国西沙、南沙，菲律宾近海海滩 Panacot 混淆为我国黄岩岛的观点，宣称越南最早对西沙实施行政管辖，最早将西、南沙绘入版图，黄岩岛在 18 世纪上半叶已绘入菲律宾地图。

其实，越南所谓的黄沙、长沙，是指越南广义省李山岛附近的一些近海岛屿，根本不是我国历史上所称的石塘、长沙，当然也不是今天的西沙和南沙。越南方面本身就犯了一个错误，而菲律宾又拿越南的错误来指称。

再来看，黄岩岛在 18 世纪上半叶已经绘入菲律宾地图了吗？显然是不可能的。因为菲律宾是在 1946 年才立国的，在这之前，它经过了长达 300 年的西班牙的殖民统治，后来又沦为美国的殖民地。而菲律宾的国家地理界线、国家边界界限是由 1898 年的《美西条约》以及 1900 年的《华盛顿条约》，和 1930 年英国和美国所签署的《美英等国际条约》所确定的。而在这些国际条约和正式的国家文件当中，都明确规定菲律宾的领土边界是不包括南沙群岛和黄岩岛在内的。同时，1935 年的《菲律宾宪法》、1946 年《美菲一般关系条约》以及 1961 年菲律宾发布的《关于领海基线的第 3046 号法令》等等，都反复确认了国际条约界限所规定的菲律宾领土范围，而南沙岛礁和黄岩岛根本不在其中。那么我们不禁要问，何来"在 18 世纪黄岩岛就划入了菲律宾的地图范围之内"一说呢？

罪状六：背信弃义

菲方在实体庭审阶段时居然声称"从 1949 年开始，只有中华人民共和国政府代表中国。因此，1949 年之前中华民国政府的行为可归于中国，而 1949 年之后台湾当局的活动本质上就不再归于中国"。

菲律宾长期以来在中国两岸的关系上，是支持一个中国的立场的。中菲建交公报中，菲方作了"充分理解和尊重中国政府关于只有一个中国，台湾是中国领土不可分割的一部分的立场"的庄严承诺。但是为了谋取私利，为了在仲裁案当中能够获取所谓的既得利益，菲方不惜违背过去的政治立场，宣称"一中一台"，这种两面三刀、背信弃义的做法，为所有支持正义的国家和人们所不齿。

罪状七：胡搅蛮缠

菲律宾在论证东南亚国家、西方殖民国家在公元11世纪以前和殖民时代开发、管辖南海发挥的作用时，拿不出有力证据，只能不顾客观事实，选择性地用个别学者的观点，夸大这些国家的作用，兜售假冒伪劣的东西。

根据国际法，论证领土主权的归属有一些基本原则，包括无主地原则、发现原则、先占原则、征服原则等等。归纳这些国际法的原则，我们总结四个要素，就是：最早发现、最早命名、最早开发经营以及最早连续不断的行政管辖。中国的历史完整地体现出了这四个要素，所以中国是南海诸岛及其附近海域唯一的主人，这是一个不可颠覆的历史事实。

即使周边国家的先民在南海有过一些活动，但是构不成开发南海、开拓南海、经略南海、管控南海和治理南海的全要素，因此也就难以构成他们在南海的所谓的主权和管辖权。至于他们搬出来殖民时代的一些说法，就更站不住脚。因为侵略是不能形成主权的。菲律宾拿殖民侵略当证据，本身也是对国际法的严重违背。

（中华之声《国防新干线》2016年6月2日）

芮效俭：美中需以"超常规"方式应对棘手分歧

中新社记者 张蔚然

美国前驻华大使芮效俭近日在华盛顿接受中新社记者专访时说，美中两国需管控好新兴大国与守成大国之间竞争中的"心理因素"，以"超常规"方式应对棘手分歧，美国应该用"长期视角"看待中国，展现更多耐心，不应对一些短期问题作出"过度反应"。

中美致力于构建新型大国关系，但一段时期以来，包括南海问题、朝核问题在内的热点难点问题持续升温，外界关注，中美如何真正才能找到妥善管控分歧的路径。

从20世纪70年代至今一直与中国官方、民间打交道的芮效俭给出自己的看法。他说，两国都意识到需要避免所谓新兴大国与守成大国走向冲突的问题，但迄今未能很好地应对这一问题，尤其是没有找到应对和管控双方"心理因素"的办法，这是问题根源所在。

他分析美中的"心理变化"。首先，美国低估了中国快速实现现代化的能力，中国用35年左右时间就实现了历史上其他国家往往需要上百年才能完成的发展。同时，随着中国快速发展，民众心态也发生变化，中国人民没有忘记过去百年来所经历的屈辱史，对国家主权和权益的诉求非常强烈。

"中国长期坚持自己不会成为对美国和邻国的威胁，但在上述背景下，中国不断增加的自豪感和自信心会不可避免地令美国担忧自己即将被取代,甚至失去地区主导权。但如果双方按照常规国家间关系的思路去处理问题,显然是不够的。"芮效俭说。

他提醒,既然美中两国已提出不冲突、不对抗的长期战略目标,就一定要以冷静头脑进行战略思考,所采取的"短期战术和手段"都应符合战略目标。

在他看来,目前南海问题上的紧张局面完全属于"本不该发生的事情",美方对中方某些行为做出了反应,中方对美方的反应方式感到生气,紧张未能缓解,而是继续升温,这是国与国之间的"常规行事方式"。美中必须打破常规方式,从战略角度、以"超常规"方式和技巧来思考和处理美中关系。

曾亲身参与美中建交谈判的芮效俭举例说,谈判期间美国一度不愿完全放弃与台湾的官方关系,希望保留某种联系。但时任中国领导人邓小平给美国人上了一课,他向时任美国国务卿万斯说,美方的提议不符合美方所制定的推动两国建交的战略目标。他最终成功说服美方,后者不可能同时保持与两岸的官方关系,从而为建交奠定了基础。

"从某种意义上,今天美中两国应该问一问自己,如果5年、10年甚至20年后,两国关系转为敌对,真的对两国有利吗?我相信双方都会得出同样的结论,这不符合两国利益。"他说。

芮效俭不无担忧地表示,在某些议题上,媒体报道有时主导了讨论,这可能导致更大的对抗,不会带来好结果。两国需管控好各自国内舆论看待对方的"心理因素",任何民族主义情绪都不具建设性,双方要为自己的政策营造恰当的民意氛围。

2016年7月12日,南海仲裁案裁决即将出炉。他呼吁,美国、中国和菲律宾等国都要对裁决展现克制,谨慎应对,避免过度反应,避免事态变得更糟。菲律宾新总统已经表示愿意与中国展开对话,中国也已表示愿意与菲律宾谈判,双方要抓住机遇。

至于美中两国的"当务之急",他建议双方避免采取在对方眼中看来是

"军事化举动"的行动,这意味着美国不应在南海部署永久航母战斗群,如果美方这么做,将是非常负面的行动。

面对中国这样一个在经济、社会、民生等各领域经历巨变的国家,芮效俭建议,美国应该用"长期视角"看待中国,展现更多耐心,不应对一些短期问题作出"过度反应"。

(中新社华盛顿 2016 年 7 月 10 日电)

化危为机,南海仲裁案将使中国收获更多

傅崐成 周雷

为何南海仲裁案结果引起了海内外如此之大的关注?

主要原因是南海牵涉到诸多实际利益。空间利益、战略利益以及民族国家精神利益之外,南海底层有未被开发的集聚的丰富鱼类资源;科学家考察得出,在大陆边上蕴含丰富的石油天然气,大陆坡处有无污染的可燃资源冰晶甲烷,而这些都是各国向往之物。

国际仲裁庭2016年7月12日公布的裁决,实质上暴露了美国为首的西方国家扭曲法律,围堵中国、钳制中国的企图,妄图以此影响中国的国际威望和形象。

我们要做的就是在适当的时间、适当的场合,透过我们中国人的智慧,把一些事情透明化、澄清化,让世界了解我们,支持我们,携手人类共同进步。

到底谁是赢家

所谓的仲裁结果出来后,西方媒体说菲律宾"大获全胜",但我个人看来,是中国人的胜利更明显。我们仔细分析一下。

菲律宾"胜"在哪里？

第一，仲裁庭认为对本案有"强制"管辖权。

2015年10月的中间裁决，庭长门萨是加纳裔的法官，曾是联合国海洋法法庭的第一任庭长，宣布仲裁庭自己有管辖权。事实上，在管辖权问题上，仲裁庭故意轻忽了《公约》第298条"例外的规定"。仲裁庭认为自己有强制管辖权，是依据《公约》第十五部分第2节第288条规定：对管辖权存在与否存有疑问时，可以由法庭自行决定。所以仲裁庭自行决定了它有管辖权。但《公约》第298条明文规定，任何争端只要"涉及"海洋划界、领域主权、军事冲突、历史性权利，任何缔约国就可书面声明排除强制管辖。而南海仲裁明显已"涉及"上述例外情况，因此任何强制诉讼或仲裁程序，均属无效。《公约》的例外设置，是由160多个国家和100多个国际组织经过9年时间协商拟定而成。大家清楚，在上述四种情况下，强制诉讼和准司法的仲裁程序均不会有效果，除非当事国同意。1977年，阿根廷和智利海上划界起争端，双方同意提请英国女王裁决，结果出来后，双方依然交火了，最后仍回到谈判桌前。

第二，仲裁庭认为中国的南海U形线完全没有法律依据。

我参加过近90场相关的会议，不断会有外国学者问我：你们的U形线有什么法律依据？我总会反问他们是否知道：1945年，美国杜鲁门总统颁布了两个总统令，一是宣告美国对其海岸一定距离之内水域的捕鱼权，另一是宣告美国对其水深平均200米以内的大陆架范围内拥有资源的钻探、开发权，它们的法律依据是什么？他们回答不出。我说，其法律依据就是"合理性"。中国南海U形线的形成，与中国主张的南海历史性权利一样，都具有合理性。

第三，仲裁庭认为中国的历史性权利已被《公约》吸收了。

仲裁庭认为，既然中国批准了《公约》，就不能另外主张历史性权利了。其实是仲裁庭缺乏对《公约》的认知。《公约》不但没有"合并条款"，且多处提到尊重历史性权利。例如有关领海基线的划定规定，对于海岸曲折、岛屿罗列的地区，可以划直线基线，但应当尊重其他国家过去在此水域享有的权利。又比如《公约》有关领海划界的规定，对于两国领海重叠区域的划界，应当以等距中线划界，但如果涉及历史性权利，也可以不依等距中线。又如，群岛水域、群岛国的定义等，强调历史上它的政治经济文化始终作为一个整体。这些都体现了《公约》对历史性权利的尊重。

第四，仲裁庭认为南沙群岛全部都不是"岛"，只是"岩礁"。

根据《公约》第121条第一款规定，只要是一个天然形成的陆块，四周环水，高潮时露出水面，就是一个广义的岛。但是不能维持人类居住或者其本身经济生活的，就不能主张200海里专属经济区和大陆架。仲裁员认为包括太平岛在内，都没有在自然条件下，形成一个稳定的人类社区聚落，所以不合乎《公约》规定。这是仲裁员自己扩权的扭曲解释。世界上绝大部分小岛，都没有自然形成人类聚落，难道很多小岛拥有的200海里专属经济区和大陆架都是违法的？其次，仲裁员不了解《公约》有关岛礁生存条件的规定，其本身具有极大弹性，南沙诸岛如太平岛、中业岛、马欢岛、西钥岛等都曾有中国渔民的自然聚落，英国人、法国人、德国人都曾留有记录。仲裁庭将所有南沙群岛一概认定为岩礁，十分不合理。

第五，仲裁庭认为中国在南沙几个岩礁建设的是"人工岛"。

这显然是菲律宾后面的老板美国所要的结果。按照《公约》规定，如果是人工岛，只有直径1000米的安全区。《公约》第60条表明，人工岛都是与人工设施、人工结构物有关的同一类东西。而中国在南沙群岛做的不是人工岛，只是在既有的、广义的岛的概念上，改善、扩大岛屿面积。在广义的岛上再怎么修改它，也不会使岛降级，变得不是岛。而作为岛，它至少有12海里领海，别国只有无害通过权、军舰要经过许可才可通过，通过时不能操练武器、不能起降飞机、不能捕鱼、不能进行科学研究等。

第六，仲裁庭认为中国的岛礁建设破坏了海洋环境。

仲裁庭作出这样的结论是因为中国修了很长的跑道。事实上，菲律宾、马来西亚、越南都已经在南沙群岛窃占中国的岛礁上修了很多飞机跑道、建筑物，甚至还有观光旅社，难道它们的行为就不会破坏环境吗？相反，中国在环境保护方面是做得最到位的，经过缜密的海洋环境影响评估后，选择危害最小的方式、手段进行。

第七，仲裁庭认为中国妨碍了菲律宾专属经济区内的"主权性权利"。

仲裁庭只提到中国妨碍了菲律宾专属经济区内的"主权性权利"，完全没有提及菲律宾妨碍了中国专属经济区内的主权性权利。菲律宾不仅妨碍，还存在严重的人权侵害，通过不当的司法程序虐待、恐吓中国的渔民。因为专属经济区重叠的原因，客观来看，应该说双方都有对另一方专属经济区的侵害或妨碍行为。重点应是谈判划界、解决争端。

中国收获在哪里？

该案从菲律宾的角度来看，确实是大获全胜，但从中国的角度来看，我们收获更多。

第一，向菲律宾一面倒的裁决结果，就是我们的大胜。

从以往的经验看，如涉及敏感话题，法庭或仲裁庭多半会采取模棱两可的说法。最明显的例子，第二次世界大战后，印度宣布独立，但版图中还有三四个城市属于葡萄牙殖民地，成了"飞地"。在殖民时期，英国允许葡萄牙人自由出入其殖民地，因为两国同样都是殖民主。印度独立后，就百般阻挠葡萄牙人自由出入其原先的殖民地，于是后者就向国际法院提起诉讼。最后法院裁决：葡萄牙作为主权国家，对于它的领土有权自由使用或出入；同时，印度也是一个主权国家，对其领土海港、道路，有权管理怎样出入、使用。模糊的裁决一出，实际导致葡萄牙再也无法继续使用这几块"飞地"了。南海仲裁案也是一样，为何结果相反？有以下几种可能：首先，仲裁庭背后有很大的财主或压力，或是一个政治选择。其次，在仲裁员心里，仍然有欧洲中心主义的思想，要把价值标准强加在别国。再次，仲裁庭可能也知道，任何模棱两可的裁决，就等于间接帮助中国，仲裁庭不愿这样做。最后，仲裁员所有工资均为菲律宾所支付。今天的偏颇裁决，给了我们全面批判它的机会。

第二，仲裁结果促使两岸中国人民、海内外华人群体一致大团结。仲裁结果一出来，出现了前所未期的大团结局面，就连台湾当局领导人都发表了和中国大陆一致的立场声明。

第三，中国政府对于此案，自始表明"不接受""不参与""不承认"。我认为这里没有所谓的"不执行"，我们一开始就是不接受仲裁请求；其次，不参与整个仲裁的程序；最后，也不承认仲裁出来的结果。另外，也请大家别再用"后仲裁时代"这个表达，有接受仲裁形成现况之嫌。

第四，中国未花一文钱，但主权、海疆、历史性权利完整无缺。

因为菲律宾坚称，此案只是请求解释《公约》文义，不影响主权和划界，不涉及军事冲突，也不涉及历史性权利。这是它的立案基础，否则根本没管辖机会。所以，如果涉及了，裁决就是无效的；如果不涉及，那我们的主权、海疆、历史性权利就当然继续存在。

第五，菲律宾所费不赀，但没拿到任何可执行的权利。

2013年1月，菲律宾提交仲裁案后不久，一位部长被记者问及，裁决结果能否执行？他说："不行，因为没有执行力。"没有执行力为何还要寻求裁决？为了在国际、国内宣传上获得好处！所以，仲裁就是为了舆论战、宣传战的好处。菲律宾阿基诺三世政府一直希望仲裁庭在此次总统大选之前作出裁决，因为柳井俊二组织的仲裁庭对菲必然有利。此前执政党在大选中因为此案也屡屡获得胜选。或许是仲裁庭"良心发现"，裁决结果硬被拖到了菲新政府上台后才公布。

第六，中国人民的国际法知识科普成功。

南海仲裁案使得国人对国际法的认识得到了空前提高。最近很多人对国际法、海洋法都有所了解，不仅知道领海、专属经济区、大陆架的意思，还问道南沙群岛是否可以用直线基线整个划成一个群体？还能指出国际法本身的一些缺陷。如果我们借助媒体把正确的法律常识传播出去，13亿人有同样的理念和决心去坚持国际法的正确道路，这个力量任何人不可小觑。

所以，咱们中国人为人类国际法治作出贡献的机会真的来了，只要我们坚持，我们就会改善国际法治的状况。

南海的中国坚持

在南海，我们要坚持什么？

第一，我们要坚持国际法治，坚持主权平等原则。主权平等原则是第二次世界大战后人类达成的共识，联合国采用的"一国一票"依循的就是主权平等原则。

第二，我们要坚持国家同意的国际争端解决机制。国际法院也有强制仲裁，但它规定：只有主权国家事先声明愿意接受，国际法院才有强制管辖权。《公约》确实设计了一个强制管辖程序，但它也开了一个后门，针对四类比较特殊敏感的案件，可以排除强制管辖。从中可看出人类的国际争端解决机制正在进步，但还远远没有接受未经同意的强制管辖。

第三，我们要坚决反对仲裁庭曲解《公约》，不接受扭曲解释。根据裁决结果，仲裁庭似乎只看到了《公约》第288条，而对第298条蓄意轻忽，这是不合法的。所有的法律都是前面写原则，后面写例外，而例外要优于原则规定。仲裁庭的这种错误做法破坏了条约的可预期性。

第四，我们要坚决反对片面付费、片面进行的仲裁程序。用滥诉手段形成现况，目的就是造成对方的不良形象。美国和菲律宾正是在耍这种阴谋。它们破坏国际司法的威信，浪费国际资源，特别是菲律宾纳税人的经费，更严重的错误是它们压缩了国际谈判的空间。

我们坚持我们应该坚持的，其实就是在改善国际社会，为国际法治作贡献。我们不需要宣称我们有多伟大，但我们要坚持把真相说清楚，在媒体人的努力下有效有利地把它传播出去，中国就有可能取得最终的大胜利。

在加强传播力度上，我们可以侧重如下的法律原则。比如：

例外规定当然要优于原则规定；力促美国接受《公约》，而非我们退出

《公约》；结合更多的非群岛国家主张其远洋的群岛水域，如印度、西班牙、葡萄牙、厄瓜多尔、智利、阿根廷、瑞典等，因为它比内水更温和、礼让，尊重他国的传统捕鱼权与海道通过权；将相关大量历史材料翻译成英文，传播中国的历史证据。

在"言传"的同时，还不要忘记言行合一的行为规范，我们得在国内国外提升国人的美好形象。

U形线是温和的"谈判邀请"

在这次仲裁案中，有两个观念值得深入普及，即U形线和历史性权利。

U形线的叫法英语不易有歧义

U形线通常被称为九段线，是一个有待双边谈判完成的海上重叠区域的疆界线，很多人把它翻译成nine dash line，因为dash有冲刺之意，会误导为中国人很草率地划了九条线实线。所以，21年前，我就提出应称之为"U-shaped line"。2014年政府已将它改称为"断续线"。不过U形线英文翻译比较不会引起误会。

U形线有五个特色：一是，它是被分成几段的不连续的断续线。二是，每一段线都是按照陆地疆界线的划法：一杠、一个括弧、中间一点划成的，并非简单一段实线。三是，在东南部分的某一段线上，还划出了一条分叉线，将菲律宾与东马来西亚之间的海域分开，所以它是一个国界线的概念，断续表示"未定界"。四是，所划每一段线，既不是抵着他国门口，也不是贴着自己的小岛，而是在我们的小岛礁和邻国的大陆或大岛的中间位置。五是，在最东北的段落，已经划出南海海域，进入太平洋了。

是邀请对方谈判的中间工作线

如果中国单纯主张我国历史性水域，那就不止U形线内部了，就可以划到他国群岛水域里面。当时菲律宾无群岛水域，只有3海里领海，其余就是公海了。所以U形线是一个非常温和的自我设线。是邀请对方来谈判的中间工作线，在合同法里，它代表了谈判的邀请，或要约的邀请。最终U形线是要进博物馆的。但在没有完成整个重叠区的衡平划界以前，U形线是中国权力的自我限制，限制我国的武装力量、巡逻、执法进入他国水域，比如菲律宾跟印尼的群岛水域，但这不表示我的渔船或其他船机不能进入。

没有 U 形线，菲律宾会失岛和当被告

菲律宾如果否定这条温和的 U 形线，将会受到更大的损失。

首先，没有 U 形线，菲律宾有义务按照《联合国海洋法》第 51 条规定，立刻跟中国谈判。因为《公约》规定，对于邻国在你的群岛水域里的传统捕鱼权必须进行谈判。

其次，如果中国政府对菲律宾片面不执行 U 形线，除了历史捕鱼权，菲律宾最北边的巴丹群岛也可以不是菲律宾领土。多年前我去过岛上，居民语言、宗教、思想和文化，跟我国台湾的兰屿、绿岛上的原住民很像。最重要的是，1898 年美西战争结束，西班牙割让菲律宾群岛给美国时，清楚地划定北部界限是北纬 20 度，早把巴丹群岛给切出菲律宾了。

最后，越南在南沙群岛窃占的岛礁，比中国、马来西亚、菲律宾占的还多。如越南效仿提出仲裁起诉，被告一定也有菲律宾。中国立场还是不接受、不参与、不承认，不会出钱的。而菲律宾无法否认强制管辖权，那样，菲律宾只好再出资，配合越南玩这个游戏。

中国的历史性权利证据充分

历史性权利来源于 1951 年的英挪渔业案判决

其实历史性权利第一次在国际法庭里出现，是 1949 年提案、1951 年裁判的英国对挪威的渔业纠纷案。挪威北边海岸非常曲折，1943 年挪威公布了国王命令，用一种直线基线的方法，把内水框起来，不准英国人到内水来。英国人在挪威北边海岸捕鱼受限便起诉，此案被送进了国际法院。最终判决同意了挪威的国王命令。第一，挪威人自古在此航行捕鱼。第二，特殊地理条件，这里海岸曲折，不把它框成一个历史性的水域就很难管理。

同理，中国的 U 形线划定完全符合历史性权利。第一，地理位置确实特别。第二，有关中国对南海的管辖，2000年前《汉书》已有记载；1000年前已设官开治；600年前，郑和七下西洋，每次都经过南海。21年前，我在台湾写《南（中国）海法律地位之研究》这本书，从《清史录》中归纳出有历史证据的八种权利。实际上可能要多得多。

印度尼西亚、越南、美国均有中国历史性权利的记载

有些国家声称它们过去从未听说过中国划U形线、有历史性权利的主张，果真如此吗？

有印度尼西亚国徽"印度尼西亚教育部审定合格"的中国历史、地理教科书中，文字详细记录了中国拥有东沙、西沙、南沙，且地图中还注明了U形线。

1958年，越南范文同总理正式发函给周恩来总理，在有国徽、国玺印的公文里，表示同意、尊重中国在1958年9月4日颁布的法令，实施12海里领海，适用于包括西沙南沙等中国领土。

1960年12月21日，在加州旧金山的军事顾问团总部，正式发公文给在台湾当局，主旨就是"请求许可登陆南沙群岛"，这明白证明了美国一贯承认南沙群岛是中国领土。

菲律宾克罗马兄弟的先占11岛礁和"悔过书"

菲律宾同样主张"先占取得"南沙群岛的主权。1956年，克罗马兄弟航海时发现11个南沙岛礁的"无主地"，回来报告菲政府之后取名叫Kalayaan Islands（卡拉延群岛）。那年，台湾当局闻讯后，立刻派海军巡逻，并将其船长邀上船，责其写下悔过书："我知道南沙这些岛礁是中国的领土，我保证以后再也不来了，若日后违背诺言，任由依法处置。"当时马尼拉政府也公开声明，此事是克罗马兄弟的私人行为，不是国家行为，此事乃就此打住。

但如今菲律宾又不承认当初的承诺了，声称南沙这11个岛礁是1956年他们"先占取得"的。

1999年，菲律宾坐滩仁爱礁，当时菲政府声称这是无意的"被迫搁浅"，会马上拖走，结果一"坐"就是15年。如今菲又说当初是故意"坐滩"的，目的就是在仁爱礁上建一个堡垒。一个国家这样不守信诺，心中还有国际法吗？如果我们不坚持中国在南海的立场的话，这个世界会更好吗？

最后，我们也要意识到，海洋划界与领土主权纠纷的谈判，更多的是外交艺术问题，希望两岸中国人与全球华人，共同努力，为人类的国际法治作出贡献！

嘉宾对话　西方媒体报道充满选择性"揭丑"

周雷：对南海仲裁案，从西方报刊跟踪来看，2016年7月16日《纽约时报》用整版报道了尼斯恐怖惨案，分事件聚焦、社论和民间回应，有知名国际观察博客链接、事件延伸分析等，讨论了恐怖事件与信息安全、情报部门疏漏、如何影响政治、历史渊源与宗教关系等话题。对南海仲裁案的报道，一般作为"突发新闻"处理。该报2016年7月14日对南海仲裁案的反映报道，用的是中国岛礁建设破坏生态、中国人权状况、中国在南海的野心、中国民间极端民族主义等角度。

《华盛顿邮报》用了一组文章，解释中国在南海仲裁背后的各种"丑态"，有的直接将中国极端民族主义者粗制滥造的情绪短片链接贴在文章内部。因此，他们基本是以偏见态度选择性"揭丑"，在我看来不足以构成值得重视的"舆情"，舆情在于揭示未萌的趋势和暗流，而不是对泛滥讯息的总结。

"废纸"是"菲纸"，勿低估实际效果

周雷：我觉得我们所见到的可能还比较片面，在南海问题上，眼界即世界，眼界有多大，世界有多大，South China Sea 中的 Sea 理解成 See 更合适，各方需开阔历史和现实眼界。在国际政治、国际舆情中，表述权力、行使权

力不靠大多数，靠的是真正在实际空间中展现出来的力量。同时，不战而乱人之海，也是战争的另一种形式，围绕主权的斗争，可以不承认，但不要低估南海仲裁案的实际效果。

对于国内的报道，我觉得将"废纸"说成"菲纸"更恰当，只是它国家内部流行的一种"政治货币"和"负资产"。首先，从历史上看，菲律宾随时随地都在妥协，当它面对的大国强大到一定程度时，它会和其他国家进行联合。其次，中国在进行官方外交的同时，要给民间外交开放空间，推进中菲政府划界争端问题的解决。再者，我们普通的网民在表述时要懂得区分，菲律宾人和中国人一样，有多元的个体，有多样的表现形态。

国内法的一些原则在国际法中不能完全适用

周雷：通常我们不主张媒体讨论影响法官的正常判断。在南海仲裁案上，我们要求媒体广泛宣传，这样的舆论战是否会影响法官的判断？

傅崐成：国际法不像国内法，已经设定了一个宪法领域，在上位阶的宪法之下，法律层级分得很清楚，有各种不同的程序法，甚至有不同的裁判机构。国际法完全不同。2016年3月，我去纽约大学演讲时，一位教授表示，中国人不能因为觉得自己很有理由，就选择站在法院的对立面，在法院还处于审判阶段时，就已经在那里表示抗议。在我看来，虽然这些法理基本上是对的，但在本案中不是司法，是仲裁，是国际争端上的一项有意的安排，在这种情况下，我们要采取一切和平的手段去应对。现在政府说对裁决不承认、不接受，因为知道其非法。这里面唯一的赢家就是美国的律师，他们所做的，叫作"法庭选购"，就是找出对自己最有利的地方、组织解决争端。事实上，在中菲争端里，两国都不想打仗，想和平解决现代国际社会存在的一项主权争端。我们不愿意选择美国在尼加拉瓜布雷案中的处理方式，中途才退出程序。本案最后一定还是会回到和平谈判，因为菲律宾人、全世界人都知道，仲裁庭是临时组织，仲裁裁决没有强制执行力。只能谈判解决。

总之，在国际争端解决上，国内法的一些原则是不能完全适用的。

中国的国际法有些领域有领先优势

周雷：此案发生后，有人说中国人的国际法研究相对较弱，现状如何？

傅崐成：其实中国的国际法研究，特别是国际海洋法的立法十分领先。美国一个专家曾在他的论文里提到，全世界关于水下文化遗产保护的立法，最先进的就是中国，截至目前仍是，比2001年才出现的《水下文化遗产保护公约》更好。该《公约》完全不敢规范水下文化遗产的所有权归属问题，而中国不但敢提，还提得非常温和、理性、合法。另外，比如大陆《中国海洋环境法》的出现比台湾地区早了18年。中国也是全世界第一个有对海洋海域使用管理完整立法的国家。我们的海洋法是领先的，只是很多国家不了解我们的优势。

（《文汇报》2016年7月23日）

伊朗古地图能为中国在南海的主权主张提供重要佐证
——访厦门大学南海研究院院长傅崐成

福建日报记者 林世雄 通讯员 李 静

云南大学伊朗研究中心主任姚继德教授与德黑兰大学乌苏吉教授等伊朗专家合作，花了4年时间，整理出50余幅古老的波斯文、阿拉伯文的古地图。这些地图绘制于公元10世纪到17世纪之间，最老的已有千年的历史了。这些古地图都把今天的南中国海，注明为"中国海"或"中国湾"。有些岛屿还被记录、标注为"中国岛屿"。毫无疑问，这些古地图为中国对南海诸岛主权的举证提供了重要的证据。

日前，厦门大学南海研究院院长傅崐成在接受记者采访时，从国际法的角度，对此进行了分析。

傅崐成说，首先要强调的是，地图在国际法上非常重要。特别是在疆界线的划定上，一份详细的地图，其佐证功能胜过千言万语。

当然，地图并非唯一的证据。因为地图往往是相关协议、条约、法律的附件。其本身重点在图，而不是文字记述。因此，地图通常被认为是一个辅助性的证据。如果没有其他法律性质的文件，单凭地图，还很难构成有效的主权证据。这种情况在海洋的疆界纠纷上也是相同的。海图非常清楚地介绍了海洋疆界的位置。但是，主权的归属还得考虑两个问题。

第一，陆地是谁的？因为有了陆地的权利，才有海洋的权利。人类的传统活动领域在陆地上。而"陆地控制海洋"始终是国际法上的基本原则。

第二，海图上有海洋的疆界线吗？过去的海洋主张一直很模糊。大约到了20世纪以后，世界各国在海洋上的疆界线才慢慢形成。古地图上的海域，基本上都没有海洋的疆界线。

因此，海洋在古地图上的名称虽然有一定的意义，但是很难成为海域主权的主要证据。

傅崐成表示，现今国际社会使用的各个海洋名称，来自于多年以来地理学家在绘制地图、海图时，按照当时的信息资料注记而成的。联合国虽有两个相关的专家会议偶尔开会讨论地理名称问题，但会议没有任何法律上的权利来调整这些地理名称或赋予它们任何法律意义。

无论是南中国海、东中国海、日本海、马六甲海峡或其他海域的名称，都是地理学上的名称，并不代表着法律上海域与其中岛礁主权的归属。近年来，韩国坚持把"日本海"称为"东海"，越南也坚持把"南中国海"称为"东海"，菲律宾前两年突然将接近菲群岛的部分"南中国海"称为"西菲律宾海"。在国际法上，这样的做法显然毫无意义。但是在各自的国内政治宣传上，有一定的功效。所以有些别有用心的国家还是乐此不疲地进行着改名称的"运动"。

不过，古旧地图的用语名称，反映了当时的一般认知。既然在千年以前，这里就被称作"中国海"，至少能充分证明当时人们的普遍认知，即这是一片中国人使用、管领的海域。这在佐证现代国际法上的主权有很大的意义。因为领域主权的取得，最主要的方法就是"先占取得"。所以，要主张中国人对于南海的岛礁以及周边水域享有主权，那就得证明我们"先发现、先使用、先管领"这里的岛礁陆地。既然千年以前，我们就已经是这里的主要使用者、管领者，甚至定名者，当然我们就是"先占取得"领域主权的国家了。

总之，古地图、古海图都很有价值。未来一旦进入谈判或争讼的程序，这些古地图就会成为有一定法律意义的证据。

(《福建日报》2016年7月15日）

戚桐欣：中国拥有南海主权相当确定

——痛骂台湾卖岛教授 两岸网民纷纷为戚老先生点赞

东南卫视记者 陈赫男

菲律宾所提的"南海仲裁案"的荒唐结果出来后，两岸同胞对所谓裁决内容无比愤怒。2016年7月15日，一段太平岛老岛民戚桐欣痛骂台湾卖岛教授、坚决捍卫南海主权的视频，迅速传遍海峡两岸。戚先生铿锵有力的表白，有理有据地讲出了两岸人民捍卫南海主权的道理和决心，两岸网民纷纷为老先生点赞。

戚桐欣先生祖籍山东威海，在台湾曾任船舶报务员、甲种船长、台湾水产试验所海洋渔业系股长、台湾水产试验所退休副研究员、南沙地区自治会议主席、基隆渔轮转型公会理事长。

36年前，戚桐欣先生成为南沙太平岛的第一批住民，并被推举成为南沙地区自治会议主席。他表示，在太平岛上，可目睹先民建筑的庙宇和清朝留下的墓碑，中国拥有南海的领土主权，是相当确定的。他还回忆，太平岛当时生态原始，海底资源丰富，不小心就会踩到海龟蛋。当年植栽茂盛，不像现在，岛上为兴建机场，不如以往树叶茂盛，有些令人伤心。

同样是在36年前，1970年8月18日，戚桐欣先生率先在中国台湾的

《中央日报》撰文，举证钓鱼岛群岛为中国领土，海内外立即响应。他对汉字文化和易经有很深的专业研究，曾多次与山东大学及威海市知名作家进行座谈交流，开展汉字文化专题讲座，并表示愿意为加强威台两地文化交流作贡献。

(《海峡新干线》2016 年 7 月 18 日)

美国的自由航行权,其实有军事意图

南方周末记者 昱江 南方周末特约撰稿 周舟

南海仲裁案近来是国际法专家颇为关注的话题,在新加坡香格里拉对话会上,国际法研究学者罗勃·贝克曼则用客观和冷静的态度,向记者和与会代表表达自己的观点和立场。

记者: 南海仲裁案公布后,菲、越政府可能会有怎样的行动呢?

罗勃·贝克曼: 根据我与周边国家官员的交谈来看,仲裁案后,越、菲可能并不会采取过激的行动,可能不会频繁地派出渔船来挑衅。

在我看来,南海问题给中国带来了一个附加的好处,那就是现在中国有很多人开始学习并研究国际法,我预计3年后中国可能在利用国际法来解决问题上取得巨大的进展。

记者: 南海争端涉及领海和专属经济区的问题,您如何看待?

罗勃·贝克曼: 海洋法公约规定12海里为沿海国的主权范围,这些是可以就这个岛屿的特点来进行仲裁管辖。

还有,我们讲到经济区,这不是一个海洋争端的说法,而是我们在这个区内都可以使用它的资源,是从经济、资源利用的角度来看。在这个经济区当中,确实你可以使用你的自由权,进行资源的捕获,但这不是从安全方面和按照公约来考虑的,比如沿海国家12海里范围以外水域属于经济区,那么就存在争议，如果是用于军事目的，那就包括一些敏感问题了。

记者：您如何看待美国以自由航行避开意思更明确的字眼？

罗勃·贝克曼：我现在要批评一下美国。我以前是美国人，但我现在是新加坡人，我对美国的态度是很友好的，但在航海权和飞行权上我同意中国的说法。因为美国强调自己还有海航、飞行的权利，这其实是一个幌子，其实背后是要在12海里以外进行军事方式的飞行和航行。所以美国这里面讲的航行、飞行权利是包括军事的权利。美国有时候讲的自由航行、飞行，是有特殊意思的。然而其他国家可能会有不同的理解，美国航行飞行其实背后有军事活动和行动，这背后有隐意的。

记者：中国认为美国不是国际海洋法公约的一员，南海问题还是要当事国解决，您怎么看？

罗勃·贝克曼：我很赞同中国讲的，美国不是这个大家庭的一部分，美国自己不是国际海洋法公约的一员，又怎么能告诉其他人该怎么做、怎么去理解这些国际公约呢？

我知道从美国国内政治而言，他们有自己的问题。有时候我跟我的学生解释，美国为什么不是其中一员，这是出于政治上的考虑。由于某种原因它不能成为其中一员，对美国也是有很大伤害。美国也想成为国际海洋法公约其中一员，它加入就会在国际海洋法和仲裁上有一些便利，使得自己的行为合法。现在有个问题就是，美国不能使用国际海洋仲裁法的机制，因为它不是其中一员。美国要是想成为其中一员，你自己国内的法律要和这个保持一致，这样的话才会有法律秩序。

在中国南海现在所发生的事情，我的解释就是：美国想要以自由航行通过该海域的行为，来达到先发制人的效果。美国想要自由航行权，但是到媒体手中，读者就会困惑：你到底想要做什么？美国的行为，让人看起来会让争议更加恶化。

（《南方周末》2016年7月14日）

应对"南海仲裁案"
新闻作品选

新媒体报道

一点都不能少

人民日报记者 苗苗 徐丹 郑琪 李志伟 张世悬
时雪 刁潍 李翔 刘冰 林渊

微博1：中国一点都不能少　这才是中国，一点都不能少。

人民日报
7月11日 08:18 来自 人民日报微博
#中国一点都不能少#这才是中国，一点都不能少。❤

☆ 收藏　　　↗ 2284843　　　💬 93385　　　👍 696272

微博 2：中国一点都不能少　中国的领土主权和海洋权益，不需要别人仲裁。中国，一点都不能少，一寸都不会让。

视频：中国一点都不能少　历史终将证明：谁只是匆匆过客，谁才是南海真正的主人。

视频文案：

第一部分

南海很大，中国的陆地领土约 960 万平方千米，我国南海的蓝色国土就有 350 万平方千米。

南海很远，曾母暗沙是中国的最南端，这片海面之下的珊瑚礁，距离广东约有 2000 公里，相当于广州到北京的距离。

南海又很亲，东汉杨孚《异物志》记载："涨海崎头，水浅而多磁

石。""涨海"就是我们老祖宗对南海最早的称谓。

第二部分

南海，有海洋生物2850多种。这里的鱼类从不游往外国的海域，似乎恋着自己的家乡，因而有"中国家鱼"的美称。

中国人祖祖辈辈探索着南海。2016年6月14日，海南省潭门镇89岁的老船长卢业发，向他的儿子传授《更路簿》和罗盘的使用方法。

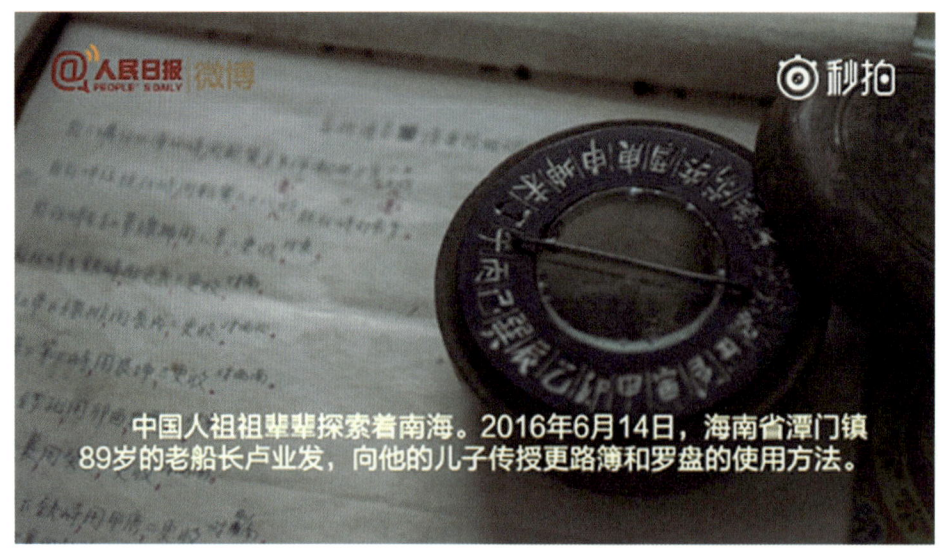

中国人祖祖辈辈探索着南海。2016年6月14日,海南省潭门镇89岁的老船长卢业发,向他的儿子传授更路簿和罗盘的使用方法。

《更路簿》最早出现在元代,记录了南海海域的100多处地名和重要的海洋资讯。时光流逝,彼时的老船长们正逐渐退出历史,《更路簿》却记录下了他们的南海传奇。

2000多年来,中国人一直辛勤劳作在这片鱼类丰富的"祖宗之海"。在这里下网,在这里收获。

最近,我国首次在南海发现新的大面积可燃冰分布区"海马冷泉"。"吃货"们看到图片,有人就"不淡定"了:"好多海鲜,纯野生非养殖,一定好吃。"

我们还在南海岛礁建了5座大型灯塔,4座已发光,照亮航行。

第三部分

南海,曾有过殖民侵略,有过非法侵占,但终被赶跑;现在,又有人兴风作浪。

2012年4月10日,菲律宾把军舰开到了中国黄岩岛海域,抓扣中国的渔船和渔民。最近,万里之外的美国把航母舰机开到中国家门口。

然而,中国无可争辩地拥有南海诸岛及其附近海域的主权。

2012年7月,中国最南的城市三沙市成立。2016年7月,中国海军南海、

北海和东海三大舰队齐集南海军演,四大上将现场坐镇。这是例行性演习,也是军事震慑:不是中国的,一分不要;该是中国的,寸土必保!

就像潮水来了又退去一样,这些图谋最终都不会有结果。历史终将证明,谁只是匆匆过客,谁才是真正的主人。

作为中国人，我今天要到南海去看看

人民日报记者　余荣华　赵明琪

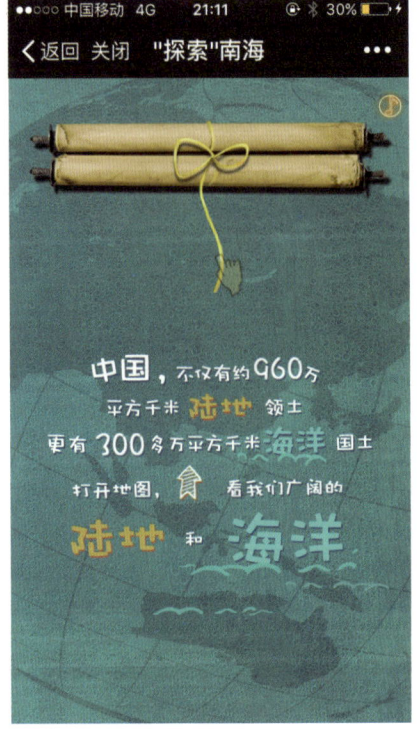

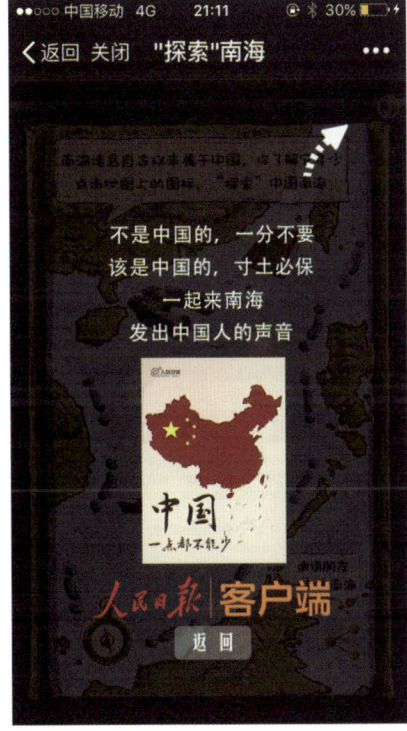

中菲南海争议白皮书

人民网

"南海仲裁案"专题二维码

电子书二维码

图解二维码

中菲南海有关争议的由来

中菲南海有关争议的核心是菲律宾非法侵占中国南沙群岛部分岛礁而产生的领土问题。此外,随着国际海洋法制度的发展,中菲在南海部分海域还出现了海洋划界争议。

自20世纪70年代起,菲律宾先后以武力侵占中国南沙群岛部分岛礁,并提出非法领土要求。从历史和国际法看,菲律宾对南沙群岛部分岛礁的领土主张毫无依据。

第一 南沙群岛从来不是菲律宾领土的组成部分。菲律宾的领土范围是由包括1898年《美西和平条约》、1900年《美西关于菲律宾外围岛屿割让的条约》、1930年《关于划定英国北婆罗洲与美属菲律宾之间的边界条约》在内的一系列国际条约确定的。中国南海诸岛在菲律宾领土范围之外。

第二 "卡拉延岛群"是菲律宾发现的"无主地",这一说法根本不成立。1978年,菲律宾将中国南沙群岛部分岛礁称为"卡拉延岛群",是企图制造地理名称和概念上的混乱,并割裂南沙群岛。

第三 南沙群岛也不是所谓"托管地"。南沙群岛从未出现在与托管有关的国际条约或联合国托管理事会相关文件中。

第四 菲律宾提出的"地理邻近"和"国家安全"都不是领土取得的国际法依据。

第五 菲律宾称,中国南沙群岛部分岛礁位于其专属经济区和大陆架范围内,因此有关岛礁属于菲律宾或构成菲律宾大陆架组成部分。这一主张企图以《联合国海洋法公约》(以下简称《公约》)所赋予的海洋管辖权否定中国领土主权,与"陆地统治海洋"的国际法原则背道而驰,完全不符合《公约》的宗旨和目的。

第六 菲律宾对中国南沙群岛部分岛礁所谓的"有效控制"是建立在非法侵占基础上的,是非法无效的,为国际法所明确禁止。国际社会不承认武力侵占形成的所谓"有效控制"。

制作单位:人民网

应对"南海仲裁案"
新闻作品选

图解一
中菲南海
有关争议的事实与观点

《中国坚持通过谈判解决中国与菲律宾在南海的有关争议》白皮书
第一部分

南海诸岛是中国固有领土

中国南海诸岛包括东沙群岛、西沙群岛、中沙群岛和南沙群岛。中国最早发现、命名和开发利用南海诸岛及相关海域,最早并持续、和平、有效地对南海诸岛及相关海域行使主权和管辖。明清时期形成并流传至今的《更路簿》记录了中国人民在南海诸岛的生活和生产活动,以及对南海诸岛的命名。中国对南海诸岛的主权和在南海的相关权益,是在漫长的历史过程中确立的,具有充分的历史和法理依据。

1933年,法国曾一度侵入南沙群岛部分岛礁,制造了"九小岛事件"。中国政府采取一系列措施捍卫主权。1935年中国水陆地图审查委员会编印并公布了《中国南海各岛屿图》。

▲ 1943年11月,中美英三国领导人在埃及开罗会晤(从左至右,蒋介石、罗斯福、丘吉尔)

日本在侵华战争期间曾非法侵占中国南海诸岛。随着世界反法西斯战争和中国人民抗日战争的推进,中、美、英三国于1943年12月发表《开罗宣言》郑重宣示,日本必须将所窃取的中国领土归还中国。1945年7月,中、美、英三国发表《波茨坦公告》,其中第8条明确规定:"开罗宣言之条件必将实施。"1945年8月,日本宣布接受《波茨坦公告》无条件投降。

1943年12月,中、美、英三国政府联合发表《开罗宣言》,规定日本必须归还其所窃取的中国领土

• 1946年11月至12月

中国政府派员分赴西沙群岛和南沙群岛,举行仪式,重立主权碑。次年3月,中国政府在太平岛设立南沙群岛管理处。

▲ 1946年12月,中国政府派遣专员及官兵在太平岛上举行仪式,收复南沙群岛

• 1948年2月

中国政府公布《中华民国行政区域图》,包括标有南海断续线的《南海诸岛位置图》。

◀ 1948年2月,中国政府公布《中华民国行政区域图》,包括标有南海断续线的《南海诸岛位置图》

• 1949年10月1日

中华人民共和国成立后,进一步维护对南海诸岛的主权和在南海的相关权益。

• 1958年9月

中国发布《中华人民共和国政府关于领海的声明》,明确规定中国领海宽度为12海里,适用于中华人民共和国的一切领土,包括"东沙群岛、西沙群岛、中沙群岛、南沙群岛以及其他属于中国的岛屿"。

• 1959年3月

中国政府在西沙群岛的永兴岛设立"西沙群岛、南沙群岛、中沙群岛办事处"。

• 1983年4月

中国地名委员会受权公布南海诸岛部分标准地名,总计287个。

• 1988年4月

第七届全国人民代表大会第一次会议决定设立海南省,管辖范围包括西沙群岛、南沙群岛、中沙群岛的岛礁及其海域。

• 1992年2月

中国颁布《中华人民共和国领海及毗连区法》,明确规定:"中华人民共和国的陆地领土……包括东沙群岛、西沙群岛、中沙群岛、南沙群岛以及其他一切属于中华人民共和国的岛屿。"

• 1998年6月

中国颁布《中华人民共和国专属经济区和大陆架法》,明确规定:"本法的规定不影响中华人民共和国享有的历史性权利。"

• 2012年6月

国务院批准设立地级三沙市,管辖范围西沙群岛、中沙群岛、南沙群岛的岛礁及其海域。

▲ 2012年6月,国务院批准设立地级三沙市

第二次世界大战结束后,中国收复南海诸岛并恢复行使主权,世界上许多国家都承认南海诸岛是中国领土。

• 1952年

日本政府正式表示放弃对台湾、澎湖列岛以及南沙群岛、西沙群岛之一切权利、权利名义与要求。同年,由时任日本外务大臣冈崎胜男亲笔签字推荐的《标准世界地图集》把西沙群岛、南沙群岛及东沙群岛、中沙群岛全部标绘属于中国。1972年,日本在《中日联合声明》中重申坚持遵循《波茨坦公告》第8条规定。

• 1958年9月14日

越南政府总理范文同照会中国国务院总理周恩来郑重表示,"越南民主共和国政府承认和赞同中华人民共和国政府1958年9月4日关于领海决定的声明。"

▲ 1958年9月14日时任越南政府总理范文同照会中国国务院总理周恩来,承认和赞同中国关于领海决定的声明

• 1987年3月17日至4月1日

联合国教科文组织政府间海洋学委员会第14次会议讨论了《全球海平面观测系统实施计划1985-1990》,该文件建议将西沙群岛和南沙群岛纳入全球海平面观测系统,并将这两个群岛明文划属"中华人民共和国"。中国政府被委任建设5个海洋观测站,包括南沙群岛和西沙群岛上各1个。

在许多国家出版的百科全书、年鉴和地图都将南沙群岛标属中国。南海诸岛属于中国早已成为国际社会的普遍认识。

制作单位:人民网

图解三 中菲南海有关争议的事实与观点

中国坚持通过谈判解决中国与菲律宾在南海的有关争议 白皮书 第三部分

中菲已就解决南海有关争议达成共识

20世纪80年代以来，中国就通过谈判管控和解决中菲南海有关争议提出一系列主张和倡议。

中国在解决南海问题上的"搁置争议，共同开发"倡议首先是对菲律宾提出的。

中国就管控海上分歧与菲律宾进行多次磋商，双方就通过谈判协商解决有关争议、妥善管控有关分歧达成重要共识。

- 1995年8月
- 中菲共同发表：
  《关于南海问题和其他领域合作的磋商联合声明》

表示：
- 争议应由直接有关国家解决
- 双方承诺循序渐进地进行合作，最终谈判解决双方争议

此后，中国和菲律宾通过一系列双边文件确认通过双边谈判协商解决南海问题的有关共识。

- 2002年11月
- 中国同东盟10国共同签署：
  《南海各方行为宣言》（以下简称《宣言》）

各方郑重承诺：
"由直接有关的主权国家通过友好磋商和谈判……以和平方式解决他们的领土和管辖权争议。"

▲ 2013年9月，落实《南海各方行为宣言》第六次高官会在江苏省苏州市举行，并启动了《南海行为准则》磋商。

上述共识和承诺构成两国间排除通过第三方争端解决方式解决中菲南海有关争议的协议。**这一协议必须遵守**

中菲曾就管控分歧、开展海上务实合作取得积极进展。

- 1999年3月 中菲举行关于在南海建立信任措施工作小组首次会议，并发表联合公报
- 2004年 中菲两国的国家石油公司签署《南中国海部分海域联合海洋工作协议》
- 2005年 中国、菲律宾、越南三国国家石油公司签署《南中国海协议区三方联合海洋地震工作协议》

令人遗憾的是，由于菲律宾方面缺乏合作意愿，中菲信任措施工作小组会议陷于停滞，中菲越三方联合海洋地震考察工作也未能继续。

制作单位：人民网

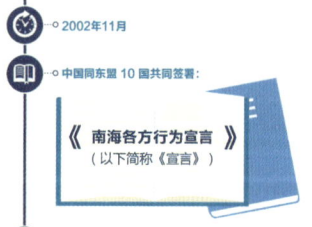

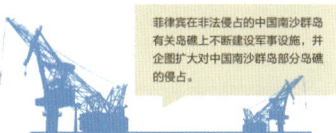

台湾青年视频解读南海主权

中国经济网

中国经济网将台湾青年解读南海主权的人气热播视频《Taiwan Beiju——一次让你看懂南海主权争议》改编并翻译成英文微视频在优兔等主流社交媒体推送。从台湾青年的角度以讲故事的形式描述了南海问题的始末,由浅入深地表达出南海自古以来就是中国领土,号召大陆和台湾联手共同捍卫国家主权。

中国经济网将原来 7 分 39 秒的中文视频剪辑并翻译成 6 分 21 秒的英文视频，改编后的视频内容更紧凑流畅，突出了南海仲裁的虚伪和非法，有力地表明了南海是中国不可分割的一部分，同时也展示了中国捍卫祖国统一和领土完整的决心。

这段英文微视频不仅在优兔、推特、脸书等境外社交媒体平台上推送，还通过经济日报驻外记者向所在国当地社交媒体和新媒体推送，并由此形成了通过经济日报社 25 个驻外记者站将南海仲裁案相关报道推送至各国社交媒体的发布机制，为广泛深入宣传中国南海主张开辟了新路径。

地址：

Video interpreting South China Sea sovereignty by Taiwan netizens well received

中经网英文版：

http://en.ce.cn/main/latest/201607/13/t20160713_13766515.shtml

（中国经济网 2016 年 8 月 4 日）

关于南海问题，习近平这样说

中央电视台

　　为做好菲律宾南海仲裁案舆论引导工作，央视网《学习平台》栏目紧跟南海仲裁案主题，着重可视化表达，在前期梳理习近平主席有关南海问题系列重要论述的基础上，动态添加南海仲裁案结果公布当日习近平主席重要讲话内容，并于 2016 年 7 月 13 日快速推出原创图解《关于南海问题，习近平这样说》。

　　该图解围绕党的十八大以来习近平主席在不同场合阐释有关南海问题的重要论述，结合 2016 年 7 月 12 日会见欧洲理事会主席和欧盟委员会主席时的重要讲话，直观呈现南海诸岛自古以来就是中国领土的原则立场，生动展现中国坚持同直接当事国通过谈判协商解决争议的和平态度。

地址：

http://xuexi.cctv.com/2016/07/13/ARTIyWB2obPFW7vfDJBO0vmV160713.shtml

我是南海一粒沙

中央电视台

他们从海南岛启航，劈波斩浪，苦涩的沙吹痛脸庞。

他们以司南、罗盘和磁针锁定南下的航向，那是那些世纪里，世界最先进的GPS。

冬日季风南下，清明或端午再乘西南信风返航，在那里捞公螺、赤海参、牡蛎还有海龟，来年满载而归。

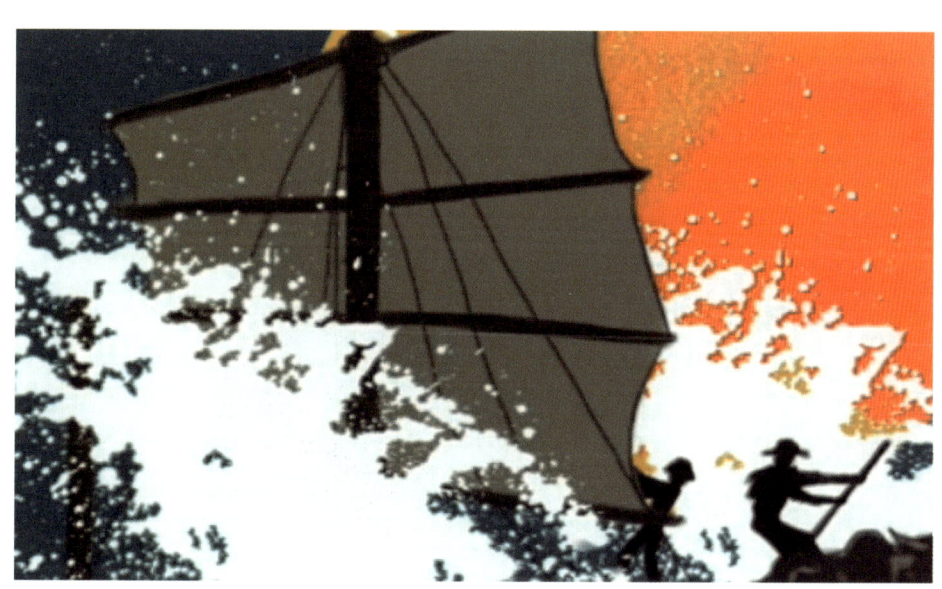

在大宋年间,他们驾着古代世界最大的红头木帆船浩荡出海,一路向南,燃香一支为一更,一更行船十海里。

2000多年前,他们初见南海,在《异物志》中写下:涨海崎头,水浅而多磁石。东沙、西沙、中沙、南沙,都是他们熟识的渔场。他们为南海的136座岛礁留下了中文乳名:"黄山马"即是太平岛,景宏岛谓之"秤钩"。当全世界还不抵达你的疆域时,他们对那片海域的大小岛礁甚至暗沙、暗礁早已了如指掌。

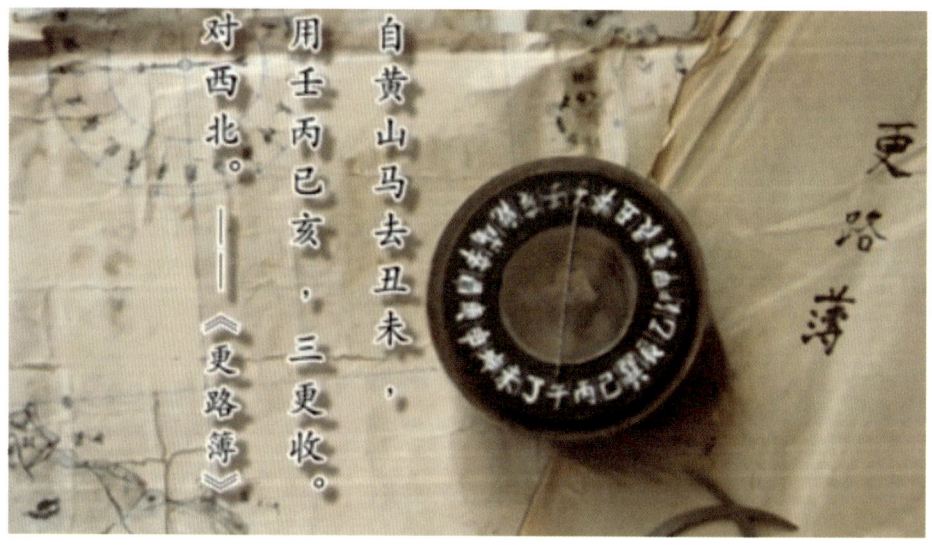

自黄山马去丑未,用壬丙己亥,三更收。对西北。
——《更路簿》

"自黄山马去丑未，用壬丙巳亥，三更收。对西北。"南海路书《更路簿》留下多少苍茫记忆。

南沙群岛留下他们挖过的水井，盖过的土地庙。北子岛上有刻着汉字的墓碑。墓碑向北，那是家的方向……

这是中国的海！浸着先辈的汗。这是中国的海域！有着中文的姓氏。

南海仲裁"宣判"日,奥巴马的朋友圈炸了

环球网

应对"南海仲裁案"
新闻作品选

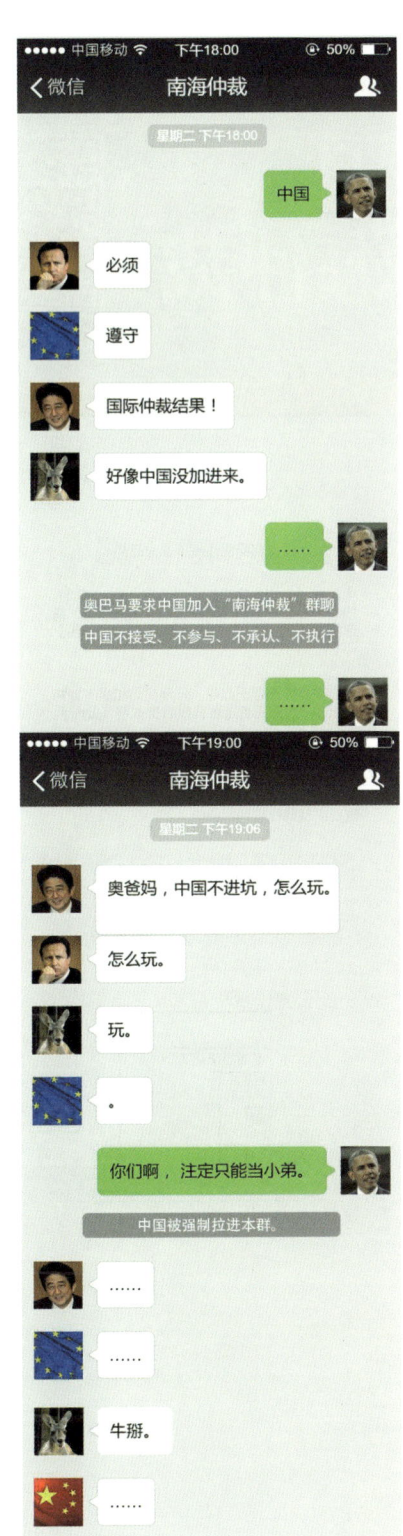

一张图看懂中国为何不承认南海仲裁

新京报

图个明白 新京报新媒体出品
第690期

中国为何不承认南海仲裁结果

菲律宾单方面提出什么仲裁事项？

2013年1月22日

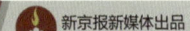

就中菲南海"海洋管辖权"争端,菲律宾单方面提起强制仲裁 → 国际海洋法法庭

时任菲律宾总统
阿基诺三世

菲律宾所提仲裁事项分三类

一 中国在《公约》规定的权利范围之外,对"九段线"(即中国的南海断续线)内的水域、海床和底土所主张的"历史性权利"与《公约》不符

二 中国依据南海若干岩礁、低潮高地和水下地物提出的200海里甚至更多权利主张与《公约》不符

三 中国在南海所主张和行使的权利非法干涉菲律宾基于《公约》所享有和行使的主权权利、管辖权以及航行权利和自由

(低潮高地:低潮时四面环水并高于水面,但高潮时没入水中的自然形成的陆地。)

《国际海洋法公约》关于海域的划分

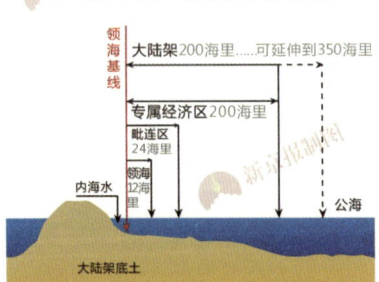

应对"南海仲裁案"
新闻作品选

仲裁庭如何做出决定？

2013年5月 → 南海仲裁庭建立

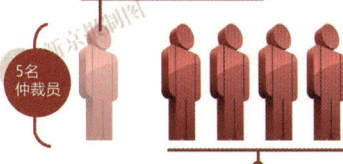

1人是由菲律宾指派的代表

5名仲裁员

4人是由国际海洋法法庭时任庭长柳井俊二指派

菲律宾提出仲裁事项 **15项**

仲裁庭受理事项 7项

（另外8项没有驳回，而是列入实际审理阶段）

最终裁决需要票数 → 过半仲裁员票

中方对仲裁采取什么态度？

不参与　不执行　不接受　不承认

"仲裁庭"对中菲争端无管辖权

菲律宾提出的是海洋划界、海洋权利问题，但本质是南海部分岛礁的领土主权问题。领土主权超出《国际海洋法公约》对仲裁庭的授权。

菲律宾未满足提起强制仲裁的条件

提起强制仲裁的前提，是双方就"同一"事项存在争议或分歧。但菲律宾提出的是关于单个岛礁法律地位的问题，而中方一直将岛礁当作群岛的组成部分，主张整个群岛的权利。所以，双方没有就"同一"问题存在争端。

中国早已声明不接受"强制解决"

关于海洋划界、历史性海湾或所有权问题，中国早在2006年依据《公约》298条规定作出排除性声明，不再接受使用强制争端解决程序。

菲律宾单方面提起仲裁违反此前协议

菲律宾违反中菲两国达成的通过谈判解决南海有关争议的双边协议，也违反中国与包括菲律宾在内的东盟国家在2002年《南海各方行为宣言》中作出的由直接有关当事国通过谈判解决有关争议的承诺。

资料来源：新华社 人民网
新京报新媒体编辑：陈璐
新京报新媒体制图：张妍

获取新京报微信

我们是南海真正的主人，他们只是匆匆过客

东方网

南海很大

中国的陆地领土约960万平方千米，

我国南海的蓝色国土就有350万平方千米。

南海很远

曾母暗沙是中国的最南端，

这片海面之下的珊瑚礁，

距离广东约有2000公里，

相当于广州到北京的距离。

南海又很亲

东汉杨孚《异物志》记载：

"涨海崎头，水浅而多磁石。"

"涨海"，

就是我们老祖宗对南海最早的称谓。

我们的南海，美得超乎你的想象！

这里的海水清澈无比、洁净透明，最深能见度达到 40 米，在光影的映衬下，海水五光十色，变幻莫测，犹如仙境。

这里的珊瑚礁盘经过常年的海浪冲刷，有着鬼斧神工般壮丽的痕迹。

应对"南海仲裁案"
新闻作品选

这里岛屿郁郁葱葱,宛如一颗颗绿色的宝珠点缀在湛蓝的海面上。

这里的渔民耕海牧渔。

这里的海面平静时犹如画布，一艘小船划过便会荡起优雅的波纹。蓝天、白云、碧海、银沙、一派海阔天空。

　　这里的海平面下五彩斑斓，琳琅满目的珊瑚将海底铺设成了一片片绚丽的花园。

　　这里有着壮美的日出、日落——有一轮红日在海面上喷薄而出的壮阔，也有天色渐暗时美不胜收的绚丽夕照……

　　南海诸岛自古以来是中国的固有领土，中国对南海拥有无可争辩的主权！

永暑礁新建机场位于我国南沙永暑礁上,是我国目前最南端的一座机场。图为空姐在永暑礁上留影。

国际法对于领土取得有很多基本原则,一般有四大要素:最早发现、最早命名、最早开发经营、连续不断地行政管辖——

从"最早发现""最早命名"的角度来说,从"最早开发经营"的角度来说,中国对于南海的主权管辖始于何时?

中国拥有南海海域及其附近诸岛主权是一个历史发展的过程,"四要素"是经历了2000多年而形成的。在这个过程中,没有一个国家可以拿出其对于南海拥有主权并优先于

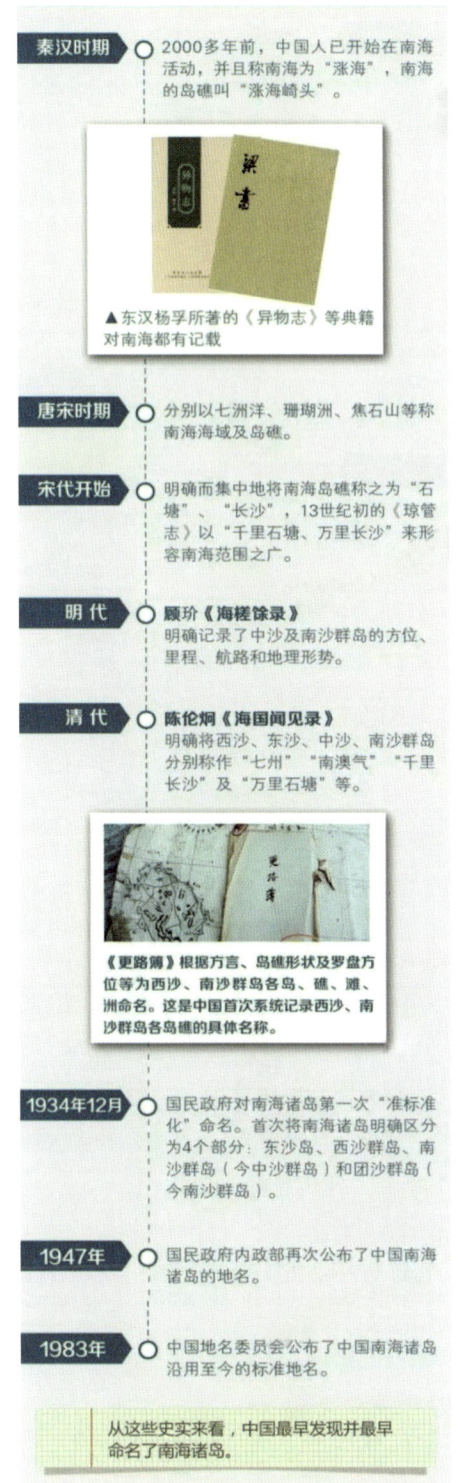

秦汉时期 2000多年前,中国人已开始在南海活动,并且称南海为"涨海",南海的岛礁叫"涨海崎头"。

▲东汉杨孚所著的《异物志》等典籍对南海都有记载

唐宋时期 分别以七洲洋、珊瑚洲、焦石山等称南海海域及岛礁。

宋代开始 明确而集中地将南海岛礁称之为"石塘"、"长沙",13世纪初的《琼管志》以"千里石塘、万里长沙"来形容南海范围之广。

明代 顾玠《海槎馀录》
明确记录了中沙及南沙群岛的方位、里程、航路和地理形势。

清代 陈伦炯《海国闻见录》
明确将西沙、东沙、中沙、南沙群岛分别称作"七州"、"南澳气"、"千里长沙"及"万里石塘"等。

《更路簿》根据方言、岛礁形状及罗盘方位等为西沙、南沙群岛各岛、礁、滩、洲命名。这是中国首次系统记录西沙、南沙群岛各岛礁的具体名称。

1934年12月 国民政府对南海诸岛第一次"准标准化"命名。首次将南海诸岛明确区分为4个部分:东沙岛、西沙群岛、南沙群岛(今中沙群岛)和团沙群岛(今南沙群岛)。

1947年 国民政府内政部再次公布了中国南海诸岛的地名。

1983年 中国地名委员会公布了中国南海诸岛沿用至今的标准地名。

从这些史实来看,中国最早发现并最早命名了南海诸岛。

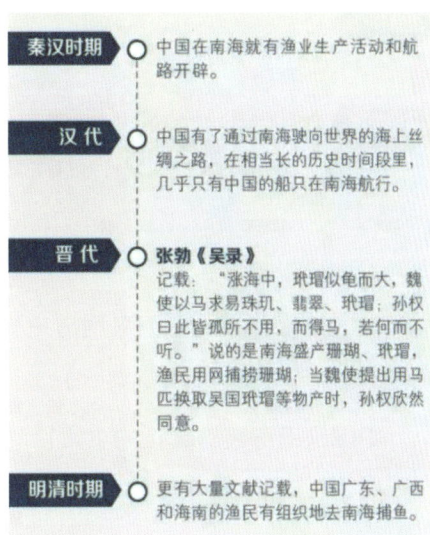

秦汉时期 中国在南海就有渔业生产活动和航路开辟。

汉代 中国有了通过南海驶向世界的海上丝绸之路,在相当长的历史时间段里,几乎只有中国的船只在南海航行。

晋代 张勃《吴录》
记载:"涨海中,玳瑁似龟而大,魏使以马求易珠玑、翡翠、玳瑁;孙权曰此皆孤所不用,而得马,若何而不听。"说的是南海盛产珊瑚、玳瑁,渔民用网捕捞珊瑚;当魏使提出用马匹换取吴国玳瑁等物产时,孙权欣然同意。

明清时期 更有大量文献记载,中国广东、广西和海南的渔民有组织地去南海捕鱼。

我们的历史依据。在中国对南海主权形成的过程中,也没有一个国家提出过异议。

    中国是南海诸岛真正的主人!

    历史终将证明,

    谁只是匆匆过客,

谁才是南海真正的主人!

一起来看,我们美丽的南海!

(东方网 2016 年 7 月 12 日)

访谈全球知名法学家解析南海仲裁案系列报道

深圳卫视

就菲律宾单方面提出的南海仲裁案，深圳卫视《直播港澳台》等系列新闻栏目，从 2016 年初起，在全球范围内主动约访了 36 位国际法学者，陆续制作推出"访谈全球知名法学家解析南海仲裁案"系列报道。他们中既有英国国际法学者、清华大学法学院教授托尼·卡帝，也有澳海洋战略专家、澳大利亚国家海洋资源与安全研究中心教授山姆·贝特曼，还有韩国国际法学者、仁荷大学法学院教授金显洙等。这些受访者身份权威、地域分布广泛、法理剖析准确到位，精准指出菲方主张的法理漏洞，有力支持了中方立场。这些专业的法律分析也被翻译成英文，提供给驻外使领馆、国际专业法学网站转载，有效引导国际社会了解中方的主张合理合法，给仲裁庭作出最终裁决施加一定的舆论压力。

深圳卫视还注重发挥港台特色，反映台湾方面同样不承认仲裁结果的立场。节目搜集了台湾当局收藏的历史资料，专访中国台湾海洋大学海洋法律研究所教授高圣惕以及厦门大学南海研究院院长傅崐成，分析历史实证，对菲律宾不合理、不合法的诉求予以驳斥。

此后，深圳卫视还陆续推出《学问南海》系列专访、南海疆界划定者后人独家专访，并针对新媒体传播特点，推出"南海小龟"的动画形象，制作

《南小龟学堂》系列，比如《秒懂岛、礁、滩、沙》深入浅出地将复杂的国际法概念，变成老幼皆懂的科普短片。

在南海仲裁案舆论引导中，深圳卫视新闻团队善用全球智力资源，善用国际法相关规定的精神，从而在国际范围为我舆论引导和舆论斗争提供法理依据，显现了其宽广视野、大局意识、专业水准。

（深圳卫视2016年5月16日—7月12日）

聚焦菲律宾南海仲裁案特别报道

南海网

  聚焦菲律宾南海仲裁案,南海网开设特别报道专题,在南海仲裁案公布前,提前做好准备,从中国强音、南海铁证、海外声援三个板块全面阐释了"南海仲裁闹剧　中国说不"的坚定立场,多角度为关于南海的"中国主权"发声。南海铁证为南海网专题的最大特点,集纳了南海网《抢救〈更路簿〉海南在行动》专题报道,《更路簿》就是中国人经略祖宗海的历史见证。三沙访谈和视觉三沙两个板块,从视频、高清组图两个方面展示了三沙老照片背后的故事,以及三沙日新月异的变化。

  2016年7月12日当天,马来西亚光华日报旗下的光华网转载了南海网《更路簿》报道及专题,与南海网共同解码"中国海"。作为马来西亚的华人媒体,光华网与南海网一起,共同为南海"中国主权"发出强音。与此同时,《光华日报》也连续刊发专版,从历史、现实、物证、专家说法等多个角度及国际视野,呼应"南海诸岛自古属中国"。

  网址:http://www.hinews.cn/news/system/2016/07/01/030506012.shtml

《全息南海》系列短片

南海网

【解密篇】解密"南海天书"

【字幕】海上风云莫测台风巨浪袭来,远离大陆南海航行高温高湿惊险打捞,何以为路?

一本来自600年前的航海真经——《更路簿》

【同期】海南省琼海市潭门镇渔民 苏承芬

我们到西沙、南沙、中沙那边生产,就得靠那个《更路簿》。

通过它可以知道天气、海流情况。哪里海产品储备丰富,哪里可以生产生活。(画面信息:《更路簿》上记录着每个岛礁、航线、里程、航行时间、岛礁的水涨水落、航行时的季节、风向、水流、云色)

苏承芬说大海的凶险我领教过许多。最难忘的是1973年的那次赴西沙捕鱼,当时和我一起远赴西沙的还有一艘潭门镇刚刚建造的大吨位渔船,船上有30多人。一个晚上,我驾驶着渔船正在永兴岛附近作业,夜间我就发现海水的颜色不对,想起《更路簿》里对海水颜色的介绍,就觉得应该立刻停止作业,将船开往永兴岛内避风浪,3天的时间里,狂风暴雨裹挟着10多米高的海浪，冲向永兴岛的礁盘。而那艘大船以及船上的30多人，都没有回来。

记载了方向、时间、距离、路线，《更路簿》不但让木帆船顺利去南海捕鱼，还能避开台风、大风大浪、海盗等，准确率高达90%以上。

【字幕】600年沧桑飘摇，曾经万余本现存十余本，大量古代方言地名，被誉为南海天书。

【同期】海南大学教授　周伟民

潭门最早到南海去捕捞的，就是一个人叫作符再德。符再德这个人呢，他们说是元朝人，距离现在有600多年了。

《更路簿》从元代开始出现，在明代流传推广，盛行于明朝末年、清代和民国时期。只有经验丰富的老船长能够读懂。随着老船长离世，《更路簿》大多同其他贴身物品一起焚烧或一同埋葬。

【字幕】12种版本、96处岛礁土地名，带你解密南海天书。

岛礁的命名分为四类："峙"，岛屿和沙洲；"圈"，环形礁盘；"廊"：自海面难以看出的暗礁，"线"或"线排"，暗沙。历史上的特殊事件也是重要的命名因素。如把环礁称为"筐"，把南威岛称为"岛仔峙"，把司令礁称为"目镜铲"，把安达礁称为"银饼"，把仙宾礁称为"鱼鳞"等。"东海"就是西沙，"北海"就是南沙，"猫注就是永兴岛，"海公"就是半月礁。

【字幕】神秘天书目前仅9人能看懂。

《更路簿》中，一更就是十海里，例如《更路簿》中记载"自大潭门出用乾巽十五更收"，意思就是：从琼海潭门港去西沙，由乾(西北)向巽(东南)，全航程150海里。有的《更路簿》记载了17条西沙捕鱼线路、200多条南沙捕鱼线路、29条从南沙返回海南岛的航线、7个海上交通枢纽和渔业生产中心。这些线路和生产中心，都是海南渔民经过千百年探索，逐步固定下来的"最佳路线"。目前看懂《更路簿》的潭门老船长只有9位，年龄最大的已经90多岁，最年轻的也有77岁。

【同期】海南大学教授　周伟民

苏承芬这个《更路簿》就证明海南渔民历代都到黄岩岛去捕捞。黄岩岛是中国的领土，这是毫无疑问的。

据清朝官方编修的《广东通志》《泉州府志》《同安县志》等记载，南海诸岛属万州辖治。在《混一疆理历代国都之图》《广舆图》《郑和航海图》《大清万年一统全图》《大清一统天下图》等许多官方地图中都有关于南海诸岛礁的记载。就这样，中国的渔民们成为最早对南海岛礁行使命名权的人。这样的命名与开发，结合《更路簿》中详细的记载路线，成为南海自古以来属于中国的铁证。

【字幕】600年前，我们在这片海域捕鱼、航海直到今天。花费了百年的心血补充而写成的小册子就是中国最早开发经营南海诸岛的有力佐证！

【见证篇】口述历史：我能证明南海是中国的

近些日子，托菲律宾南海仲裁案的"福"，南海问题又成为国际热点，国内外各种声音在南海汇聚。

史书记载，西汉以来，我南海渔民便在南沙诸岛海域捕鱼、拾贝、捉龟，12大岛、洲上，至今还留有神庙、瓦灶、土坟等遗址。最先给南沙岛礁取名的是中国渔民。最早在南海地区长期进行经营开发活动的也是中国渔民，他们才是南海历史最直接的见证者。真实的南海记忆，这就说给你听。

【同期】海南省琼海市潭门镇渔民　杨庆富

18岁去出海做到62岁，你估计我们做了多少年，那个西沙那个礁盘一个（个）礁盘，一个（个）小（礁盘），我都可以认出来，我到黄岩岛，我到那里抓的（海）产品很多很多最早最早是我去抓。菲律宾政府过去也不管南沙看不见他们

【同期】海南省琼海市潭门镇渔民　苏承芬

南沙就得讲（是）我们中国的，就是我们祖宗海。第一次到那个南沙，我就问那个老一辈的，"老伯，这个南沙是什么国家？"老一辈人对我说南沙是我们中国的，我就一直记在脑下。

【同期】海南省琼海市潭门镇渔民　卢家炳

南海祖祖辈辈都是我们去过的，我父亲、爷爷、曾爷爷、高爷爷，都是去过的。那时候（我们开发的时候）没有人开发，那时候去的时候，岛上，父亲说岛上整个所有南沙所有的岛，都没有一个人在上面。渔民很早以前就在海底那个礁盘的附近，那个礁盘的旁边，作业的时候发现好多文物，那好些上写大清的有、乾隆的也有，说明都是我们中国的文物。大概每一个礁都有。

【同期】海南省琼海市潭门镇渔民　许声佩

你说南沙是你们菲律宾的，你菲律宾哪一年去过南沙，你哪一年住在南沙岛上？最早年的时候，我们五六十年代那时候就去南沙了，那时候我们去南沙的时候，还没有见过你们菲律宾的人在岛上。我们潭门的渔民、我们草塘的渔民50年代，我们的祖辈，郑和下西洋的时候他们就已经下西沙闯南沙了。

空口无凭，广阔的南海也不是老渔民们说说就去过的，他们不仅有人证，还有物证啊！他们精心保存着历史中日本与英国印制的海图，这就是最好的证据啦！

【同期】海南省琼海市潭门镇渔民　苏承芬

我当船长（的时候），我看见英国的海图，英国海图那个南沙范围用那个红线框起来，里面怎么写——南中国海。

【同期】海南省琼海市潭门镇渔民　符忠琼

日本、英国（的海图上），不就有那个（分界）线嘛，那个九（段）线（里是）中国。

从史料文献来看中国从唐代宋代就已经设置行政管辖。元代疆域图绪这个地图已经把南沙群岛西沙群岛纳入中国的版图。

中国渔民在南海诸岛的渔业活动，最迟也在明代初期就已经开始了。

祖祖辈辈的海南人驾船闯荡南沙，南沙虽然水下物产丰富，可是岛上没有食物啊，这海鲜虽好，天天吃也是要腻的啊，智慧的海南人就把椰子、土豆等埋在岛礁上种植，从此承担起了开发三沙的责任。

可别小看这些渔民伯伯，他们虽然没上过学，但这一身航海的技术和维护主权的意识，那可不是盖的。

【同期】海南省琼海市潭门镇渔民　许声佩

这些老船长、老渔民，他就用那个海石头在岛屿写上，南沙是我们中国的，读过书的小伙子略懂英文的就写上 C-H-I-N-A。

【同期】海南省琼海市潭门镇渔民　黄庆河

我 1950 年第一次到南沙生产。我们年轻的时候，我们到南沙，看不到越南，看不到菲律宾，（南沙）这个领土就是我们祖国的中国的。

亲爱的友邻国家们，听完了老船长们的故事，你们还觉得把别人家世代耕种的地说成是自己家的地合适吗？

杨庆富，79 岁，海南省琼海市潭门镇草塘村，18 岁开始闯南海，西南沙累计出海 50 多次，祖上世代出海。

苏承芬，81 岁，海南省琼海市潭门镇草塘村，13 岁开始闯南海，西南沙出海累积上百次，祖上世代出海，南海《更路簿》的代表性传承人。

卢家炳，67 岁，海南省琼海市潭门镇草塘村，23 岁开始闯南海，西南沙出海超过 50 次，是潭门渔民的代表。

符忠琼，60 岁，海南省琼海市潭门镇草塘村，19 岁开始闯南海，西南沙出海超过 40 次，祖上世代出海。

许声佩，60 岁，海南省琼海市潭门镇草塘村，18 岁开始闯南海，西南沙累计出海约 30 次，祖上世代闯南海。

黄庆河，83 岁，海南省琼海市潭门镇草塘村，15 岁开始闯南海，西南沙累计出海 80 次，祖上世代闯南海，是潭门祭海仪式代表性人物。

莫海雄，51 岁，海南省琼海市潭门镇草塘村，18 岁开始闯南海西沙，至今还出海，西南沙累计出海约 30 次，祖上世代闯南海。

【事件篇】南海渔民被菲律宾关押的 395 天

他做了什么，被菲律宾关押 320 天，他违反了什么，被菲律宾关押了

395 天。

2014 年 5 月 6 日，早上 10 点左右，"琼琼海 09063""琼琼海 03168"两艘渔船正在南沙半月礁海域作业。两艘似菲律宾船型的小船靠近过来，其中一艘船上的几名武装人员强行登上了"琼琼海 09063"，并向天空开了四五枪。

【同期】"琼琼海 09063"船长 陈奕泉

我们当时在作业，突然有一艘小船靠近我们，我以为是菲律宾的渔船交换大米啊、淡水啊，没有防备下，他们突然靠近船登船，拿出冲锋枪。

伪装成渔民的菲律宾海警告诉"琼琼海 09063"渔船上的 11 名船员，他们在菲律宾的海域非法捕鱼，要扣押他们及渔船。

【同期】"琼琼海 09063"船长 陈奕泉

他们一上船上马上把通信设备全部断掉电源，大概 36 个小时。

陈奕泉说，（2014 年）5 月 7 日 1 点，渔船到达菲律宾巴拉望岛，接着又转车。5 月 11 日 7 点多，11 名中国渔民被关进巴拉望公主港海警局，警方递给我们一份文件，要我们马上签字。

【同期】"琼琼海 09063"船长 陈奕泉

（要我们）承认我们的渔船在菲律宾的海域捕鱼，他就是立即放船放人，他说要是你没有承认在菲律宾的海域，他就判我们 20 年的监禁。

他回忆，被菲律宾政府非法扣留期间，多次有人找他们谈话，强硬要求签字，前后共耗时 6 个多月。开庭 10 多次，只要他们承认是在菲律宾海域捕鱼，就随时立刻放人。

【同期】"琼琼海 09063"船长 陈奕泉

最终判了一年的监禁，刑期是 2015 年 5 月 12 日到期。

他们被定罪为"非法入境罪"，在被抓扣期间，菲律宾对他们的执法标准根据是否签字频繁发生改变：从监禁 20 年的恐吓，到 395 天的刑期，菲律宾方的量刑标准在哪里？而陈奕泉想不明白的是：签了字就可以放人——菲律宾方的行为，似乎不是在依照法律的标准公正审理，而是玩弄法律于股掌，仅仅为了让这些世世代代在中国的祖宗海打鱼的普通渔民,在他国暴力的压制下低头。那一纸签名,究竟意味着什么?

据史料记载西沙、南沙、中沙海域早在明代就已经成为中国渔民的传统渔场。南海是中国渔民世世代代耕耘的祖宗海。半月礁是南沙群岛岛礁之一,中国渔民称为"海公",为其主要捕捞基地之一。半月礁的礁盘形似半个月亮。这是一个出自典型的中国民间直觉思维的名字。大部分的南海岛礁的名字,最早都由潭门渔民尤其是船长给予,名字里带着海南话的规则。

【同期】"琼琼海09063"船长　陈奕泉

监狱里的生活条件比较差,跟那个菲律宾的犯人住在一起生活,都是一起关在那里,我们到那里人生地不熟,语言不通。

【同期】陈奕泉夫人　麦苗

我的老公经常到那边出海,到那边作业,他(菲律宾)就扣押我的渔船,我在家里真的很难过。

陈奕泉在监狱里度日如年,想念着家人,也想起了同村80岁的麦运秀老渔民曾经被菲律宾非法扣押的事情。1995年3月25日,渔民麦运秀和另外3艘琼海渔船在南沙仙娥礁附近捕鱼,遭到菲律宾当局的非法扣押,包括他在内的62名中国渔民遭到非法逮捕。在随后的10个月里,菲律宾法院以所谓"非法入境罪"对中国船员进行审讯。同样地,菲律宾要求他签字承认他在菲律宾海域捕鱼就可放人,他当时写下了这么一首诗:

【同期】中国海南省琼海市潭门镇渔民　麦运秀

初见生疏语不通,多次交谈知亲朋,热心相助非我意,谏君勿忘你祖宗。

这首诗是麦运秀写给多次劝他签字的翻译,一位海南华侨的,麦运秀望着这位翻译的眼睛,世世代代依靠着祖宗海赖以生存的海南人啊,那里是否曾经也有他的宗亲。

【同期】"琼琼海09063"船长　陈奕泉

(现在)我父亲也会跟人家去南沙出海,我们现在还要造船,重返南沙那块海域,继续生产。

【字幕】麦运秀被菲律宾非法关押320天，陈奕泉被菲律宾以各种理由拖延释放，非法关押了395天。

2014年5月7日，菲律宾政府称将对渔船及有关人员提起诉讼。中国海警船已经赶到事发现场，中国外交部发言人华春莹强调：中国对包括半月礁在内的南沙群岛及其附近海域拥有无可争辩的主权，中方要求菲方对此给出合理解释，并立即放人放船。同时中方警告菲律宾方面不要采取任何挑衅行动，并且，中国驻菲律宾大使馆第一时间与菲律宾政府沟通，多次并派人与陈等人见面，表示慰问，并与陈家人联系，给予国家的支持力度。

【答疑篇】权威答疑　详解南海焦点

【字幕】回应质疑：中国是否怕打官司？

2013年，菲律宾向中国发来外交照会，要求把南海争端交付仲裁，并单方面启动了强制仲裁程序。中国多次对外宣示"不接受、不参与"的立场。有人怀疑中国是怕打官司，事实真是这样吗？

【同期】中国南海研究院院长　吴士存

2014年12月7日，中国政府发表了一个关于菲律宾提起的仲裁案的政府立场文件，那么很明确，我们认为仲裁庭对这个案子没有管辖权。《联合国海洋法公约》的序言里面，开宗明义就讲了，在妥为顾及缔约国主权的前提之下为海洋建立一种秩序和规则。你要尊重缔约国的主权，所以中菲之间真正的问题它不是像菲律宾所说的按照《公约》第286条有关《海洋法公约》的解释和适用问题。

不仅如此，菲律宾违背了有关尊重国际主权和领土完整的国际法基本原则，无论是《联合国宪章》，还是《联合国海洋法公约》，都认同各国的自主安排，鼓励国家之间争端应先由当事国协议解决。菲律宾提起仲裁程序的行为是对法律程序的滥用。《公约》明确规定了仲裁程序启动的前提条件是交换意见，如没有交换意见就单方面提起仲裁，不符合《公约》规定。

【同期】中国南海研究院院长　吴士存

国际法很重要的一个原则,那就是约定必须要得到遵守,菲律宾已经承诺了,这是你政府作出的庄严承诺,在多边和双边声明里边,双边协定里边,你必须要遵守,通过磋商通过谈判,直接当事方友好协商的方式来解决。

其实,中国作为《联合国海洋法公约》的缔约国,《联合国海洋法》赋予了缔约国权利,完全可以自主选择解决争端的方式。

【同期】中国南海研究院院长　吴士存

中国根据《公约》第298条,把涉及海洋划界、历史性海湾和权利、军事活动及执法活动等等有关这类的争议,中国排除了通过强制仲裁程序解决的可能性,就有关这一类的海洋划界这类争议中国不接受强制仲裁程序,这个权利是《联合国海洋法公约》赋予缔约国的权利,那么做出这种排除性声明的国家有35个国家。

既然中国从一开始就是对的选择,不参与菲律宾单方面提出的南海问题仲裁,那菲律宾发表的言论是否属实,有无法理依据呢?我们可以从多个方面,有理有据地证明南海主权属于中国。

【同期】中国南海研究院院长　吴士存

中国对南海诸岛的主权基于这么几个方面:第一 是最先发现;第二最先开发经营;第三最先进行实际管辖;再一个就是国际承认。当时在史料上面,南海诸岛叫石塘石桑,有时候叫石塘长沙。又有元代、明代、清代,千里石塘、千里长沙、万里石塘、万里长沙。那么,我下面有幅地图是1602年的,那是明代的,上面把它标为南海诸岛,"万里石塘"四个字用中文写着,画在南海上面。所以中国是最先发现南海诸岛的国家,那最先经营,主要是对南海的开发活动,因为人类社会对海洋的认识和利用,是不断进步的,尤其是在古代,人类对海洋的认识和对海洋的利用,就是一个舟皆自便、渔盐自力,舟皆自便就是海洋运输,再一个就是捕鱼晒盐。

从史料文献来看,我们从唐代、宋代就已经设置行政管辖,到了元代已经把南海划入中国的版图。

【同期】中国南海研究院院长　吴士存

再有就是国际承认，1945年日本投降，1946年中国政府根据《开罗宣言》《波茨坦公告》，从日本人手上接过了南海诸岛，随后1948年，民国政府又向国际社会公布了划有十一段线的叫作南海诸岛位置图。这幅地图叫作《中华民国行政区划图》。在很长一段时间内，国际社会不只是默认，而且有一些国家采纳了南海断续线的划法，把南海诸岛划为中国。

南海诸岛是中国的，既然早已得到了国际社会的承认，那菲律宾策划的这个仲裁案就是一个闹剧，就是不尊重事实，而且也违反了国际法的禁止反言原则。菲律宾在20世纪50年代宣布发现南海诸岛为"无主之地"，并将该地命名为"自由地"，最终于70年代定名为"卡拉延群岛"，这和中国历朝历代对南海的发现、命名、管辖的悠久历史相比，必然是荒唐可笑的。

【同期】中国南海研究院院长　吴士存

所以中国已经通过最先发现，随后先占，获得了对南海诸岛的主权，不存在后来有些国家认为南沙群岛是无主地。

中国政府对南海仲裁案始终是"不接受、不参与"的立场，而菲律宾强烈谴责我们的这种态度，究竟是我们的拒绝有理呢，还是菲律宾的起诉有理呢？

【同期】中国南海研究院院长　吴士存

从另外一个意义上讲，仲裁庭已经失去了他的公正性，已经成为菲律宾利益的代言人，中国不接受、不参与意味着从那一刻开始，仲裁庭对中国发出的任何命令、任何要求没有法律约束力，所以中国不执行也是很自然的。

对于不公平的裁决，我们要勇敢地说"不"，菲律宾南海仲裁案纯属一场政治闹剧，中国不执行这样一个不公正裁决，也会得到国际社会的广泛理解和尊重的。

【同期】中国南海研究院院长　吴士存

那么中国政府的这一立场，尤其是最终裁决之后，中国不执行裁决，受到了越来越多的国家的理解、支持。这些国家包括亚洲的、欧洲的、非洲的国家甚至还有一些地区和国际组织通过单独发表声明或者联合发表声明的方式,甚至像印度、俄罗斯这样的大国,也理解并支持中国的立场。

得道者多助,失道者寡助,这是中华文明几千年来亘古不变的真理。套用一句菲律宾的俗话:"忘记过去的人不会拥有未来。"

【探秘篇】水下遗迹揭露南海历史尘封往事

20世纪70年代,南海甘泉岛,"唐宋博物馆"重现天日。

1996年,南海西沙群岛,发现一艘巨型沉船;

2014年,海南潭门港出土《两院禁示》碑,揭开古代海关神秘面纱。

在南海这片蔚蓝的海水之下,积存着大量历史遗迹。揭开这些遗迹和文物的神秘面纱,会有怎样的尘封往事浮现在咱们眼前?

第一个细节展示:《两院禁示》碑

这是一块《两院禁示》碑,看似普通却不容小觑,它身上隐藏着一个让人惊叹的大秘密。为了让这百年前的文物"说话",众多考古大腕齐聚一堂,抽丝剥茧寻真相。(画面:2014年10月,琼海潭门出土。高138厘米、宽37厘米、厚13厘米。长方形、石质、碑首楷书、两院禁示、全文约109字。)

【同期】海南省博物馆副馆长　陈江

你要知道这个碑里面主要是什么呢?凡是外地从其他地方的这个船到了海南以后,你必须要把你所在的地方的官印,就相当于现代的路引,说穿了就相当现在的路引通行证,海关的那个票(一样),你必须要先交到我这来,你必须要交过来才行。第二个呢,不允许你夹带其他东西,类似于不允许走私,这样子的。一旦有这个发现的话那我就是要治罪了。

原来,《两院禁示》碑的碑文就是我国古代的海关业务说明。那么问题就来了,海关这个概念在我国古代就存在了?是的,从汉唐时期开始,中国人就开创了途经南海的海外交通线路。到了明朝,中国进入大航海时期,郑和船队远涉重洋,曾到达波斯湾、红海,还到过非洲的蒙巴萨和南亚的吉里地闷,巩固和拓展了"海上丝绸之路"。而南海,恰是古代中国海上丝绸之路的大通道。这座《两院禁示》碑正是我国古代朝廷管理海上通道的一个历史证据,那个时候虽然没有那么多的高科技设备,但是我们的海关管理做得是非常给力的。

看完这座暗藏玄机的石碑,咱们再下潜深海,看看海底藏着什么南海记忆。

第二个细节展示:"华光礁Ⅰ号"沉船

坐标定位华光礁,(画面:华光礁属中国海南省西沙群岛范围,位于永乐群岛南部。)1996 年我国渔民在环礁内侧的海底发现了一座壮观的沉船遗址,命名:"华光礁Ⅰ号"。

【同期】海南博物馆副馆长 陈江

华光礁Ⅰ号是一艘南宋的沉船,我们从出水的瓷器,包括器物上的铭文,器物上的纹丝来判断是哪种,一共打捞出来 500 多块船板,虽然是不完整的,但是我们依然能看出当时宋代的这种造船技术,包括隔水密封舱都有这个结构在里面,除了这个瓷器还有一些铁器。第一个就是说像这个"华光礁Ⅰ号"是在礁盘里面发现的,说明就是当时古代唐宋时期我们这些渔民、包括贸易的这些船只,他们已经知道哪些地方可以避风哪里有岛礁,哪里可以避风哪里有井水,哪里可以补充淡水,对这些都是很熟知的。

除了陈馆长说的信息,咱们再补充几个重要细节,"华光礁Ⅰ号"是南宋时期的沉船,船长 20 米,相当于五辆小轿车连接在一起;宽约 6 米,相当于 4 辆小轿车并排的宽度;11 个隔舱,排水量大于 60 吨,这个数字说明船只的总重相当于 6 头大象,600 个人。同时,"华光礁Ⅰ号"是一艘载满各种陶瓷等商品的远洋贸易商船。经确认,这艘沉船是中国在南海第一次发现的有 6 层船体构件的古船,是我国目前第一艘在远海发现发掘的保存有完整船体结构的古代沉船。

因为这座沉船遗址是在深海海底,所以整个发掘过程经历了整整两年,遗址发掘，也是分两步进行的。第一步是在 2007 年的 3—5 月，主要完成了沉船内承载宝物的发掘及船体的全面测绘；第二步是在 2008 年的 11—12 月，完成了船体的发掘，对船体构件进行了编号测绘，并分别运回到了海南省博物馆进行一系列的脱盐、脱水保护处理，最终完成船体复原工作。

"华光礁Ⅰ号"作为"海上丝绸之路"南海段的重要史迹，是埋藏在南中国海水下的一个巨型文化遗产宝库。

怎么样，这座深海沉船遗址还够壮观吧，但这只是南海海域文物发掘的冰山一角。下面咱们一起参观一座唐宋博物馆。

第三个细节展示：唐宋博物馆

坐标首先定位到西沙的甘泉岛，岛上有两口井，井水甘甜可饮，因此得名。这座岛上藏着一个"唐宋博物馆"，大量的唐宋瓷器、铁锅残片及其他生产、生活用品。更有意思的是，我们还在这座岛上发现了他们建造的地下建筑物！看来唐代先人们在南海上的小日子过得很滋润呢。

【同期】海南博物馆副馆长　陈江

他们到那边之后呢，不光是做贸易，而且他们保留很多中国的传统文化乃至盖房子、盖宗祠的时候，所有的建筑物构件都是一模一样。

唐朝的先人们留下了建筑物和瓷器，那明清时代的中国人在南海留下了哪些宝贝呢？在西沙群岛的永兴岛、金银岛、珊瑚岛、东岛、北岛等岛礁，也相继出土过一大批明代和清代的铜钱、瓷器及其他生活用品；在西沙群岛、南沙群岛的各主要岛屿上，还发现我国渔民所建的古庙遗存。不得不感叹，我国的渔民先辈们，真厉害！基本的生活需求满足后，还有了更高的精神追求。

从岛上，到海下，各种各样的文物和遗迹，承载着我们先人对这片大海的美好记忆。这片海一直未曾改变，一千年前我们在这里，一千年后我们还会在这里。中国人的南海情怀不会因时间而改变。

【仲裁篇】野蛮约架？我们不约！

菲律宾南海仲裁案最近又成了热议的话题，虽然中国明确表示了"不接受、不参与"的态度，但是挡不住菲律宾自导自演唱独角戏的热情。但是别看菲律宾搭台唱戏那么热闹，实际上他的这出戏码完全是无效的，具体是怎么回事呢？我们今天就用几分钟好好给您捋一捋。

这个菲律宾启动强制仲裁程序的依据啊，是《联合国海洋法公约》，《公约》里呢，的确是有这么个强制程序，然而，在启动这个程序时，还是有很多限制条件的，我们可以把它比作三道门槛，只有过了这三道门槛，才能强制仲裁。菲律宾能迈过几道门槛呢？我们一起来看看。

2015年中国有一部叫《老炮儿》的电影特别火，说的是一位北京人，碰到了问题，讲道理行不通，最后用"男人的方式"来解决——相约说好打一架。在这里小编要声明，我们是不鼓励打架的哦。喜欢中国电影的朋友，我们在这里用故事来举个例子。

第一，中菲直接的这种领土争端啊，它不是《公约》当中解释和适用方面的争端，所以说，仲裁庭是没有管辖权的，做出的裁决是无效的。也就是说，老炮儿们想要约架，也要先看看是因为什么事情，追债还钱可以约架，为了家里教育孩子的事情约架就不适用了！

第二，各个缔约国可以在加入《联合国海洋法公约》之时或者之后，可以通过排除声明的方式，排除强制程序的适用范围。中国早在2006年，就已经做出了一个排除声明，主要就是关于这种领土主权、海洋划界和军事活动的争端，中国，已经明确声明，排除强制仲裁程序的适用。

那么很明显，菲律宾现在在用我们10年前已经排除了的条款，来指责中国，肯定是无效的嘛。

打个比方，某位老炮儿自打入江湖内天起，就声明家庭内部纠纷不接受约架，你还要以此方式来约人家，人家能接受吗？

第三道门槛是，如果双方另有协议，采用了其他的方法解决争端的话，也是不能用强制程序的。中国和菲律宾之间，从 1995—2011 年，至少有六个声明达成共识，通过双边磋商友好协商解决领土主权争议和海洋划界争议，包括 2002 年中国和东盟十国签署的《南海行为宣言》，包括菲律宾政府在内的国家是菲律宾政府作出的庄严承诺。现在菲律宾无视之前的约定，启动强制仲裁，真是 pia pia 打脸啊！

放到老炮儿的场景里，双方约好了坐下来谈判协商解决，并且已经握手同意的事情，一方又反悔要约架，另一方当然有权利不接受喽。

根据《公约》，强制仲裁程序在适用的时候，必须有一个双方交换意见的前置程序，然而菲律宾并没有和中国交换意见啊，就一头热地启动了强制仲裁。这就相当于双方约架，并没有告诉对方，那还约个什么约啊？

所以说从这三个限制性的条件来看，菲律宾是一道门槛也没迈过去啊！那么提起的这个仲裁案，本身就是没有法律依据的。

对于这种不合法的仲裁，我们不接受、不参与，在国际法上是完全站得住脚的，美国、俄罗斯也都有以此态度应对司法管辖或者是仲裁管辖的例子。我们也必须用这种方式来抵制滥用仲裁，来维护《公约》的完整性和严肃性。我们自主选择争端解决方式，理应得到国际社会的尊重。

最后，再给中国的电影做个广告，喜欢的朋友不妨找来看看。让我们把冲突和争端留在电影里吧，现实世界还是需要和平和共同发展啊！

【争端篇】一场阿基诺政府自导自演的荒诞剧

中国全国人大外事委员会主任委员傅莹在 2014 年的博鳌亚洲论坛年会上曾表示："菲律宾是一个顽皮的小伙伴。"而这个顽皮的小伙伴似乎也不太喜欢和别人沟通，一股脑地调皮捣乱，着实给中国这个朋友惹了不少麻烦。

与其说菲律宾是个顽皮的小伙伴，不如说菲律宾前总统阿基诺三世才是一个真正顽皮的人。因为在阿基诺上台之前中国和东盟国家在南海有《南海各方行为宣言》来约束大家的行为，维护着地区的和平稳定，但阿基诺上台之后，他就不再愿意遵守这个区域内所有小伙伴都认同的规章制度，在一些域外国家的鼓动下，让南海成为了"多事之地"。

要知道，邻里之间有点小摩擦很正常，坐下来聊聊把话说清楚讲明白多好啊，但他却用"一场拳击赛"来总结其任内在南海问题上跟中国的斗争。中菲之间的南海摩擦起因是这样的，他圈了中国的地，中国正在通过合理的谈判要回来，但他却觉得我20世纪六七十年代占了就是我的了。这样的说法就相当于一个人占了你家的地几十年，你想和他谈判协商解决，他却开始质疑你的拥有权，你能答应吗？

争端的起因已然如此无厘头，但更荒诞的是接下来的告状环节，阿基诺三世把本来不在受理范围的内容伪装成可以受理的内容，单方面提起强制仲裁，要知道提请仲裁事项的实质是南海部分岛礁的领土主权问题，超出《联合国海洋法公约》的调整范围，不涉及《公约》的解释或适用，而关于海洋划界，中国政府早在2006年就根据《公约》第298条作出了排除性声明。另外，以谈判方式解决在南海的争端是中菲两国通过双边文件和《南海各方行为宣言》所达成的协议，菲律宾单方面将中菲有关争端提交强制仲裁，本身就违反了国际法。不遵纪守法，还恶人先告状。

对于这种荒谬地状告中国当然是不答应的，但是作为一个山水相邻的小伙伴，中国讲人情，有礼有节，我国外交部在三年的时间里无数次地强调不接受、不参与，当然这种不合情合理的事情我们也不会执行，也无数次地发出信号，希望菲律宾前总统阿基诺三世能和我们坐下来好好聊聊。

但阿基诺政府非但没有任何协商的意思，还到处搭戏，混淆是非！两个邻里之间的事情，周围的邻居评一评理还说得过去，外人怎么可能可以判断呢？其实大家也都心知肚明，是谁指挥着菲律宾一步一步地与中国博弈。他们的分工简单明确，阿基诺三世去挑事，美国则召集一帮盟友在各种场合用言语挤兑中国，然后美国开着军舰、飞机跑到中国院子里秀肌肉，搞侦察。都快让人分不清中国和菲律宾有点摩擦，还是美国在找中国的碴！

但是至今为止，已经有60多个国家以及一些国际组织是理解、支持中国的哦，中国有句古话叫："得道多助，失道寡助。"阿基诺，还有美国的那些谁谁谁，你听到了吗？

(三沙卫视2016年7月9—12日)